沂蒙霞客行

崔洁 著

四川民族出版社

图书在版编目（CIP）数据

沂蒙霞客行 / 崔洁著 . -- 成都：四川民族出版社，
2023.2
ISBN 978-7-5733-1135-1

Ⅰ . ①沂… Ⅱ . ①崔… Ⅲ . ①游记—作品集—中国—
当代 Ⅳ . ① I267.4

中国国家版本馆 CIP 数据核字 (2023) 第 028350 号

沂蒙霞客行
YI MENG XIA KE XING

崔洁　著

出 版 人	泽仁扎西
责任编辑	达瓦措
出版发行	四川民族出版社
地　　址	四川省成都市青羊区敬业路 108 号
邮政编码	610091
成品尺寸	170mm×240mm
印　　张	15
字　　数	225 千字
制　　作	成都书点文化
印　　刷	四川科德彩色数码科技有限公司
版　　次	2023 年 2 月第一版
印　　次	2023 年 2 月第一次印刷
书　　号	ISBN 978-7-5733-1135-1
定　　价	82.00 元

诗和远方并不遥远，一旦启程，诗意顿生，远方渐近。

　　栖居在大地上，行走在旅途中，仰望星空，面朝大海，春暖花开！

当代徐霞客李存修荐言

喜见崔洁老师的《沂蒙霞客行》诞生！

沂蒙，是一方圣地，一块宝地，我们出生在这里是生命的幸运！

这里有双龙游曳南下的沂河和沭河，有蜿蜒多姿的美丽梓河，有巍峨壮丽、争耸天表的沂蒙崮群，有广袤肥沃花红如海的土地大野。在这方神奇的山水土地间，一代代圣贤大士光照炎黄史卷；一批批英雄豪杰受到千秋万代人的尊崇！

先贤们做过的，我们要继续做；他们没有做过的，应由我们当代人完成。历史如长河流水，应一代接一代流下去，灌溉至人类遥远的未来！

我们要记住历史，历史也一定会记着我们！

我们要培养和造就更多的"沂蒙霞客"，一个"霞客"势单力薄，一群"霞客"则易于描绘出更美的沂蒙画卷，美出沂蒙，美到更远的地方！如果能成立一个"沂蒙霞客"俱乐部，那就更有助于我们理想的实现！

目前，正兴起一种热门的写自然写地理写生态的文学潮流，我们沂蒙作家应成为站立潮头的弄潮儿！

崔洁老师已先行迈开了一步，这一步迈得恰逢其时！

我们正在为"岱崮地貌"的"申遗"做着力所能及的奉献，"沂蒙霞客"的一篇篇崮文应时成为"沂蒙百崮"的重要组成部分。

我们要用"责任"和"使命"这两支笔，盛产华章，多出美文，让我们的作品，如美丽的星辰，在崮群之端闪烁，在沂沭上空辉映，从此时照耀进未来！

李存修

2022 年 7 月 12 日

作者寄语

　　平生所著，大多学术随笔，由于生性不好营生，不善交际，数堆随读随录的文字遂成"散木"，终无所用。前半生囚于一室，足不出户，读死书，认死理，身心健康警报迭起，遂走出户外，亲近山水，一两年下来，身体康健，心情愉悦，随带写了一本《沂蒙霞客行》，失之东隅，收之桑榆，桑榆所得未必不如东隅。今机缘所遇，即将付梓，遂援笔而命《作者简介》与《前言》，虽惴惴不安，然亦必走之程序耳。

　　在沧海横流、生灵涂炭的乱世，武士大都有一个侠客梦，扶大厦之将倾，救万民于水火，"十步杀一人，千里不留行""事了拂衣去，深藏功与名"，快意人生，莫过于此。

　　文士的格局更大，"为天地立心，为生民立命，为往圣继绝学，为万世开太平"，先天下之忧而忧，后天下之乐而乐，诚可敬哉！

　　隐士则避居桃源，梅妻鹤子，啸傲东窗，吟咏林下，亦是别样人生。

　　"侠之大者，为国为民"，无论是仗剑走天涯的武士，还是以天下为己任的文士，皆为大侠，但当他们英雄失路壮志难酬，人人心中又都有一个独善其身的隐士梦。

　　生逢盛世，乃吾辈之大幸，然每个时代的人有每个时代的使命和担当，理想和抱负，有人志在庙堂，有人志在山林，有人悟言一室，有人放浪形骸，虽取舍万殊，却皆欣于所遇，快然自足。

　　少小时，吾志在"立言"，欲效古人之"不朽"，而后数十年囚于书斋，求学，教书，读书，写作，恒兀兀以穷年，虽小有成就，然难酬平生之志，于是志气日益衰，健康日益损，遂慕徐霞客之朝碧海而暮苍梧，登山临水，观山岚，赏流霞，情满于山，意溢于海，期年，而心胸为之阔大，见闻为之广博，身体为之壮健，此间每游必记，笔耕不辍。

八百里沂蒙，蒙山巍巍，沂河汤汤，余生于斯长于斯，居于斯游于斯，遂汗颜自命沂蒙霞客，游记命曰《沂蒙霞客行》，今结集出版，或有裨于读者，文中不当之处，敬请不吝赐教。若有误以为《沂蒙侠客行》者，余亦欣然受之，仗剑走天涯，扫尽天下不平事，沧海一声笑，豪情一襟晚照，凡有一腔热血一怀正义者，谁没有这样的侠客梦呢？况余歌咏山河之壮美，赞颂人情之醇厚，寻踪古迹之悠久，探访村落之风物，庶几于当代有补，于后世有鉴，果真如此，也当得一丝侠气。

素慕当代徐霞客李存修老先生，一生畅游五湖，行走九州，行万里路，著等身书，如今老当益壮，身体健朗，精神矍铄，得老先生不吝巨擘翘楚之笔墨，为吾小辈荐言，不胜欣幸和感激。

崔洁

2022 年 10 月 6 日

目录
contents

第一辑　八百里沂蒙，七十二崮争雄

1　沂水地标——双崮

在沂水，方圆几十公里内，在很多地方，都能看到两座秀拔的山崮并峙而立，堪称沂水地标，它们就是双崮，沂蒙七十二崮中唯一双崮合璧休戚与共的崮。

很小的时候，就听大人们讲二郎担山的神话传说。二郎神用一根苘杆儿担着两座山，途经崔家峪东北，被一村姑撞见，村姑好奇道，这位老人（呵呵，神仙也会老啊）好大力气，这根苘杆儿也神奇得很，居然担得动两座大山。村姑就这么一说，没想到苘杆儿戛然一声断了，任二郎神使尽浑身气力，再也挑不起这两座山了，于是两座山就这么一东一西天荒地老咫尺天涯地对望了亿万年之久。

双崮屹立了亿万年，我看双崮几十年。丽日当空，看它风姿绰约妩媚妖娆；烟雨迷蒙，看它云遮雾绕神龙见首不见尾；大雪初霁，看它苍山负雪明烛天南；行车途中，看它紧追慢赶深情追随。作为生于斯长于厮的崮乡之人，万山归来，仍情有独钟。

然远观近观仰视平视，数十年来，从未一登其上，观其真颜，直到前年疫情期间，四五月份，与禹儿第一次登上崮顶，到了方知，崮顶皆狭长，并非远处看到的圆形。昨日，与外子再登崮顶，再次惊诧于四面悬崖的险峻陡峭犬牙参差与沧桑古旧。

西崮乃天险，本无路可上，民国时期"闹光棍"（光棍即土匪）时，当地百姓逃命崮顶，于北面悬崖斜砌一道石墙，妇孺亦可缘墙而上。如今的西崮之上有一道奇特的风景，十几个碎石垒成的碉堡和石人，如诸葛亮的八卦阵威严布列。起初，大概是某位游客兴之所至，垒了一个小碉堡，后来的游客不断增高之，扩充之，数量越来越多，规模越来越大，过去被用来筑造石屋以安身逃命的碎石，如今被用来做消遣游戏的道具，时光流逝，光阴流转，前不见古人，后不见来者，每一代人有每一代人的宿命。

东崮较西崮山势较缓，有人在西面悬崖处垒了一小段石墙，踩之可上，崮顶屋框密密匝匝，却布局井然，从南到北共四排，每排十数间，大者七八平，小者五六平，其间树林茂密荆棘丛生，就人烟来说满目荒凉，就树木来说生机盎然，所谓云端上的村庄，绝非浪漫和隐逸，而是悲苦和无奈。崮西山门下，两石之上，各凿一石臼，用来春米，当崮顶的断壁颓垣完全消失，这两个石臼仍可留存千年万载，以为人类短期生存的明证。

与他崮不同，双崮悬崖之石并非一色，上者暗黄，属灰质岩，下者灰红，属页岩，因风雨侵蚀风化程度不同，有的地方高低错落交互参差，有的地方整齐规整如人工垒砌，众崮之中，绝无仅有，叹为观止。

回到家，把手机中的照片翻给母亲看，母亲惊诧道："上边是这样啊！"是啊，如果不亲自上去，你永远都不知道上边是什么样，哪座山不是如此呢？山如是，人生亦如是。

2　司马寨

夜读宋诗，喜见邵定的《山中》："白日看云坐，清秋对雨眠；眉头无一事，笔下有千年。"这不正是我想要而正在过的生活吗？真异代知己也！

不过到底还是眉头有一事，有几篇笔债尚未偿还，一篇是司马寨，一篇是亳山，一篇是金马山，那段时间，游兴甚浓，笔墨跟不上腿脚快，就欠下了，至于欠谁的，还真不好说，我欠山水的，还是我欠我的？不管他了，总之，最近得闲，要一笔一笔地偿还了。

先从司马寨写起吧。司马寨位于蒙阴高都、旧寨和野店三个乡镇的交汇处，海拔569米，明代蒙阴人秦士文夫人及三个儿子曾在此守，兵部尚书古称大司马，故名之。

但是在远古的华夏，司马寨是帝王们封禅大地厚土的神圣之地，那时它的名字叫云云山，《史记·封禅书》记载，"古者封泰山禅梁父者七十二家，而夷吾所记者十有二焉，昔无怀氏封泰山，禅云云；伏羲封泰山，禅云云；神农封泰山，禅云云；炎帝封泰山，禅云云；黄帝封泰山，禅亭亭；颛顼封泰山，禅云云；帝喾封泰山，禅云云；尧封泰山，禅云云；舜封泰山，禅云云；禹封泰山，禅会稽；汤封泰山，禅云云；周成王封泰山，禅社首，皆受命然后得封禅"。此为管仲回答齐桓公关于封禅泰山之事，管仲所述12家封禅泰山的帝王，除黄帝、禹、周成王外，皆"禅云云"，彼时泰山为太山，太者大也，封禅上天在大山，封禅大地在大山附近的小山。我想，云云大概是芸芸众生之芸芸吧，大地有厚德，载芸芸众生。

司马寨其实是一座大崮，周围是曲折连绵的悬崖，环山公路甚陡，我看到有两辆车缓缓地爬上去了，也奋起勇气，用一挡踩足油门盘旋而上，幸亏外子及时阻拦，否则在最陡的那个急坡上，很可能进退两难。我们发现那道坡上，有数道车胎与路面摩擦产生的黑色印痕，内侧拐角处的钢铁栅栏也被撞断了。下山时才发现，其实上山的小道有好几条，完全没有必要把车开上去。

崮顶景色平平，与我爬过的几十座崮大同小异，丛生的灌木，寂静的庙宇，有字无字的石碑……

"漂亮的水呢？在哪儿呢？"俯瞰崮下，未见网上所传的"九寨沟之蒙阴分沟""张家寨之蒙阴分寨""马尔代夫之蒙阴分夫"的蓝绿湖水——如绸如玉的湖水。远处倒有一片，那是浩渺无际的云蒙湖，显然不是这个。

崮的精华在悬崖，我站在悬崖边上，举着手机调整角度拍对面的悬崖，听到外子在崮顶喊什么，我没怎么在意，继续拍。原来一只苍鹰在我的头顶上空盘旋，在战地大东山，我们被苍鹰袭击过一次，子弹一样迅疾的嗖声仿佛还在耳边，这次没有那次激烈，我自己没有感觉到，大概又是进犯了它的领地，它的家也许就在我脚下的悬崖上，我是入侵者——虽然无意，但它警告我，也算正当防卫。

司马寨西面是阁老崮，阁老崮其实已经不是崮，上面没有悬崖围成的"石帽子"，而"石帽子"是崮之所以为崮的最显著的特征，过去它可能是座崮，只是崮的特征已经退化殆尽，只留下了一个像阁老帽子的尖尖的山顶。我们在沂水县诸葛镇见过正在退化中的红石崮，崮顶岩石坍塌的情状惊心动魄。

为了看悬崖，我们决定下山，沿崮下悬崖走。司马寨的悬崖跟晏婴崮、双崮和席角子顶的悬崖酷似，皆峻嶒陡峭，如雄关险隘，更有钟乳悬于崖上，如层层浪花。

下到山脚时，忽见一块蓝绿碧玉镶嵌在环山公路的下面，这就是网红们打卡的所谓"九寨沟之蒙阴分沟""张家寨之蒙阴分寨"和"马尔代夫之蒙阴分夫"了，其实就是当地村民挖山挖出来的一池水，只是特别清澈罢了，不觉笑了，夸张不只是李白的专利啊！

回来时，看到道旁立有"张子书堂"的标志，"张子书堂"亦名"北麓书院"，为蒙阴旧八景之一。张子名垫，元朝人，多次拒绝朝廷征召，散尽家产，兴办义学，传儒家之教义，播桃李之芬芳，可钦可敬。

司马寨南麓之有张子书堂，粗野之外，又添儒雅，此地可谓秉文经武文武彬彬相得益彰了。

3　龙虎寨

龙虎寨，真龙盘虎踞龙吟虎啸之地也！龙虎寨跟司马寨一样，虽曰寨，其实是崮。与司马寨相比，龙虎寨更让人惊心动魄灵魂出窍。

循着"科马提岩世界地质公园"的标志，很快就到了龙虎寨下。科马提岩形成于太古时期，即宇宙大爆炸之前，在中国古人的眼中，那是"悠久混沌，天地未开"之时。科马提岩富含铁镁铜镍等多种矿物质，最早发现于南非科马提河，世界公认的科马提岩地貌仅五处，蒙阴坦埠镇的龙虎寨便是其一。

站在龙虎寨村的公路上望龙虎寨，崖壁高峻、绵长，色暗绿，一种逼人的龙威虎气扑面而来，令人心生敬畏。

我们决定从西面上，从东面下。山坡上多碎石，乃崖壁风化剥落所致，此种流石，无根，踩之即下滑，攀藤缘枝，终于站在了悬崖之下，仰望之，一眼望不到天，危乎高哉！如此之势，何以架云梯，何以悬绳索，鬼神也愁！

又发现了那种奇异的树种，果实木质，上有针眼大小的小孔，去年之果实色灰褐，连接树枝两端，成为树枝的一部分，今年之果实，色绿，四周横生出绿色的叶片，观之，说不出的野趣和怪异。去年在尧山初见其果，以为是某种昆虫钻入果核，分泌黏液与果核发生神秘的化学反应所致，今观之，似乎不是这么回事，数次百度识别，最终确定此乃秤锤树，为濒危的珍稀树种，我国所独有。

奇异之树，还有一株千年古桑，树干苍劲虬曲，其盘桓聚结处，狰狞苦痛坚韧，千百年的光阴流转中，它经历了什么？雷电的轰击？滚石的痛击？或蠹虫的蛀食？它不能像动物一样躲避和逃跑，只能选择坚毅和隐忍，它顽强地站立着，一站就是千年。我给它拍了一张照，天哪，它扭曲的树干拍出来竟然是断臂维纳斯！它把自己活成了爱和美之神维纳斯！

还有一个惊喜的发现——一段长满云芝的枯树桩，云芝又曰云灵芝，药用价值甚高，我们不辞辛苦一路扛之抱之，不是为了用它祛病养生，而是摆在家里，可以千百次地看它，说到祛病养生，吾以为，最好的方式便是爬山。

我们在乱石和树丛中艰难穿行，尽头处是一座石子加工场，崖壁一面葱茏翠绿自然原始，一面千疮百孔伤痕累累，令人触目惊心！采石场一片寂静，作业的机械不见踪影，磨成的细碎的石子堆成了两座小山。显然，毁山的可怖行为已被叫停，而且被责令恢复旧貌。亿万年的鬼斧神工风雕雨琢，挖掘机和铲车一年就破坏得惨不忍睹，要想恢复，谈何容易！你能造一挂人工悬崖悬上去吗？你能把悬崖上的杂树栽上去吗？你能凿得出悬崖上的天然孔洞吗？你能造得出那种壁立千仞的龙虎之气吗？金山银山如果以毁坏绿水青山为代价，何其短见和浅陋！亡羊补牢，犹未迟也，也算

不幸之中的万幸吧。

一面感叹，一面愤恨，我们沿着被毁容的山体迤逦而上，站在了龙虎寨的山巅之上，环顾一圈儿，皆连绵之群山，西南是浩瀚的云蒙湖的一角，亦被群山环抱。辨识一番，我们发现我们站在了蒙阴沂南沂水三县交界处，蒙山沂水，是沂蒙大地上的昆仑长江，泰山黄河，吾将用尽一生去壮游，去歌咏。

我们在山顶发现了几块大石，质地暗黄，上覆黑白纹路，酷似花草树叶的化石，常年行走山间，鱼鸟昆虫化石常见，植物化石还是第一次见，甚感新鲜，细观之，如黑白墨画，古拙简朴，一看便是宇宙幼年时期的手笔。

行走在龙虎寨的山巅，如果不看两边的断崖，仿若行走在广阔的大草原，崮上草原，虽不可策马奔驰，却可思接千载，神通万里。

可是，两边的断崖又如何不看呢？你看，这面断崖，宛若瀑布，"飞流直下三千尺，疑是银河落九天"；你再看，这面断崖，宛若剑阵，"白光纳日月，紫气排斗牛"。临之，心惊胆寒，两股战战，脊背汗出。

悬崖边上，两株对生的漏芦，紫红的花丝被山风吹得凌乱扭曲，瞬间，我想到了梵高愤怒的向日葵，这两株漏芦，日日望向深渊，久之，柔软变成了狂野，也是一种别样的美。

崮上草原如此辽阔旷远，看看时间，我们该下山了，而四面是峭壁，如何下山？正踌躇不知所措，眼前忽而通灵一般出现了一段缓坡，真乃天助我也！

今日龙虎寨之行，堪称壮游，特此记之，以壮龙虎精神。

4　尧山寨

《说文》云，尧者，高也。尧山却一点也不高，但以圣人之名名之，不高也高，就像伟人并不以个儿高而论一样。

传说尧东巡经过此山，故名尧山。尧东巡干啥来了？尧山庙的古碑最清楚，只是，年深日久，古碑就如一位失忆的耄耋老人，曾经的灿烂光华和纷繁往事被时光的风雨锈蚀殆尽，残存的只言片语已然难见个中端倪。

让我猜测一下。蒙山南麓有个古颛顼国，即《论语》中"季氏将伐颛臾"之"颛臾"，春秋时期的颛顼国，在尧的时代，当为颛顼部落，颛顼部落的酋长可能是尧的至亲，尧的这位当酋长的至亲一定遇上生老病死或祭祀或战争一类的大事了，尧非亲至不可，于是千里迢迢从山西到山东来了，至于他是骑马来的，还是骑大象来的，就不得而知了，我想他是骑大象来的，你看尧山脚下有一片象林，一看就是尧的坐骑，何以见得？望之皆有王者之气。

尧山庙有古碑数通，有记事碑，有功德碑。禹儿在一块躺着的断碑上发现了一件趣事，招呼我和外子过去看。碑文虽模糊，但经仔细辨认和反复接续，事件的始末渐渐浮出水面：一贾氏子孙，家中藏有世代相传的四尊铜佛，不慎被盗，四方寻找，终不得，于是刻碑于尧山庙，一者罪己保管不利，二者幸有目睹者。过去的尧山庙香火鼎盛，南来北往的香客络绎不绝，也的确是广而告之的好地方，数百年过去了，不知贾氏子孙找回了祖传的宝贝否。

还有一段残碑，记青州知府带家眷来尧山庙上香，应该是发生了什么非常之事，故而刻碑记之，至于什么非常之事，碑文漫失，不得而知。

庙有千年古柏五，气象森然，亦有王者之气。

登山途中，发现一奇特树种，结有类似果实者，拈之细观，又非果实，通体木质，上有针眼大小的孔洞，疑似虫蛀之，虫分泌液体与树汁产生生物化学反应，乃有如此奇异之"果实"，类似珍珠的形成。

站在尧山之巅，南望云蒙湖，浩浩汤汤，西南莽莽苍苍，蒙山也。西周颛顼王曾主祭蒙山，蒙山亦名东山，孔子"登东山而小鲁"，孔子尊崇"周礼"，而周礼尊崇尧舜，想来，颛顼王和孔子都曾拜谒过尧山。

尧王登之，颛顼王登之，素王孔子登之，由此观之，尧山真王者之山也。

5 南大崮，北大崮

南大崮，北大崮，其实是一个大崮。崮北之人曰南大崮，崮南之人曰北大崮。推而论之，崮西之人曰东大崮，崮东之人曰西大崮。大崮笑了：我都不知道自己有这么多名字啊，随你们怎么叫吧，与我无关啊。

从夏蔚驻地上北大崮，会更近一点，我们舍近求远，从过虎峪，至麦坡，再到长岭，为的是再去麦坡拜谒一下那一眼灵泉。麦坡原名脉泉官庄，附近还有松泉官庄，可见此地泉水该是"不择而出"。没想到扑了个空，泉水不知何处去，惟余崖壁之上那道狭长的裂缝，仿佛干涸的嘴唇赫然张开，干枯的河床亦触目惊心，去岁秋天看到的那一川碧水亦不知何处去。诗人说，何处是去年的雪呢？哲学家说，人不能同时踏进同一条河流。何况一冬一春了呢？

莫兴叹，爬山去了。山不会跟水一样凭空消失，山什么时候都在那里。我们从长岭上山，长岭是真长，长岭一路和长岭五路，其实就是一条路，不过是一条直线分成五个线段而已。

此地是大樱桃之乡，山上山下全是大樱桃园，但挂果稀少，不知春寒料峭时冻了花，还是干旱所致。地里的野花却都还顽强地开着，绒球一样紫红绽放的是大蓟，小喇叭一样粉红绽放的是打碗碗花，槐花将败未败，柿子花将开未开，每一个季节的每一天，都有花儿按照自己的节律绽放，不管你来，或是不来。

沟壑间是勤苦的农民用碎石垒成的弧形的地堰，望上去，数十道地堰层层递接，看不到半垄土地，蔚为壮观。

大崮西北无杂树，皆草坡，但陡峭难攀，我们从沟谷迂回到西面慢坡，迤逦而上。站在崮西悬崖下，北望，锥子崮隐然可见，姜家崮的崮顶与近处的山顶重合，有种嫁接的奇幻之感；西望，一条绵长的山脉横亘南北，其南，对面晏婴崮是也。

大崮四面悬崖为易守难攻的天险，缺裂处以高墙补之，崮北悬崖尤其险峻。崮顶密植翠柏。大崮之东，一稍小之崮，崮顶无树，然围墙、碉堡百米之外清晰可辨。北面之墙，保存完整，达数米之高，其一处，高墙之上，又孑然竖立一睹厚墙，支棱向天，无复依傍，于高山旷野之上，愈显残破荒凉和荒诞怪异。槛外长江空自流，崮上残墙空自立，一样的怅惘。

崮中心是圆柱形的碉堡，虽已坍塌，但底座保存完整，类似碉堡在天桥崮和鳌子崮皆有残存。碉堡以西，残存一屋框，三间屋大小，如此宽阔之房屋，他崮未见也。

古旧的围墙下，几株古槐，枝干稀疏，花穗稀疏，捋了一串花瓣，放在嘴里，还有一丝儿香甜，这该是今年吃的最后一穗槐花了吧，世间唯一不变的轮回是季节，明年的第一穗槐花不知在哪座山上品尝。

从北坡下山，东望，九道山岭从东到西，浩浩荡荡，鱼贯而下，长岭是否因此得名呢？

我们途经之岭上，孤立一小石屋，屋顶以乱薄板覆之，有口无门，仿佛野人居之。

去年曾登蒙阴之大崮，蒙阴之大崮比沂水之大崮大多了。嘻，如果听到我把它们比大小，它们大概又笑了：世间之物，如何以大小而论？

是也，是也。

6　情人崮

你和我，伫立山巅，深情相望亿万年。

哪管他，地老天荒，浩瀚沧海变桑田。

浑不惧，风侵雨蚀，霜打雪欺消容颜。

笑人间，山盟海誓，走着走着就走散。

巫山之神女峰，纤丽奇峭，引人遐思，无数文人墨客为之咏叹，然主题不外乎孤独与多情，而且被诬与楚王"旦为朝云，暮为行雨，朝朝暮暮，阳台之下"，相比之下，北方沂蒙山区之情人崮，则幸运得多，他们不离不弃，含情脉脉，相拥亿万年，令人为之动容，为之称奇，惜知之者甚少。

车泊在石棚村深井旁，此井也可说是泉，亦甚为罕见，井壁十几米深，开口甚大，泉眼很小，高墙之下，静静地卧着一方浅浅的泉水，数百年前，不知耗费多少人力，经过多少个日升月落，才望眼欲穿地掘到了这眼宝贵的泉水，如今家家安着清洁便利的自来水，这眼深泉便成了令人叹赏的人文景观。

先从东边的枕头崮爬起，枕头崮崮顶甚像枕头，自然造物真是妙不可言，这是哪位天神夜眠的枕头呢？天作被，地当床，江河为酒，北斗为勺，万象为宾客，豪迈豪爽豪情豪气，无出其右者。或许这是那对石化的情人曾经枕过的枕头吧？他们是刘兰芝与焦仲卿，是梁山伯与祝英台，是罗密欧与朱丽叶，是世间所有相知相爱忠贞不渝的他和她。

途中，数次停歇，转身回望直插苍穹的锥字崮，秀拔俏丽的姜家崮，及若隐若现的透明崮。此处乃名副其实的崮乡。枕头崮从不同方向看，还像伏虎和神龟，但是站在崮顶，它就是一道狭长的山梁，啥也不像。

枕头崮西边是板子崮，险峻峭拔，风化严重，尤其东段，望之胆寒。这块当地人眼中的"板子"，是那对有情人的卧床吧。

板子崮西边便是情人崮了，近看不像，远看像，无论从哪个角度看，都像。前年春节期间，大雪过后拍的一张剪影，尤其动人，你看，"男的像一位身披铠甲的伟岸的大将军，微微颔首，深情地注视着自己心爱的女人，女的则将修长曼妙的身体偎依在男人的胸前，微微仰头，无限温柔，他们仿佛久别重逢，又仿佛即将远离，真是相见时难别亦难啊"（这是当时写的）。

下山，站在石棚村西，仰观情人崮，男女掉了个儿，男的瘦拔（从北面看，这是女的），女的略显臃肿——或说丰满（从北面看，这是那位身披铠甲的将军）。碰到一位大姐，她说当地人叫"爱情崮"，上山时，在深井旁，一位颟顸的汉子说叫"人情崮"，哈哈，人情，情人，差之毫厘，谬以千里。

登锥子崮时，看到山下对面一大片石林，看石林回来，发现一片天然石棚，我们臆想，石棚村因此而得名吧。问一老者，曰石棚在水库边，比此处大多了。于是疲累的双脚为之一振，到达水库边，一位挑水浇菜的老者，放下担子，热情指引我们，曰从此处到彼处便是石棚，深且广，可容两千余人，天寒地冻之时，阳光铺进去，入之片刻，汗即出。可惜，脚下的石棚早已成为水库的一部分，我们无缘一睹如彼罕见的自然奇观。望着水波动荡的水面，思绪悠然。

史前，这里曾发生过激烈的部落冲突，部族死伤惨重，年轻的族人领袖，让族人们躲进石棚，只身前往天庭，希冀从瑶池里盗取一朵圣莲，将其甘露洒在泉水里，人们饮之，就会化解心中的仇恨，化干戈为玉帛。然春去秋来，族人领袖杳无音信，他的爱人，登上山巅，目尽苍穹，横笛吹奏，笛声响彻天宇，凄切婉转，如怨如慕，如泣如诉，感天地，动鬼神，看守圣莲的哮天犬亦久久沉浸笛声，年轻的族人领袖纵身摘得圣莲，将其甘露凌空播撒，部族因之和解，天神降怒，将这对情人化为石人，以示惩戒。

于是，亿万年斯久，高陵变深谷，江河枯竭，冬雷阵阵夏雨雪，时光老了，天地老了，他们却依然年轻。

7 名实相副再观之

——岚崮印象

岚者，山中之风也——哈哈，这是我的解释——山岚乃山中雾气也，诸君不要被我混淆视听哟，只是古人造字有时候也没道理啊，雾气与风有什么关系吗？按庄子《逍遥游》的说法，雾气似乎与风又有点关系——有点而已。庄老云"野马也，尘埃也，生物之以息相吹也"，息者风也，没有风，像野马一样游动的雾气就不会形成。嘻，终于让我找到岚与风的关系了，虽然只是一点点。

岚崮之所以叫岚崮，大概山中多雾气，在沂蒙群崮中，这是一个文气十足的名字，其他诸如瓮崮，油篓崮，板子崮，枕头崮，鏊子崮，锥子崮，橛子崮……是不是十足的乡土气啊？

岚崮，何许崮也？初不识其名，识其名后，又不知其地，知其地后，惊讶不已，原来它就是我所见次数最多的崮啊！从十几岁到县城高中读书，到参加工作至今，三十年来，无数次从它脚下走过，以为它只是一座无名小崮，没想到它竟然是沂蒙七十二崮之一，就像孔子弟子三千，能列入

七十二弟子之中的，皆名贤也。

初登岚崮，是今年初春吧，那时还不知道它就是岚崮，只记得上山的路很陡，碎石很多，下山时跟小孩子滑滑梯一样随碎石一起滑下，玩儿得挺酣。

再登岚崮，完全因为知道了它叫岚崮。名与实是中国古代重要的哲学概念，孔子主张名实相副，庄子主张"名者，实之宾也"，我受儒家影响深些，决定践先师之诲，名实相副再观之。

上次是直达，陡直难攀，这次决定迂回而上，路也许平缓些，不料，竟发现了一座庞大的大自然的书库——页岩组成的一道长长的岩壁。

但见一排一排的书架，纵横林立，书籍有整齐码放的，有随意堆叠的，一层层一叠叠一架架一列列一屋屋，卷帙浩繁，书本有厚有薄，色彩有黄有白，有绿有蓝，参差斑驳，古旧沧桑，令人叹为观止。而今，于我言之，大自然的无字之书比人类的有字之书更具魅力。

有的书架上覆盖着一层细丝状的紫色苔藓，拍给外子，外子说这是植物的化石吧，我得意地笑了。就像枫叶经霜而红，绿色的丝状苔藓经霜冻而变紫，乃吾平生所未见也。

崖壁之上多孔洞，洞内化石级的蕨类植物，因洞壁保护而尚未凋零枯萎，还幸运地绿着，而漫山之草木，皆萧索枯败，鸟兽亦隐形遁迹，偌大一座山，独我在山岩间腾挪攀援，三十多年前，我也是经常独自一人在山间拾柴火，挖草药，摘野果，采蘑菇，而今迈入知命之年，虽鬓发苍苍，但脚步依然轻快，好奇之心依如少年，于山野间寻幽探胜，不亦乐乎？不亦幸乎？

阅罢亿万年之书库，该步入正题爬岚崮了。如我所愿，隐然见一小道通往山顶，山顶南侧一片橡树林，风行林间，萧萧作响，红黄之叶纷然而落，树下已然厚厚一层，如夕照，辉煌而落寞，不忍踩之。

越过两个山头，便到了岚崮悬崖之下，与别崮不同，崮北有两层悬崖，色灰白，上层陡峭险峻，如刀劈斧削，西侧崖壁色黄，层叠如书页，中有裂缝，摇摇欲坠，崖下坠落一巨石，如黄色书屋。

转至南侧，从山门至崮顶，崮顶不甚宽阔，断壁残垣亦不存，满目乱石，北面临崖处，一道狭长的罅隙直通崖底，视之目眩，惊心动魄。若外子在旁，必千叮万絮，莫近之，莫近之，此刻虽在百里之外，亦反复告诫，此类絮叨，一可烦，一可喜。

崮顶树木以榆树居多，枝干尽裸，疏密有致，于澄澈的蓝天下，别有韵致。几株"疯了"的枣树，团团簇簇的细枝和败叶如黄绿绒花，清雅清爽清丽。

乘兴而来，尽兴而归，每次出游，莫不如此。

喜欢唐顾非熊的诗"茅屋山岚入，柴门海浪连"，今日之游，皆因岚崮之岚，喜欢它的字音字形字义和诗意之美。

8　被囚禁的风光——锥子崮

锥子崮一锥冲天，在沂水崮乡泉庄与夏蔚交界处的群崮之中，可谓特立独出者。

一入石棚村，锥子崮，姜家崮，枕头崮，板子崮，情人崮……群崮争奇斗雄，一时竟不知先登哪一座好。姜家崮最为秀拔俏丽，然奇险陡峭，无路可攀，抗战时期，英勇的八路军战士架云梯方可登顶，我辈只可仰视兴叹。情人崮一列，去年踏着齐膝深的大雪，豪迈登之，唯锥子崮，去年从南麓入，天梯般的石阶被重重铁门深锁，不得入，抱憾而归，昨闻英杰老师，由北麓可攀墙越栏而入，甚具挑战性，就锥子崮了。

春正浓，桃红李白，菜畦绿，榆钱肥，几户人家依山而居，鸡鸣门前，狗吠小巷，真好去处也。过去山村偏僻闭塞，如今"村村通"通村村，车行山中，畅通无阻。

车泊路边，穿村走巷，步入山道，行至山腰，山道消失，周边群崮，愈加清晰，峥嵘之貌，横看如此侧如彼，山下一湾碧水，灵秀澄澈，如群崮顾盼之明目。

逼近山顶，高墙环之，巡视一番，发现中间一段，几块墙石外突，仿佛建筑工人有意为之，为被囚禁的自然风光留下一线生机，为登山爱好者

网开一面。

攀上高墙，越过栏杆，眼前一片开阔之地，峭壁之上，镌刻着各种字体的"锥"字，下立一古代用于舂米的石臼，崮西悬一八卦沙袋，只是不知有几人曾击打过。

从东面石阶下，转而向南，至"南天门"，俯视重重紧锁的铁门和天梯般的台阶，不胜唏嘘，投资者耗费巨资，收益点无，愤悔之下，一锁了之。

登上曲折陡峭的台阶，便是平坦开阔的崮顶，居右一巨石高耸，直指苍穹，是为"锥子"，投资者为永久之故或为安全起见，危崖之罅隙以砖石砌之，"锥子"故而浑似碉堡，大失自然之趣，开发之前有幸一睹锥子崮原貌的登山爱好者们，每每议起，无不愤然和遗憾。

若登"锥子"，又是台阶，又是铁门！好在铁锁以铁丝缠之，解之可进，迎面一直梯陡立，望之生畏。敛声屏气，一级一级踩牢，小心翼翼登上去，慢慢站起身，哇！一览众山小！真堪神通万里目极八荒！

好大风也！担心自己像一片树叶被大风卷走，不敢逗留太久，拍了一圈儿照，过足了山高我为峰的豪气干云之瘾，就准备撤了，于是又敛声屏气，一级一级踩牢，小心翼翼下得梯去。下去，才发现背包忘上边了，只好再上再下。白诗云"不敢高声语，恐惊天上人"，余不敢高声语，乃怕气散神移，偶一分心，便跌落悬崖，非勇者不敢登临，余亦勇者也。

从"锥子"下来，信步走向崮西，倚栏西望，两个歪头崮，歪得真是可爱，与西北之姜家崮三崮同框，真壮阔浩瀚也！劲风浩荡，手机险些被吹走，好险！

原路返回——我们出游，很少走原路，为的是能看到不同的风景，而锥子崮，只能原路返，因为四面皆是高墙栏杆和铁门，这是一处被囚禁的自然风光，风雨可进，飞鸟可进，人不可进。其原貌虽无法恢复，但希望其尽快被解禁，因为，再美的风景，风雨不会讴歌之，飞鸟不会讴歌之，只有人。

9　奇崛晏婴崮，险峻冠沂蒙

周日去沂南马牧池，导航小姐姐走了神，一时忘记提醒，等她回过神来，车已误行了数百米，她焦急歉疚地催促："请掉头！请掉头！"

掉头，左转，发现行驶在一条熟悉的小道上，这不是初夏时节爬晏婴崮时走过的路吗？晏婴崮近在咫尺，何况外子早就叨叨着要爬晏婴崮，那就随遇而爬喽。

上次把车停在村头，从崮东到崮西，走了一条直线，未见碑刻和山门，下山从村西到村东，曲曲折折走了很长一段路，才回到车前。这次车直接进村，直到没有车可行的路了，才停车上山。

外子忽发奇想："为什么说'车到山前必有路'，而不说"人到山前必有路"呢？"我说："这不就是最好的解释吗？车不能上山，人却能，山高我为峰，再高的山，人也能上，这句话省掉了一个字，应该是，车到山前，人必有路。"

晏婴崮四面是绝壁，惟西南山势较缓，故设山门于此，山门二重，从残存的基座来看，两道山门皆为壁垒森严的碉堡。

二道门有浑厚方正之石二，色灰白。外子指曰，此石当刻晏婴生平，此石当刻晏婴诗文，方显人文之斐然。

大石之上，凿旗杆窝二，舂米大石臼二，石臼内存了两眼雨水，近旁有鸟兽粪便，可见鸟兽经常来此饮水。外子又忽发奇想："这不是石臼，是佛教徒为虎狼等动物准备水源用的。"又指旗杆窝说："这是为小鸟准备的。"我笑了，反驳曰：虎狼，人避之不及，你以为人人都像佛祖一样舍身饲虎啊？佛祖舍此身，还有彼身，人能吗？

石上刻一棋盘，我说是围棋吧，外子说是"大六棋"，并兴致勃勃坐下来教我如何走棋：己方六子一线曰大六，吃对方两子；己方一格四子，吃对方一子。我一学便会，可见我也不是很笨哦。

自山门以上，向东为晏婴崮主体，南北宽数米，东西宽数百米，树木以山榆和翠柏为主，山榆叶春夏为鹅黄，深秋为红黄，枝扁平，有外突，四季可赏。

我说上次来没见到石碑，外子说："我身上有佛性，一定能找到。"我笑，不以为然。可是，不一会儿，在坍塌的崚嶒乱石中，外子一眼便发现了一块断碑，碑文磨灭不清，只隐约识其有字而已，惟"者""之"等寥寥数字依稀可辨。另有一石，凹刻半指深，方正若印玺，笔画皆圆弧，定是篆字无疑了，至于何字，则难以辨认。

折而向西，站在北面悬崖边上，拍了几张晏婴崮的奇崛得意之笔——五指峰，五峰突兀，如笋拔厚土，剑指苍穹，如哥特式建筑之清瘦，如方尖碑之刚健。只有站在这个角度，才能一睹它的全貌。

四面皆绝壁，如何下去一窥其真容呢？莫急，崮西缓坡以下，伸出一个长长的平台，平台以西，看似绝壁，却内有玄机，你仔细看哈，是不是有参差错落的台阶？虽然仅能放下一个脚尖，但屏息静气，小心翼翼，转身侧身，亦可攀岩而下，仿佛上天特意为你准备的。

汉武帝登泰山，被震撼得一通乱吼："高矣！极矣！大矣！特矣！壮矣！赫矣！惑矣！"若汉武帝站在晏婴崮五指峰下，想必也是一通不知所云地乱吼。若李白来，必以手抚膺喟然叹曰"噫吁嚱，危乎高哉！"人类面对超乎自己想象的事物时，往往词穷，有时甚至语无伦次，词不达意。

五峰之间似断实连，似连实断，断裂处，似天神震怒，持刀枪剑戟，一通横砍竖劈，狂剁猛割，当心一枪，斜刺里一刀，一刀一枪都是狠招，直到五峰摇摇欲坠几欲倾倒方才罢手。其一裂缝，刚好放下一轮太阳，阴阳割昏晓，一面阳光灿烂，一面阴沉昏暗。

五指峰虽危崖耸立，却并非难于上青天，只要你肯拿出勇气和胆量，亦可顺利登顶，崮顶狭窄，仅容一两人并立，恐高者莫上。

爬晏婴崮，最好从东往西，先爬主崮，再爬五指峰，就像读小说，高潮一定要放在最后读，若一开始就剧透了，就没意思了。

10　万紫千红亦是秋

——蒙阴龙头崮赏红叶

"霜降碧天静，秋事促西风。"我于节气不大怎么敏感，任他春去秋来，今年的霜降恰逢我生日，便特别地记住了。

第二日恰逢周日，跟外子、禹儿和英杰跟随昊岩户外到蒙阴龙头崮赏红叶，良辰美景亲人旅友四美俱，赏心乐事二难并。红叶黄花蓝天绿树白草，谁说万紫千红总是春，万紫千红亦是秋啊！

下车，仰头遥望，一道山脉宛如卧龙横空，龙头凸起，曰龙头崮，固当也。

道旁的果园里，大红的山楂一簇簇悬挂在青绿的密叶间，粉红的苹果一串串垂挂在落尽了树叶的枝条上，惹得旅友们纷纷驻足拍照。

上周去青州天赐山，虽然池水碧于天，红叶却没有红似火，以为一周之后，红叶该红于二月花了，依然没有，只是淡淡的紫，粉粉的红，但也有一株两株，艳艳地红在一片绿树之间，红在一片淡紫粉红之间，让你格外惊喜。

好久不爬险峻的山了。在龙鼻子处，一道几乎垂直的几十米的裂缝，让我们过了一把爬山的瘾，是那种两手两脚并用的爬，小心翼翼用尽心思的爬，大汗淋漓身心舒畅的爬。

一块岩石突出在悬崖上，我登上去，外子和禹儿齐劝我下去，不要上，英杰老师不但不劝，反而也登了上来，我们两个从小在山里长大，在山里拾柴拾蘑菇采草药采野果，没有条件接触琴棋书画，却练就了善于登山的本领，这是否也是一项特长？我曾经非常遗憾地想，当那些出身书香世家的文学大师书画巨匠科学泰斗们从小濡染着世代相传的书香时，我却在山上拾柴，在地里除草，寻寻觅觅找一棵药草，找几朵蘑菇，找几个野果子，翻开一大片土地，搜寻人家落在地里的几个小地瓜。到底什么样的人生是成功的有意义的人生？少小时，很多热血男儿都有济苍生安社稷的青云之志，老大之时又都有怀才不遇壮志难酬的怨愤之叹。现在想，活得自在就好，活得明白就好，快乐地运行在自己的轨道上就好，大人物有大人物的疲惫，小人物有小人物的悠闲，谁也不必羡慕谁。

跟几乎所有的崮一样，龙头崮上也有围子——清朝末年至民国时期，当地百姓为躲避土匪而在山上建的石屋群，有的还有高高的山门和长长的界墙，如今只剩下一道道断壁残垣，有的屋内长出了大树，让人不胜唏嘘。历史就是留给后人感叹的吧。

从崮顶下去，向东，向西，向北，皆是左一道右一道的草坡，白茫茫一片接一片，这些细细的高高的白草就是岑参所写"北风卷地白草折"之白草吧？若牛羊在其里，必定是风吹草低才能见牛羊的。草坡上奇异地冒出一株两株紫红的圆圆的树冠，不知什么树，跨过茂密地草丛，走近看，原来是棠梨，比豆粒稍大的褐色的棠梨果，苦涩大于酸甜，甚难吃。草丛里卧着几片灰白的圆滑的石头，外子称之为恐龙蛋——恐龙是我们遥想不尽的一个梦。

两道草坡之间，接近坡底的部分，一大片浓淡相间的红叶，这就是龙头崮的红叶谷吧，有几株已经红透了，灿灿地灼灼地绽放着，真如一树一树的红花了。

下山的坡很陡，旅友们前呼后应互相提醒着注意脚下，有些新旅友不敢站着走，蹲下身，一步一步地挪，有的家人互相牵着手，有的转过身来倒着下。

我们一行四人，先是禹儿跌了个四脚朝天，接着是英杰，后是外子，虽是跌得很重很痛，也还能哈哈笑出来，说就看我的了。还好，我没有跌倒，外子又小小地跌了一下，说这次是替我跌的。

今天的游人真多，从山下到山根，数里长的山道上，迤迤逦逦全是车，昊岩户外的大巴车无法通过，左有轿车的巨大长龙，右有苹果的高大树枝，路还是太窄了，当时修路时，大概没有想到游人如此之盛。

领队太阳在车下喊："下来几个爷们抬车！"外子和禹儿都下去了，女旅友们站在车上往下看，抬了三辆车，大巴车才吱吱嘎嘎地擦着苹果树枝缓缓通过。太阳笑道："下去抬车的爷们今天回去我请酒啊，没抬车的就算了。"

我想，这么美的秋色，不用喝酒也醉了。

11　废弃的城堡

——天桥崮和鏊子崮

登天桥崮和鏊子崮，有一惊一震。

一惊是车差一点摔下悬崖，摸了摸阎王鼻子。车子莫名其妙地仿佛脱缰的野马，先是向里边的岩石撞去，然后向外面的悬崖飞去，完全凭着下意识里的本能，就在即将冲下悬崖的千钧一发之际，一个猛打，将车头扭转过来，停在了路中央。甚蹊跷，仿佛此处的磁场乱了，不知所以然。

惊定思惊，弯儿太急了，坡儿太陡了，打方向打得太快了，油门踩得太猛了，而前方路况如何，根本就没看清楚。谢天谢地！让我们有惊无险，车和人都毫发未损。悬崖如此之深，那么快的车速下去，我和二妹也就挂了。也谢谢我自己，临危不乱，最终制服了脱缰的野马。

由此得出一个深刻的教训，不熟的山路千万不要开车上去，这个教训其实早就得了，决心也不是第一次下了，如果八十岁时还能开车，还能总结三十年的教训和下三十年的决心，到那时天路也敢开，天桥也敢上了。

嘻，今天要爬的天桥崮，名字惊险大气浪漫，偏偏有一个朴实憨拙土气的鏊子崮，和它遥相呼应。鏊子崮也只能叫鏊子崮了，谁叫它长得酷似沂蒙山人烙煎饼的鏊子呢？

一震当然不是震惊于它们的名字，而是震惊于保存完整的围子墙和碉堡，仿佛欧洲中世纪废弃的城堡。

我们从谷子峪上山，谷子峪本叫崮子峪，千百年来叫着叫着就走调了，这是一个古老的村庄，一进山，我们就感觉仿佛穿越到了古代，老泉，老石槽，老石板路，老屋，老树，老碾，老人，一切都是那么古旧苍老，时光仿佛也变老了。老泉旁的老石条被踩得光滑如镜，老碾的碾盘被磨得光滑如镜，一棵老槐树下，立着一块石碑，上刻"邱家旺古槐，栽于公元一八一八年，栽培人邱兆松"，这是一个与树同寿的人，树活千岁人活千年，不朽（至少不是速朽）的方式不只是立德立功立言啊，也可以是栽一棵树啊。

天桥崮的围墙建在四周悬崖之上，东南西北四个角上各建有高大的碉堡，碉堡两肩的围墙上，设有较为密集的射击孔，主墙以下建副墙，以供

放哨和瞭望。寨内石屋多坍圮，仅余断壁残垣，与它处崮顶无异。

圩寨最早出现于宋代，清嘉庆年间白莲教盛行，民间筑寨自保。咸丰年间，捻军起义，咸丰帝谕令各地修圩筑寨，办理团练，以抵御之。捻军所到之处，要求地方提供粮食马匹及武器装备，适逢连年灾荒，村民无以供给，捻军便大肆掠夺。迫于形势，加之官府提倡，沂水境内群崮之上，便出现了世所罕见的历史奇观——云端之上的村寨。

1942年，天桥崮被国民党51军及顽匪刘黑七占领，我八路军山东纵队在二团团长吴瑞林和副团长王凤麟的指挥下，不畏强敌，勇夺天桥天险，消灭了敌人的嚣张气焰。

天桥崮上曾发现古生代节肢动物三叶虫的化石，沿崮北寨墙行走时，我们发现了几块类似化石的石头，有粉红肉红粉白的类似古生代昆虫的东西，大的抱不动，捡了一块小的，回家摆着玩儿。发照片给外子，外子说，傻妮子，这是鱼籽石，不是三叶虫化石。管它是什么，我看着好玩儿就行，还捡了一块酷似小鲳鱼的石头，还有一块类似蛇头的。

天桥崮与鳌子崮之间有一个鞍担——两山之间的低洼处，类似马鞍，鞍担上建有一个十分讲究的土地庙，庙前有影壁，四周有围墙，跟人住的房屋一个规格，一般的土地庙都是象征性地垒一个小小的石屋，小到一只小狗都趴不下，大概在人们眼里，土地公公是个很矮小很矮小的小老头，地位也很卑微，在《西游记》里，被孙悟空召之即来挥之即去，大概别的神对土地公公也是颐指气使。

鳌子崮上和天桥崮西北伸出的一个山梁上，各有一个圆柱形的碉堡——开始我们并不知道它是什么，查了一下资料，说叫拱卫碉堡，不是很明白是啥意思，大概相当于月球之于地球，月球上到处可见密密麻麻的陨石坑，如果不是月球挡着，这些陨石会不会像落雨一样砸在地球上。

崮顶围寨是兵荒马乱的时代的见证，一个半世纪过去了，历史发生了天翻地覆的沧桑巨变，而今政通人和国泰民安，吾辈登临山水，凭吊古迹，今天这一惊一震，用一个网络热词来说，也是"破防了"。

12　瞭阳崮

　　吾乡俗语，瞭就是看，你瞭瞭就是你看看，我瞭瞭就是我看看。瞭阳崮即站在崮顶能瞭见太阳，站在哪个崮上瞭不见太阳呢？但是唯有瞭阳崮叫瞭阳崮，就像哪个崮上都会有山岚，但只有岚崮叫岚崮一样，抬杠就没意思了。

　　在沂蒙七十二崮之中，瞭阳崮以险峻陡峭、古迹之多和惨案之烈而著称。

　　瞭阳崮呈东西走向，四面为数十米的悬崖，刀劈斧削，惊心动魄，北面一挂，特立独行，落拓不羁，挣脱山体，正欲天马行空，踏云而去，忽然犹疑，似有不舍，原来壁上还有一挂，是暗恋他的情人吧，正奋力挣脱山体的怀抱，只待惊雷一声，即可比翼齐飞。

　　自元代始，瞭阳崮便建有灵官庙、玉皇庙、关帝庙、碧霞元君祠等庙宇，历朝历代，香火皆盛，每逢正月十五、十月十五庙会，前来求福祈寿的香客更是人山人海。因碧霞元君祠在此，沂源、沂水、淄川等周边地区的信众，便舍远就近，避险趋坦，纷纷到瞭阳崮烧香祈福，故瞭阳崮有泰山第二之美誉。想来，碧霞元君应该有很多行宫，以方便信众就近拜谒，但也有虔诚的信众，非泰山不拜，似乎只有到泰山才能见到真神。余登泰山时，于碧霞元君祠前，见一南方女信徒，跪地合十，口念颂词，如泣如诉，立听片刻，无一字听懂，甚奇之。

　　现在方知，中国最大的教派乃道教，道教是中国唯一土生土长的教派，根深蒂固，源远流长，得道成仙是古人的终极梦想，像老庄这样的思想巨擘，秦皇汉武这样的千古帝王，李白苏轼这样的诗词大咖，亦不能免俗。普通百姓知道自己不能遗世独立羽化成仙，最大的愿望不过健康平安吃穿无虞，连这也不能自主，还得乞求各路神仙保佑，他们相信万物有神，祭路神，拜山神，迎财神，送瘟神……拜不完的神，请不尽的仙，他们懂得将欲取之必先予之，最简陋也少不了一刀纸钱和一炷香火，跪拜，磕头，毕恭毕敬，希求灵验。即使不灵验，他们也不会归罪于神，神是没有错的，是自己的命不好，中国百姓不只信神，还信命。

如今，瞭阳崮上的古迹虽早已不存，但新建的飞檐的红墙黛瓦的庙宇也颇有几栋，掩映在苍松翠柏之间，倒也漂亮，我不是信徒，只把它当景来观。

站在瞭阳崮顶，望周围群山，莽苍幽蓝，雄浑壮阔，天空无云，若有云，必像杜甫一样"荡胸生层云"，湛蓝的天空挂着半轮白月，日月同辉，若李白在，必且喜且叹"手可摘星辰"，瞭阳崮也可以叫摘星崮，谁说不可以呢？

唯有诗人才有如此浪漫之豪情，对当地百姓而言，八十多年前，瞭阳崮也可以叫夺命崮。那个年代，兵荒马乱，土匪猖獗，生灵涂炭，为躲避匪患，当地百姓于崮顶建房筑寨以求自保，不足一平方公里的崮顶，密密匝匝住了两千多百姓。费县匪首李殿全看中了瞭阳崮易守难攻，乃盘踞的好去处，便买通村民包丕信、公方忠和伊方臣三人做内应，率领匪众从北面悬崖悬绳而上，对崮上百姓进行了惨无人寰的残杀和奸淫，一时血流成河，哀嚎遍野。

方圆八百里的沂蒙大地上，大大小小的崮星罗棋布，几乎每个崮顶都有匪患猛于虎的黑暗时代残留下来的断壁残垣，其中天桥崮上的围墙堡垒保存最完整，令人震撼。

站在瞭阳崮顶上的心情是复杂的，一面惊叹于它的奇险，一面深思于它的古迹，一面悲叹于它的血案，赋曲一首以记游。

天净沙·瞭阳崮

峭壁庙宇苍松，碧天远山雄鹰。斜阳银月冷风，叹息数声，好游人在崮顶。

13　龙腾凤翥龙门崮

海边也有崮吗？对，它就是"山东海滨第一崮"龙门崮。

景区大门"龙门崮风景区"几个大字是启功先生的手笔。

进入景区，首先映入眼帘的是一潭碧水，这潭碧水将龙门崮青翠的倒影摄入心魂，将其融化浸润，于是水更绿了更青了，沁人肺腑，赏心悦目。山不在高，有水则灵，所谓山清水秀，山无水不秀，水无山不清，是矣！

水不在深，有龙则灵，这潭碧水真有龙。传说，玉皇大帝为王母娘娘举行寿宴，宴会上，东海龙王因为海界问题与北海龙王打斗起来，玉皇大帝一怒之下，将东海龙王囚禁在这潭深水里，东海龙王思念故乡，经常站在崮顶眺望东海，山顶有一石门，东海龙王由此门入山顶，此山故曰龙门崮。

此地的步行道精致、宽阔、清洁，夹道一侧为高耸的翠柏，一侧为茂密的修竹，清幽静谧，林间鸟鸣婉转，"山光悦鸟性，潭影空人心"，信矣！

天下名山僧占多，龙门崮也有一寺，前面就是了，曰鸡鸣寺，相传刘勰少时家境贫寒，买不起灯油，每天鸡叫便起来，到寺庙借光读书，学业精进，终得妙理，遂成体大精深之《文心雕龙》。

我说，刘勰不是在浮来山的定林寺吗？

二妹笑道，叫他在哪里，他不就在哪里，名人都是如此，刘勰在鸡鸣寺苦读，在定林寺著书也是可能的啊。

寺门前左右各一亭，曰"钟亭"和"鼓亭"，英杰老师敲了一下鼓，撞了一下钟，钟声悠扬，鼓声震耳。寺门两侧有一副对联：晨钟暮鼓惊醒世间名利客，经声佛号唤回苦海迷路人。

鸡鸣寺怎么这么耳熟啊，哦，原来是南京的鸡鸣寺在耳边震荡啊。南京鸡鸣寺素有南朝"四百八十寺之首"之美誉，梁武帝萧衍四次舍身出家，达摩祖师从印度来，都栖身此庙。

龙门崮的主题文化是"龙"，从鸡鸣寺往上，道旁皆有龙的雕像，或立或卧，或盘或翔，形态神情各异。石壁上亦处处刻有"龙文"："游龙乐道""龙生天际望龙翔""如龙盘雾似凤腾霄"，还有一个"文心雕龙"啊，还有一百个不同字体的"龙"字啊，真乃名副其实的"龙乡"。

也有称赏龙门崮秀色的，如"千岩竞秀""枕石漱流""畅怀天地""云烟苍润，峰壑幽深"……篆隶行草楷，时时处处考验着我们的书法眼力，也有辨认半天，终于认不出的，众书法家中也只认得启功和赵朴初——认得出他们的题款。

快到山顶时，看到左拐的通往山顶的台阶被围墙阻隔了，旁有警示：

小心落石，快速通过。仰望，见山顶一裂为二，中间一道狭长的罅隙，隐然有洞，这就是传说中的龙门吧。向外裂出的那道山峰，倾斜，单薄，瘦削，似有坍塌之势，怪不得禁止通行。

此路不通，只能走山顶新辟出的陡峭的石阶，石阶太多了，太陡了，感觉像在走泰山紧十八盘。虽是盛夏，但今天没有骄阳，海风浩荡，凉爽得很，所以登山并不吃力。山巅建有一龙凤塔，高耸入云，站在塔下，极目四望，游目骋怀，天上有云海翻卷，地上有绿浪奔涌——重重青山可不像绿色的波浪吗？

为何建龙凤塔？传说凤凰落垛不落崮，不是不落崮，是落不下去，山上有龙盘踞，凤不压龙。传说孙悟空也落不下来，气得抡起金箍棒，一棒砸下去，山体轰然而开，一分为二。

要看龙门，还得下去。台阶上爬满了绿藤，看来很久没有人来了，龙门像一条陡峭而狭窄的巷子，潮湿，阴暗，森然。站在下面看，一道石壁，镶有一巨大椒图门环，堵死了，显然过不去，没想到，上去，右边竟有一道罅隙，刚好容一人通过，两侧石壁皆有刻字，下面是文心洞，有数米之高，感觉能下去，刚下了几步，发现最下面没有踩脚处，二妹和英杰老师在后面阻止我，我也感觉实在冒险，就没下去。

爬了那么多的崮，崮崮皆有特色，龙门崮最大的特色是站在上边真的能望见海，很多山上都建有望海亭，但有名无实，龙生于海，龙门崮真是实至名归。

14　寻找红石崮

为了一个人，寻找一座崮。

红石崮原名小崮子，在沂蒙山区，叫小崮子的崮不计其数，有名字的崮，一者大，二者有特色，既不大也没特色的崮，人们就随口叫了小崮或小崮子。

小崮子因著名抗日烈士武善桐而改名红石崮。1942 年冬，一股日寇疯狂地扑向红石崖村，架起机枪威逼群众和党员交出八路军和枪支，200多群众和党员不为所动，日寇恼羞成怒，下令机枪扫射，千钧一发之际，武善桐挺身而出，哄骗日寇说他知道八路军和枪支藏在哪儿。

武善桐将日寇诱骗到村东的小崮子顶上，趁敌人不备，一脚将一名日寇踹下悬崖，随即抱住另外一名日寇跳下悬崖，谱写了一曲壮烈的英雄之歌。

两周之前去宿山时，查阅资料，说宿山以北三公里便是红石崮。而宿山距沂城很近——感觉如此，外子打导航，没搜到红石崮，于是导红石崖村，过了诸葛镇政府，感觉不对，仿佛过了宿山很远很远了，左转，进入我熟悉的一条路，爬透明崮和南洼洞时都走过这条路。

我打开手机，搜红石崖，导航显示距离此处17公里，这17公里显然是多走的，如果此处所指即是我们所寻的话。此时已过午，心里有些着急。外子说，找不到就随便找座山爬得了。我说，随便找座山爬，何必跑这么远的路？外子说，那就还回原路，到红石崖村也不过三公里了，不是，再说。于是返回原路。

感觉差不多到了，路边有一对卖水果的老夫妻，下车买了一袋香梨，顺便问路。仰头遥望处，居然就是我们要找的红石崮！老人指着远处说，武善桐的墓就在那里，前两天村支书还带着外面来的几个人去看过。

时候不早了，我们决定先爬红石崮。在老人热情的指点下，我们将车开到了山脚下。

外子坚持走大路，我坚持走小道，争执半天，我赢了，事实证明我对了，那条大路根本就不通崮顶。我笑道，当年，武善桐就是走这条小道把日军引到崮顶的。

山腰的地里，长了一片一片的芦苇，红叶白花，倒也漂亮。大雁！外子听到了大雁的叫声，惊喜道。遥望天际，只看到两条交叉的黑色的弧线。在古人的诗句里，大雁是离愁是相思，今天呢，人们看到大雁会想到什么呢？野味，野趣，还是神奇的生命的迁徙？

崮下树林里是大片大片黑色的乱石，显然是从崮顶滚落下来的，红石崮为火山岩无疑了。沂蒙之崮，多为灰质岩，极少为页岩和火山岩。

没有路，乱草乱树横生，手背上划出了一道道的血口子，大汗淋漓，爬山出汗才尽兴，没有路才有趣，顺着路一路到顶，没甚意思。发现了好

几个獾洞，在岩石的罅隙底下，岩石是阁楼，遮风挡雨，是天造的，洞是起居室，自己挖的，动物的智慧也真是了得。

到悬崖之下了，不是惊心动魄的壁立千仞，而是惊心动魄的破败衰颓，见过一些衰退崮，但没有见过如此岌岌可危摇摇欲坠的。

环崮一匝，处处可见滚落的大石，有的还是新茬，就是今年夏天某个雷雨天轰然倒下的也未可知。西南处断崖更是触目惊心，支撑山体的一个个石柱，仿佛一个个的牙齿，有的完全断裂，有的整体脱落，一地狼藉，有的还在苦苦支撑，一圈一圈的裂纹显示它们也坚持不了多久。我们走在下面，不敢大声说话，担心声浪一高，就会惊得岩体坍塌，"其险也如此，嗟尔远道之人胡为乎来哉"，此地不宜久留，我们迅速撤退。

还登顶吗？外子问。当然啦，我说，难道要抱憾而归吗？

侦察一圈儿，也只有东南一角可攀，登上去，想到崖下惊险的断层，甚至不敢用力踩踏，仿佛一用力，整座崮就被踩塌了。

显然，这座崮不用多少年就会完全坍塌，不复存在，人们再也找不到一座叫红石崮的崮，但武善桐烈士的英雄事迹将永远镌刻在波澜壮阔的抗日战争史上，人们还会因为一个人而寻找一座崮——一座屹立在人们心里的崮。

15　再上透明崮

再上透明崮，轻车熟路，山依旧，村落不知何处去，但见新整的土地井然有序，一台挖掘机仍在挥臂翻土。

犹记得，初登透明崮，正值夏天，草木丰茂，上得山去，不辨路径，山顶六七个崮，不知道哪座是透明崮，转了大半天，眼看夕阳西下，幸遇一牧羊老人，问之，曰我们就站在透明崮上，脚下就是透明洞。

此次改变登山路线，从最南面的崮爬起，当地人曰小崮。行至山腰，蓦然瞥见，透明崮南端，竟是一苍苍老者的人面像！深刻的皱纹，深窈的眼睛，凸起的发髻，抿起的嘴巴，栩栩如生，惊心动魄。

　　小崮之悬崖其实相当大气，刀劈斧削者有之，凹凸有致者有之，东面一列，如四位大肚将军，顶天立地，威武雄伟，叹为观止。

　　透明崮与小崮毗邻，从一侧看，老者的形象依然醒目。大名鼎鼎闻名遐迩的透明洞即在不远处，传说透明洞乃二郎神为成全一对有情人而见义勇为，挥斧劈之，此传说余在《千回百转透明崮》一文写过，此处不再赘述，外子看了一眼小崮与透明崮之间的宽阔豁口曰，此传说谬矣，这么大的豁口，多少迎亲的队伍走不开，还用得着在悬崖峭壁上开个洞。余笑曰，传说大多附会，当不得真。

　　透明洞底石上，刻有棋盘，刻有某人爱某人，两边石壁之上，刻有某人某日游此地、星月、二中等字样，洞前垃圾满地——纸巾，饮料瓶，塑料袋……有的挂在灌木树枝上，看来不少人在洞内用餐，想起了多年之前遇到的母子俩——儿子初中生模样，一路躬身捡拾山上的垃圾，放在随身携带的塑料袋里，我和外子叹曰，这世界，确实有境界极高之人，我俩属于比上不足比下有余，自觉地捡拾起刚才消费的垃圾，放到包里，除了脚印，啥都没留下。

　　透明崮以北为石人崮，我们知道的石人崮有三个，在蒙阴还有两个。过了山口，沿一长崮下小道行走，随处可见盛开的棠梨花、连翘花、桃花和不知名字的杂花，灿然绽放，真乃触目皆春色。春看花，夏看叶，此时，万木之叶还蓄在枝头，等到花褪残红，落英缤纷，就该它们出场了，不抢别人的风头，才能占尽自己的风头。

　　又看见宛如列车的连崮了，外子说像针锥，我说还像钥匙。问一牧羊老人，我们刚才走过的长崮叫什么，老人说叫放牛崮，也有叫蝎子崮的。问东北角的两个小崮，老人说一为碾子崮，一为丁家崮，上次来一牧羊老人说这两个小崮并称褡裢崮，现代人对褡裢已经很陌生了。

　　初登透明崮，惊诧于南蛇藤的野蛮侵略，这次行走林间，再次震撼，每一根南蛇藤如长蛇般缠住大小树木，从树根到树梢，所到之处，一片荒芜，我们发现一棵曾经被南蛇藤缠过的坚硬槐树，树干上赫然呈现深深的凹痕，真可怖也！

　　再上透明崮，发现良多，感触良多，是以再记之。

16　神佛崮

五月九日，周日，母亲节。我和二妹两位资深母亲再次前往岱崮园区，这次是奔着神佛崮去的。

二妹是个健谈而博闻的人，一路上谈着蚂蚁的二维世界和人类的四维世界：说，在蚂蚁的世界里，它们并不觉得自己小；说，知道人类如何捣毁蚂蚁窝，就知道外星生物如何捣毁地球——如果有比人类庞大的外星生物。二妹最喜欢谈的还是历史，一两个小时的行程，刚够她打开话匣子。

我们没有坐观光车，而是选择走步行道，步行道才是真正的观光道。一路上我们观赏到了大片含苞待放的红艳的锦带花，一株一株又一株红艳的红枫，竹篱掩映下窗台上神态各异的可爱的小和尚——青石做的，有捂眼睛的，有捂耳朵的，有捂嘴巴的，有敲木鱼的……不一而足。还有粉红的楸花，粉白的和紫红的槐花，还有宫阙、长廊和凉亭——这些都是坐观光车看不到的，观光车只带着你在蜿蜒的山道上飞快地行驶啊。

但是，观光道上的景物，不过是一顿精致大餐之前上的几道小凉菜而已，崮上草原和神佛崮才是主菜。

一踏上崮上草原，视界顿觉开阔。草原上有人撑起了几顶蓝色绿色红色橙色的帐篷，有人在摆姿势让同伴拍照。我终于明白此地为什么叫岱崮园区了，站在崮上草原，东西南北的崮尽收眼底，它们一座一座涌现在你的面前，让你应接不暇。遥想五六亿年前，它们从海底抬升隆起时的震撼画面，真是不胜唏嘘。上周爬了北岱崮，我特意多看了它几眼，仿佛已是故友，别的都还叫不上名字。

站在崮上草原的尽头，二妹指着远处长而阔的道路说，那里怎么摆了那么多的纸人？我笑道，什么纸人啊？那是练太极拳的。二妹也笑了，穿着白色衣服，都一动不动，可不像纸人吗？

走下崮上草原，转弯处是"小天门"——几块堆叠的巨大的岩石，中间有一道垂直裂缝，悬空如门，故得名。标志牌上显示此处的岩质为"张夏组鲕粒状灰岩"，非常生僻拗口的一个专业名词。

前面长长的大道必定是通往神佛崮的"圣道"了，从下到上摆了好几列着白衣白裤的太极队员，我一看到着红衣的傅师父，便知是沂水老乡了，一问，果然是。今天来参加太极表演的有近二百人，头顶上的无人机在盘旋着拍照，我和二妹驻足观赏了一会儿。

傅师父退休前是一所职业中学的校长，退休后，十年如一日，每天早上六点在东皋公园的文峰塔下义务教太极拳，学员成行成列，阵势浩大，蔚为壮观。我曾站一边，观赏，感慨，感动。

大道尽头处是一座凸起的崮，并不巍峨，但北面突出悬空的一部分，像极了一尊慈眉善目的佛像。下面的灌木上，被一些善男信女系了很多红绳，道上一列摆了三个蒲团，供人顶礼膜拜。一块木质标志牌上刻着"天赐神佛"四个大字。

继续东走，前面是几块林立的巨石，标志牌上写着"地质遗迹，禁止攀爬"。此时，我蓦然回首，惊奇地发现，那尊神佛，从这面看，竟然是一个面目狰狞的魔鬼！我跟二妹说，我必须把它拍下来。兴奋地跑回去，爬上去，却被灌木遮挡，拍不到，找了几个角度，都不行。只好折回来，站在我发现它的位置，最像，可惜距离太远，只好把镜头放大，虽然有点虚，但效果还是颇理想的。

我跟二妹感叹道，一面是佛，一面是魔，自然造物跟造人是一样心啊，人不也是一面是佛一面是魔一念是佛一念是魔吗？只是多数人会把魔锁在心底，不让它挣脱出来罢了。

尽兴而归，回到沂蒙山世界地质公园，参观了岱崮园区博物馆。这座博物馆原是9381军工小镇的地下兵工厂——一座5600平方米的山洞。看了岱崮地貌展区，才知道，上周爬过的北岱崮属于成熟崮，而刚刚看过的神佛崮则是退化崮。不用多少年，不管是神佛崮还是神魔崮，都将被风化掉，化为乌有，"卧龙跃马终黄土"，世间万物概莫能外。

让我感慨和感动的还有红色岁月时期的军工精神："要献青春！献了青春，献终身！献了终身，献子孙！"那是一个艰苦卓绝的时代，也是一个热血奔涌的时代。

回到沂水，去祝母亲节日快乐。四岁的小侄崔乐以小朋友翻看我的手机相册，看到我在博物馆里拍的几张地球演化过程的照片，惊奇地叫道："姑姑，你去外太空了？"我笑道："是的，姑姑去外太空了。"乐以小朋友又问：

"那你看到爷爷了吗？爷爷去外太空打怪兽回不来了。"

我的鼻子一酸，眼泪就要下来。自从去年父亲去世，乐以小朋友一直追问爷爷去哪儿了，他正喜欢奥特曼和怪兽，我们就告诉他爷爷去外太空打怪兽了，他就信了。

有一天，我们——包括世间万物，都会化为太空中的一粒灰尘。其实也没什么好伤感的，今天我们就玩得很尽兴啊。下周日，我们再来，爬龙须崮，据说挺难爬，难爬也爬。龙须崮也是一座退化崮，几万年后它就风化完了，要爬就赶紧哦。

所以啊，想爬的山赶紧爬，想做的事赶紧做。莫徘徊，莫犹疑，一徘徊，一犹疑，时光就从指缝溜走了。

17　晏婴崮

崮以人名，崮之幸耶？人之幸耶？山河永固，贤臣流芳，皆幸也。

晏婴，春秋时齐国名相，历灵公、庄公和景公三朝，辅政五十余年。凭着过人的政治才干和外交才华，在内忧外患诸侯争霸的乱世，上安社稷，下济黎民，折冲樽俎，兵不血刃，于己不伤毫发，于国不辱使命，留下了《晏子春秋》之千秋史话。

缘何崮以人名呢？据说晏婴在此安过营扎过寨。

此崮真乃安营扎寨的好去处也。

崮顶四周皆为绝壁，乃天然城墙。崮顶东西狭长，两端虽可攀援而上，但亦有一夫当关万夫莫开之势。

连日大风，将天洗得跟蓝玉一般澄澈。时值暮春，姹紫嫣红的花事早已衰歇，现在是叶的黄金时代，山上青翠如玉的是柏树，黄绿如玉的是山榆，一片一片又一片，除了大自然，谁有这样肆意灵动的丹青妙手呢？

比起上周去唐山和东汉崮的冷风、阴云和疏雨，今天出游晏婴崮，真是天朗气清惠风和畅，良辰美景赏心乐事，四美俱也。

"叶底青青杏子垂。"在山脚下，我们邂逅了一株杏树，杏子大小若鸽蛋，摘一颗，咬一口，涩酸苦甜，表情夸张，满口生津，吃的就是这个味儿。

"久亲孔孟冠文名。"在山腰处，我们遇见了一株奇特的植物，花色纯白，花心黄绿或水红，叶羽状对称。所谓奇特，只因我们不知而已。打开"识花君"识别，曰文冠果，乃中国特有的油料树种，文庙多有种植。

"势如飞雀可爱。"在山顶上，我们又发现了一株奇特的花草，未开者黄，开放者白，开过者红，三色一株，玲珑飞动。原来是锦鸡儿。清人陈淏之《花镜》云：仲春开黄花，其形尖，而旁开两瓣，势如飞雀可爱"。真是可爱。同行者赵颖老师说，开得这么美，也没人看见。我说，没人看见，也开得这么美。

在山顶上，我们还发现了一小片"马虎爪子"，学名"瓦松"者也，状如观音莲，是一种野生的多肉植物，小时候经常揪它的瓣儿吃，酸酸的。好多年不见它的踪迹了，以为绝迹了。它隐藏得好深啊！我们在一块光滑平整的大石头上稍事休息，喝杯热水，吃点零食，补充能量。我的目光无意中投向一丛山榆的阴凉处，于是就有了这一令人惊喜的大发现。我说，拔一棵回家栽着。小心拿掉覆盖在上面的几根干枯的荆棘——这些荆棘是它防御外敌的藩篱吗？它的家园也太贫瘠了，只是附着在石头上的一层薄薄的干土，本来想拔一棵的，不想粘连起好几棵来。英杰老师疼惜地说，给它留下棵，别拔完了。

赵颖老师的公子——初二学生马玉书同学发现了一只体型修长的大蚂蚁，剥了一块腰果放在地上，那只蚂蚁立刻发现了它，兴奋地拖起就走，不，是跑。玉书同学移步跟踪，突然激动地大叫："它被抢劫了！"一只体型更为庞大和骁悍的蚂蚁劫了财物就跑，这只自是不舍，紧追而至，于是就厮杀起来。玉书同学又撒下一些腰果渣，蚂蚁们闻味而至，纷纷抓起食物就跑，看来家中告急，要不为什么动辄就跑呢？都说我们这个时代是个快节奏的时代，人人都在匆忙赶路，谁都停不下来。原来蚂蚁的世界也是如此啊。

"我发现蚁穴了！"玉书同学又激动地大叫。"回去写篇日记。"赵颖老师说。我说："就让他舒畅地玩一天吧，别给他戴紧箍咒了，好不容

易出来一回，一路都在担心没时间写物理作业。"

晏婴崮给我们的惊喜何止这些呢？崮顶行程接近尾声，走出重重叠叠的山榆林，眼前赫然出现了一道奇观———一排石柱如笋如剑，直指苍穹。我想，也就看看了，爬是爬不上去的。忽然看见上面有人，随即英杰老师就接到了刘红老师的电话，对面石柱上正是她和她的老公。我们偶遇了！

居然能爬上去！

然后就爬上去了，虽然陡峭，爬起来却并不十分艰难。看来这些看上去十分冷峻和高傲的大自然的宠儿，也有心让人一睹它的风采。

此行我们没有看到"百度百科"上介绍晏婴崮时所说的碉堡遗址、百年城墙和清代碑刻，只看到了一个硕大的捣米的石臼，算是看到了前朝旧物。

有什么遗憾的呢？"黄色的树林里有两条路，很遗憾我无法同时选择两者……我把另一条道路留给了明天！"

晏婴崮，明年春天我们再来！

18　总有些山爬不上去

——记北岱崮

遍观沂水，感觉再无可爬之山。黄山归来不看岳，岱崮园区号称世界地质公园，该是岱崮归来不看崮了吧，不看就不看，反正都已经看过了。

正值五一假期，这回禹儿开车，我、徐源老师和建栋同学负责闲谈，听音乐，吃零食，看车窗外的景儿，难得如此休闲。

一进园区，就看见一队小红军——着红军装的小学生，正列队听老师的讲解，感觉既新鲜又可爱，心底里还有一份感动。右边的石壁上镶着"三线军工小镇"几个红灿灿的大字，往里走，园区门口矗立着一组铜色雕塑：一位背枪的战士和一位手持钢钎的工人并肩而立，前面是一位抱着一捆麦穗的农妇，象征工农兵团结一心，底座上镌着一行烫金的大字——备战备荒为人民。是毛主席的题词。原来这里是红色教育基地。

在革命战争年代，沂蒙山腹地的深山大谷里，隐蔽着很多军工厂，为前线浴血奋战的战士们制造枪支弹药，英雄的沂蒙山人民运送物资，营救伤员，汗洒沂水，血沃蒙山。

陈毅元帅曾经动情地说，淮海战役的胜利是沂蒙人民用小推车推出来的。举世瞩目的孟良崮战役就发生在这片英雄的热土上，孟良崮战役的指挥所则在百里之外的"华东小延安"王庄，蒙山沂水，两地军民，同仇敌忾，抗日反蒋，书写了一曲军民鱼水的雄浑战歌。

在景区内转了一圈儿，有些兴味索然，因为我意在爬山，而不在逛园。禹儿对实弹射击发生了兴趣，我说，六块钱一发，你去打两发吧。禹儿笑道，两发？我说，你还要突突突打一梭子啊？过把瘾不就得了。最终也没打，只是过了把嘴瘾。

爬岱崮啊，爬岱崮啊。我嚷道。可是岱崮在哪儿呢？

问了景区工作人员，打着导航直奔岱崮村。

岱崮村到了，这么小的村子啊，稀稀落落十几户人家。崮倒是有一座，山体也不十分庞大，通体葱翠，崮顶像一个绿色的蒙古包，又像一座绿色的粮仓，倒是典型的崮貌。只是，只是……有点小失望。先别失望，是不是岱崮还不一定呢。找个人问问也好，却不见一个人。

我们往上走时，看到有崮上草原和神佛崮的标志，岱崮是不是在景区里面呢？

爬上右边的一座土山，就到景区了，于是兴致勃勃地往土山爬，土山与我们刚看到的绿色大崮隔村而对，爬土山的过程中，一次次地回望绿色大崮，愈看愈觉得它气象不凡，越来越觉得它就是岱崮。

爬上土山才看到，要到对面的景区，还隔着一条大沟，须下去，再上去，此时，一辆辆的观光车鱼贯而下，我们才意识到走错路了，该把车停在停车场，坐观光车上山的。

好容易看到一个人，在桃树地里打农药，我对孩子们说，你们在这儿等着，我去问问。

是一位蒙面的中年汉子——不是盗匪，是药农啊。我指着绿色大崮问他，这是岱崮吗？他说，这是北岱崮，那是南岱崮。我问，站在岱崮上能看到泰山吗？他说，看不到。我说我是专程来爬岱崮的。他说，你爬不上去，太陡，南岱崮能爬上去。

果然是岱崮。从网上看到，岱崮本叫望岱崮，岱是泰山的别称，因为站在上面能望见泰山，故得名。

于是原路返回。禹儿说，爬南岱崮。我说，两座都爬。

禹儿说，人家都说爬不上去了，你还爬。我说，未必爬不上去，况且北岱崮近在咫尺，来都来了，怎能不爬？

下到山底时，我们走了另一条岔道，不想邂逅了一道奇观。禹儿说，这块石头是整的吗？其实奇妙之处并不在于它是东西狭长的一块整石，而在于它下面是空的，那么空阔，足有几间屋子那么大，真是洞天石府！有人在南边拉了半堵围墙，既可遮风，又可让阳光照进来。

跟所有的崮一样，岱崮也是荆棘丛生，灌木遮道，走到半山腰，禹儿就体力透支，发赖不走了，徐源和建栋姐弟两个体力尚好，我也是。多数服从少数，歇息一会儿吧。

建栋的听力真好，他竟然听到了松鼠的叫声！眼力也真好，我们循着他指的方向，看到一只小松鼠趴在一棵槐树上，松鼠发现了我们，惊跳到另一棵槐树上，只留尾巴让我们看——它以为它隐蔽得够好了。

歇息够了，继续攀爬，隐约望见崮顶了，禹儿又爬不动了，要放弃。我说，胜利在望了，不能放弃，本指望你照顾妈妈的，结果是我替你背着包，才工作半年，就长一身肥膘，再不锻炼，你就毁了。好说歹说，勉强爬到了崮顶悬崖下，走了几步，再也不走了，我还欲动员一番，没想到禹儿生气了，说，走不动就是走不动了，干嘛勉强别人，爬山是你的兴趣，你不能要求别人也有同样的兴趣！

我说，你说得对。便和徐源建栋姐弟俩沿崮下顺时针转圈儿走。

峻嶒的峭壁足有五六层楼高——这些峭壁在山下是看不到的，虽然看过很多很多的崮上悬崖，还是忍不住惊叹和感慨。

"绳子！"走在前面的建栋惊呼道。

果然上不去。悬崖上悬下来的绳索是从前的登山者好心留下来的。只是，有了这根绳索，以我们的体力也还是爬不上去，一人摸了一把绳索，仰头望了望头顶的绿树和蓝天，抱憾而归。

站在一块岩石上，纵目西望，莽莽苍苍全是层层叠叠的群山，极目之处最高的那座就是泰山吧。

几年以来，所到之处的山，还没有爬不上去的，这是第一次。其实有什么遗憾的呢？总有爬不上去的山，爬不上去的山可以在山下看嘛，也总有连看也看不到的山，尽吾力，尽吾志，可也。

下山时四点多了，南岱崮是爬不成了，还有周围那么多好看的崮——真的挺好看的，崮顶有的像一所漂亮的绿房子，有的像绿色的城堡，还有两座，像绿色的小书屋，像童话里的小小屋，梦幻而美丽。

等我来啊，我会一一拜访你们。

（后记：回来翻看照片，发现洞天石府那张的最上左方，竟然有一张类人猿的脸！是化石吗？或许这个大洞真是类人猿聚居的地方，有一个特立独行的人猿以这种凝固的方式洞察着自然和人世万千年的沧桑巨变。）

19　小崮头和对崮峪

翠色欲滴的高山下一泓碧绿如玉的潭水，山上白色的风车悠然转动，刚从林立的高楼大厦丛林里出来，看到此景，我和二妹的心瞬间被打动，决定停车游赏一番。

三面都是堆玉叠翠的青山，将这一潭水映得绿油油的，几只白鹅悠闲地浮在水面上，过处是几道凝碧的波痕。极目处是一个小小的山头，那就是我们要寻访的小崮头，小崮头是真小啊，站在此处看，仿佛可环抱于怀。

小崮头小有名气，大名鼎鼎——小崮头因小而闻名，细究起来，又非因其小，乃因其偏僻闭塞，其地处沂水、沂源和临朐三县交界处，过去收税缴粮时，三县皆不以其为己所管，皆不来催缴，小崮头村因此被称为不在天朝里的村庄。

寻访小崮头还在其次，我们真正要寻访的是小崮头的烈士陵园。上周偶尔听一位同事讲起，小崮头山下有一座烈士陵园。

水潭边上有一户人家，此时正好有一位大哥从公路上走下来，往这户人家走。我和二妹走上前，问烈士陵园在哪儿。那位大哥说，你们已经走过了，从对崮峪村的一座小桥往上，顺着公路走就到了。

哦，我们刚才确实经过了一个叫对崮峪的村子，那是一个崭新的社区，几排红色的多层楼房在这偏僻连绵的群山里，显得格外醒目，道路两旁也有雅俗共赏的装饰和建设，我还跟二妹说，感觉像是进了旅游景区。

我们问夹岸对峙的山叫什么，那位大哥说，这是对崮，战役就发生在这里，南崮是八路军的战场，北固、西大坪及东边的山是日军的战场。我们愕然，原来八十年前那场激烈的战斗并不在小崮头。

我和二妹决定，先去看小崮头，回来再去瞻仰烈士陵园。

看预报今天有小雨，出发时天就阴沉沉的，此时愁云惨淡万里凝，山雨欲来风满山，还未到山顶，雨点就淅淅沥沥地落下来，雨中登山，倒也别有趣味。

环视四野，莽莽苍苍全是层层叠叠黛色的群山，远远近近皆为浩浩荡荡白色的风车，不远处一座山势平缓的山上，密布着整整齐齐阵势浩大的光伏发电板。曾经这里是无人问津的穷乡僻壤，现在则既是绿水青山，又是金山银山。

路上我们发现了一片美丽奇异的云纹石，其天然的纹路如行云流水，令人叹为观止。

登上小崮头，我们发现，与别处崮不同的是，此崮的山岩为玄武岩，而非灰岩，可见其由火山喷发凝固而成，而非海底地壳隆起而成。山下到处都是黑压压的乱石，可见小崮头曾经并不小，只是风侵雨蚀衰老退化而变小了。

从小崮头顺山路下来，进入对崮峪村，驱车几分钟就到了山上的烈士陵园。

陵园正门是一座高耸的黑红的石碑，上面镌着"革命烈士永垂不朽"八个烫金大字。最里边是一座硕大的浑圆的墓冢，上面撒了一层厚厚的白色石子，正中一个红五星，前面摆放着一个鲜艳的花圈，应该是一个月之前的清明节时敬献的。

墓冢前面两侧竖立着几块黑色大理石的墓志，刻有对崮山战役的经过及牺牲在此的几位八路军军政机关的领导姓名及职位。

其中一块墓志写道：公园一九四二年十一月二日，在沂水北部坚持反扫荡斗争的我山东军区、山东战工会等领导机关突遭八千余日伪军合围，为寻机转移，机关率军区特务营一支一团抢占对崮山，凭险拒敌。十倍于我之敌轮番进攻，八路军将士竟日苦战，一连打退敌人八次进攻，毙敌六百余。夜幕降临，特务营只八人生还，一支一团团长刘毓泉、政委王锐以下数百人牺牲。随我部上山的国民党五十一军一部亦有重大伤亡。机关突围中战工会秘书长李竹如、鲁中二地委组织部长潘维周等殉国。

我百度了一下对崮峪战役，发现此次战役还有一个狼牙山五壮士般气壮山河的壮举。掩护机关转移的特务营跟敌人激战到最后，只剩下十四位勇士，面对蜂拥而上的敌人，营长严雨霖等誓不做俘虏，纵身跳下悬崖，其中八位勇士幸免于难，经过异常艰苦的跋涉，辗转回到部队。

瞻仰凭吊了一番，我和二妹向英烈们深鞠一躬，就开车下山了。此时才下午两点多，我们决定再去爬对崮，踏着烈士们的遗迹，感受他们英勇壮烈的革命情怀。

雨势渐大，我和二妹打着伞，从勇士们跳崖的东面攀援而上，草木丰茂，山陡路滑，风势又大，用了两个小时才登顶，鞋子和裤子早已湿透。

站在山顶，平视对面的北崮及西大坪，那里曾经盘踞着对我八路军疯狂进攻的日伪军，而今，上面矗立着二十多个气势雄伟的风力发电机组。俯瞰东面山谷，那里静静地坐落着几片红色的村庄，那是"美丽乡村建设"的杰作。

青山埋忠骨，绿水荡英魂。革命烈士永垂不朽，中华民族万古长存！

20　唐山和东汉崮

唐山和东汉崮有什么关系呢？其实两山素无交集，亦无渊源，唐山在沂源东里，东汉崮在沂水泉庄。但是啊，因为我们爬完唐山后，体力尚好，天色尚早，余兴未尽，又折回来爬了东汉崮。于是，唐山和东汉崮，因为我们，而有了关联。

唐山为何叫唐山呢？据说唐王李渊征战在此，称帝后，在此建了一座皇家寺院——弥陀寺。寺没叫唐寺，山却叫了唐山，其实它还有一个繁琐的名字——九顶莲花山。

我对弥陀寺里宏伟的大雄宝殿、飞檐的观音阁和彩绘的九龙壁不甚感兴趣，令我为之震撼的是寺内那棵两千六百年的古银杏树。两千六百年是什么概念呢？两千六百年前，也就是公元前六世纪，正是春秋无义战的乱战时期，诸侯争霸正酣，百家争鸣亦日渐激烈。

此时，一株零岁的银杏树获得了生命，它坚韧顽强地生长，它淡泊无为地生长，无惧风吹雨打霜欺雪压，无视世事沉浮陵谷之变，它一站就是两千六百年，它还会站多久？你看它粗壮硕大的树干，你看它空中交扯的粗壮劲健的树枝，感觉它会站到天荒地老。想起了莒县浮来山定林寺里那棵四千年的银杏树，四千年啊，想到此，我笑了，四千年前，你在哪儿？我在哪儿？秦皇汉武在哪儿？唐宗宋祖在哪儿？一代天骄成吉思汗在哪儿？

唐山闻名遐迩的还有摩崖石刻——数量庞大的千姿百态的龙和五百罗汉。

在通往龙宫的几百米的悬崖上，刻了上百条大大小小形形色色的龙，这里堪称龙的博物馆，包罗了中华民族对龙的形象的所有想象。这些石刻，有明清时期的，看上去沧桑古旧些，有近现代的，看上去年轻帅气些。正值阳春四月，崖上崖下，草木吐翠，将这些刻龙或点缀，或掩映，或纷披，于是这些形态各异栩栩如生的刻龙便越发有了生气和灵气。

我兴致勃勃，忙于拍照，恨不能把所有刻龙都拍下来，可是哪拍得过来啊，同游者早就不见了踪影，我须疾步跟上，跟上了，又掉队，掉队了，再跟上，如是者数次。

我拍照忘乎所以到了什么程度？我的背包里放着一根登山杖，登山杖的手环被树枝挂住了，我把树枝折断，继续拍，结果那根树枝就把登山杖永久收留了。彼时彼刻我丝毫没有意识到那是登山杖的手环，等到爬另一座山头时，山势陡峭，想起了用登山杖，背包里已空空如也。山路遥远，回去找是不可能了，就让它挂在树枝上吧，也许时日久了，它也会化为一条苍龙，飞到石壁上去。

此处为何建龙宫刻石龙呢？我和英杰老师探讨，大概有二：山下便是蜿蜒壮阔的沂河，水不在深，有龙则灵，此其一；唐王李渊起事后，龙登天子，此其二。

在致知堂主梁老师的导引下，我们环山一圈，到了弥陀寺以东五百罗汉摩崖石刻的绝壁下。一个罗汉一个石龛，神态各异，体貌举止各异，一看便知是现代刻的。继续往东，在三个长方形的石龛里，刻着一排排一列列手掌大小的小罗汉，或苍灰或苍黑，斑驳不一，时间和风雨将它们的形貌打磨得漫漶不清，只留下了模糊的轮廓，这是唐代摩刻无疑了。我跟英杰老师说，千年以后的人们来看现代的新石刻，也是一样的古老沧桑模糊不清啊。唉，千年以后，千年以后我们在哪儿呢？那时，一定会有人踏着我们的足迹在这悬崖下观摩这些石刻。

已过中午，我们在石刻下的一块平整的石头上坐下来用午餐，此处有绝壁遮挡，风势较小。早上去馅饼店用餐时，买了一张小油饼，两个茶叶蛋，正好身边有一丛野韭菜，和几株鸦葱，采之，跟茶叶蛋一起卷进油饼，鲜香无比。

吃罢午餐，驱车直奔东汉崮。进入村口，便见一堵矮墙上悬挂着四个鲜红的大字——东汉公社，右上角一个鲜红的五星。矮墙上边是人民公社旧址。院墙外的黑板上用红漆写着孙玉娘救光武帝刘秀的故事。西汉末年，王莽篡政，刘秀起事，被追兵追杀至此，孙玉娘引刘秀进入崮顶悬崖上的石洞，躲过一劫，两人遂定终身，此后刘秀一去不复返，玉娘一等二十载，忧思成疾，投水而死。玉娘母亲孤身进京，为女儿讨说法，刘秀听之，感愧不已，率文臣武将浩浩荡荡至玉娘投水处，以当时最高规格——金顶葬之。

爬上崮顶时，天色阴沉，山雨欲来，我和英杰老师留连于此一丛彼一簇的山韭，一人采了一小捆。

走下崮顶，雨点已零星洒落。来此一回，如何不一睹刘秀藏身的"藏龙洞"呢？沿崮下悬崖向西数十米，但见两石壁之间一条狭长的罅隙，罅隙之上一石板，与崮顶形成一黑洞，未知深浅，若藏身此处，崮上崮下之

人皆不知也。

雨点越来越细密，我，英杰老师，致知堂主梁老师，一路狂奔至山下，途中还数次停下采摘道旁的鸦葱。由于不识路，车停在了距离山脚两三里远的山道上，又一路狂奔至山道，边跑边嬉笑，几十年不曾有过这样的奔跑了，仿佛已经忘记了自己还会奔跑，此时感觉仿佛回到了十五岁的少年时代，而我三人，平均五十岁矣。

嘻，五十岁也可以是十五岁啊！

21　英雄孟良崮

心心念念的孟良崮，我终于来看你了。

论海拔，孟良崮不过五百多米，却因一场战役，获得了他山不可企及的高度；论气势，孟良崮也算不得磅礴，却同样因为一场战役，而气贯长虹势拔五岳。

骄阳似火，纹风不动，刚登上景区的几十级台阶就汗流如注，我和二妹决定放弃徒步登山的豪迈气概，坐观光车直达峰顶。

我们发现，孟良崮上的石头非常特别，古旧，沧桑，远看似朽木，近观文理，若水墨古画，原来这里是沂蒙山世界地质公园的一部分。岩石属傲徕山二长花岗岩，岩龄在25.2亿年左右。早期的地球，如叛逆的少年，桀骜不驯，火山爆发频繁，岩浆汹涌肆虐，沉积冷却为岩石，又经沧海桑田之变，再次被深埋地下，被岩浆侵入或重熔，又经亿万年的风雨侵蚀，才变成了现在这番老态龙钟而又画意纵横的模样。

是谁在欢呼胜利？原来一巨石之上，六七个战士（雕塑）在振臂高呼，他们姿态各异，但神情如一，眉梢眼角皆洋溢着胜利的喜悦。

迎面一个驿站，有几条长凳供游人歇憩。树上挂一大屏幕，正在播放电视剧《孟良崮战役》的片段。

我坐在长凳上，透过阶梯外的木制扶栏，看到一块红色的标志牌，上写"击毙张灵甫之地"，精神为之一振，催促二妹不要看电视剧了，继续拾级而上。一块巨大的凹凸不平皱褶如波浪迭起的灰绿岩石下，有一天然洞穴，张灵甫曾退守此处，负隅顽抗，被率先攻上山顶的华野六纵战士击毙。至此，国民党王牌军整编七十四师全军覆灭。

再往上，便是屹立山巅的孟良崮战役纪念碑。气势恢宏的台阶上铺了一条长长的红色地毯，两边是汉白玉栏杆。

纪念碑高三十米，由三块刺刀状的汉白玉石拼贴而成，其正立面投影为"山"字形，寓意战役发生在山东境内。三块刺刀状的石碑象征野战军、地方军和民兵三大力量。

碑体下部为三棱体的红色围墙，象征广大人民群众与参战部队，紧密配合，协同作战，与上部"山"字配合，寓意"高山下的花环"。

正面红墙刻有胡耀邦主席题写的"孟良崮战役纪念馆"几个鎏金大字。东面红墙刻有陈毅元帅的一首小令："临沂蒙阴新泰，路转峰回石怪。一遍好风景，七十二崮堪爱。堪爱，堪爱，蒋军进攻必败。"西面石墙刻有粟裕大将的题字——英雄孟良崮。

站在纪念碑后面的大石上，俯瞰眺望远处，青山连绵，郁郁苍苍，不禁慨叹：埋骨何须桑梓地，人生无处不青山。

我和二妹回到纪念碑前，再次深鞠三个躬，然后下山。

再热也不能坐观光车下山了，因为余者景点都在步行道两侧啊。

道旁一个山坳里，摆放着几辆破旧的军用卡车、吉普车和坦克，上面还有一个碉堡，导游牌提示："战地军械残骸。"

再往下，一个由两块大石撑起的天然石棚吸引了我们的注意。传说，此石棚是宋代名将孟良拴马的地方，此崮也因孟良而得名。孟良崮战役时，此处用作战时救护所。

像这样的天然石棚，孟良崮上有很多，或大或小，或显或隐。一巨石旁边，有标志牌曰"红嫂乳汁救伤员"，右转，下去，见一石鳞，可容四五人，此处较为隐蔽，伤员藏在里面，敌人从旁经过，亦不易觉察。

一山坡下，道旁一标志牌，曰"炮轰石"。1947 年 5 月 16 日，我华东野战军特纵炮团以榴弹炮、加农炮、60 迫击炮向孟良崮发起总攻，猛烈的炮火把此处山坡上的巨石炸得如同刀劈斧削，令人震撼。

继续下行，转弯处，一巨大红泥茶壶，半隐于竹林中，这就是著名的"元帅壶"——孟良崮战役时陈毅元帅用过的茶壶，真壶现珍藏于中国历史博物馆。

再往下是一组雕塑，展现的是沂蒙人民推车挑担运送粮食和衣物支援前线的情景。

下山后，我和二妹顾不得吃饭，驱车直奔孟良崮纪念馆和烈士陵园。

纪念馆分"鏖战孟良崮"和"兵民是胜利之本"两大主题，分别展现了我军运筹帷幄、浴血奋战和军民水乳交融、生死与共的感人场景。

出纪念馆，往北，正中依次为粟裕将军之墓、英烈亭和英烈塔，英烈亭内刻有孟良崮战役中阵亡将士的姓名。两边是烈士陵园，多为无名烈士之墓。我和二妹在粟裕墓前深鞠三躬，在烈士陵园深鞠三躬，以表缅怀之意。

此时，一行人在粟裕墓前和烈士陵园献花圈，一行人在英烈亭前宣誓入党。"我志愿加入中国共产党"的誓言铿锵有力，回荡在整个纪念馆。

从英烈塔东折便是雕塑园，此时更加郁热，赤日炎炎，挥汗如雨，我和二妹都不是娇气的人，何况，比比抛头颅洒热血的英烈们，这点苦算什么啊。

雕塑园内有"沂蒙星火，播撒革命火种""飞兵抢占垛庄""刀丛扑去争山顶""最后一个儿子送战场""永远的新娘"等话题。其中一组雕像格外引人注目，红嫂李桂芳率领村里的姐妹们，卸下自家的门板，跳入湍急的河流，将门板架在肩膀上，架起一道火线桥，让战士们从肩膀上的门板上迅速通过。因为母亲经常给我们讲起这个感人肺腑的军民团结同仇敌忾的巾帼故事，所以印象特别深刻。

雕塑园的出口处，两边墙上是烫金的碑刻，荟萃了各种字体，云集了后人对孟良崮战役的热情讴歌和对英烈们的深切缅怀。其中两联写道："斩断苍龙毒爪，迎来红日新辉""物换星移，浩气长存"。

从纪念馆出来，二妹说，终于来了孟良崮。我说，是，终于来了。今天本来去刘洪文化园，下周再来孟良崮的，没想到刘洪文化园今日闭园，几年之前就想来孟良崮了，千推万磨，终未成行，可见万事都讲个机缘，机缘到了，也就成了。

22　千回百折透明崮

（一）

透明崮其实并没有千回百折，是我们寻它费了千回百折。

上周日爬完晏婴崮，余兴未尽，想到透明崮就在不远处，于是驱车直奔而去。所谓直奔，是奔着它的方向而去，具体在何处，我们一无所知。在导航的指引下，转过了山路十八弯，猛一侧头，大上一周爬过的东汉崮赫然在目。导航小姐姐犯迷糊了！

英杰老师说，她是不是把我们往诸葛镇的透明崮导啊。

我说，诸葛镇的透明崮离我们这儿远得多了。

赵颖老师下车买水，顺带问了一下店主人，店主人说，你们得往回走，还有二十多里地儿。

看看天色已晚，等寻到它，再爬上去，怕是星光灿烂了，还是就近爬九山吧，听说上面有摩崖石刻，挺不错的。在导航小姐姐温柔的提示音下，我们左转右转，右转左转，好像就要到达目的地了。

在提示右转时，我没来得及转，导航小姐姐提示掉头，于是掉头，导航小姐姐又提示左转，总之就是这条小道了。我有些疑惑，路怎会如此狭窄？但也容不得多想了，上吧。

果然此路不通，尽头处是一户人家。我叫苦不迭，这么狭窄而弯曲的小巷，以我的车技，是绝对倒不出去的。幸好，男主人在家门口。我下车，请求他帮我把车倒出去。不料，此人较为冷漠，淡淡地说："只会往前开啊？自己倒。"

只好硬着头皮倒。倒偏了，车头差一点碰着左边人家的后墙，车尾差一点碰到右边人家门口的台阶。如是者几次，急得满头大汗。那位汉子终于看不下去，终于肯主动出手相助了。他让我坐在副驾驶上，一边倒一边教我如何操作。英杰老师说，他不是冷漠，是好心让你练车技。汉子说，九山路窄，又陡，你们上不去。

九山又去不成了，只好打道回府。路上大家彼此劝慰：留下个念想，下周再爬。不是爬九山，是爬透明崮啊，九山只是亡羊补牢。

从周四就开始关注天气预报。周四看，周日有雨；周五看，周日阴；周六看，周日多云——天有不测风云，天气预报也时刻在调整。英杰老师说，带把伞，万一下雨。

周日早上，阴风嗖嗖，雨意浓郁。不管它了，天下它的雨，我们爬我们的山。走到半路，天居然放晴了。

不能让导航小姐姐带路了，太难为她了，王庄泉庄号称崮乡，遍地是崮，一座连一座，她如何分得清？不如问沿途的乡民，只问了两次，便顺利到达。其实也不顺利。

车本来停在公路边上的，走到半路，英杰老师提醒我，你手机是不是落在车上了？我说，你俩先走，我回去拿，我开车赶你们。

开往山上的路，虽然弯道颇多，却也行驶顺畅。我打电话问二妹，能否把车继续往上开。二妹说，能是能，就看你的车技了。

于是就往上开。捏着一把汗上了一个陡坡，右转又一陡坡，太陡了，车速又快，来不及换挡，第一感觉是上不去了，我反应也算机敏，一个急转弯停在了一户人家的门口——幸好半坡上有一户人家。

此时二妹和英杰老师已在陡坡之上，上去这个坡，便是上山的小道，是人和羊走的羊肠小道，再无车的道。

"我以为你会停在下边，没想到你会开上来。"二妹说。

"你也没说不能开上来啊，好险，以后像这样不熟的山路根本就不能贸然往上开。"我说。

二妹小心地把车倒下去——我是倒不下去的，停在一户人家较为开阔的门口处。

背着包，走到山脚下，抬头仰望，但见一道天然长城横亘南北，中间有几道缺口，总共五座崮，哪一座是透明崮呢？

我说，管它哪座是，反正这几座我们都要爬的。谁能料到，它真让我们众里寻他千百度呢？

（二）

天虽然放晴了，却不是清清爽爽的晴，没有风，闷热。大概也是在山洼里的缘故。才走了一段路，已经大汗淋漓，后悔穿多了。

此时，一株开在山岩上的地黄花，惊艳了我们。它就那样灼灼地亭亭地开在那儿，傲然地倔强地开在那儿，不知道是山岩选择了它，还是它选择了山岩，它和山岩就这样组成了一道奇崛的风景。

在山腰处，我们被一大片荒凉的景象震撼了，在万木葱茏欣欣向荣的暮春初夏，这一大片荒凉显得是如此的刺目。这一片山坡本来是盐肤木的天下，却被南蛇藤缠绕覆盖，南蛇藤该是称雄此地的霸主了，不知道盐肤木使了什么绝招，它们竟然同归于尽了！偌大一片山坡，满目皆是灰白的树干和藤条，偶尔见几片绿叶，仿佛沙漠里星星点点的绿洲。

我们发现，这座山上几乎看不见一棵像样的树，全是密密匝匝丛丛莽莽的灌木，荆棘，连翘，山榆，绣线菊……我们能叫上名字的屈指可数，叫不上名字的多如牛毛，简直堪称集天下灌木之大全。

沿着一条依稀可辨的羊肠小道，穿过茂盛的灌木丛林，我们终于站在了峭壁之下——登崮不同于一般的登山，一般的登山除了享受登山的过程，山高我为峰的巅峰时刻也许更让人激情澎湃兴会淋漓，而崮顶皆乱石和荆棘，甚无可观处，四面的悬崖绝壁才是其惊魂之处。

与别处悬崖不同的是，此处崖下悬空，仿佛房屋探出的厦，只是矮了一点，童话里的小矮人在此休憩定居，甚好。有一处悬崖，探出的厦特别宽敞，可容数十人，被人拉了一道长墙，入之甚寒，我们猜想可能是牧羊人垒的，夏天牧羊时好在里面歇凉。

快到尽头时，回望这道狭长而高耸的悬崖，感觉真有万里长城之势——或者比万里长城更雄伟，天工开物，真乃大手笔也。

对面还有一座崮，也是狭长而高耸，形若一列蜿蜒奔驰的火车——站在高空看，这两座崮定像两列迎头开来的火车。两个火车头之间的豁口，明亮如镜，透明崮是否因此而得名呢？

我把这个想法说了出来，英杰老师说："怎么可能呢？你没见过诸葛的透明崮吗？"想想也是。于是我们往回折，南面还有三座崮呢。

没想到，走着走着，横生枝节，东面又冒出两座搭连在一起的崮，甚是雄奇，即便它不是透明崮，又怎可舍之？

登上一座崮顶，发现这儿的草真厚，踩在上面，感觉像踩在厚厚的地毯上。二妹说，就在这儿吃午饭吧，吃完躺下睡一会儿，不比睡在家里的沙发上舒坦？

于是卸下背包，把从家里带的饭食一样一样摆在草地上。我看到近旁有一片鸦葱，亭亭地开着小朵的黄花，便采了一把。摊开一张金黄的玉米煎饼，剥了一只鸡蛋，掰成四块，放在煎饼上，又放上一根油条，撒上一小把咸菜丝，最后点睛之笔来了——撒上刚刚采的这一把鸦葱，长长的翠绿的茎，灿灿的金黄的花，衬上白白的蛋清、红黄的蛋黄、油条和咸菜丝，这哪儿是食物啊，简直是难得一见的艺术品！不忍吃之，先拍一张照片发到朋友圈。

我兴奋地跟英杰老师和二妹说，看到我发在朋友圈的照片了吗？《舌尖上的中国》还缺我这一道菜。英杰老师和二妹说，还用看朋友圈吗？我们看的是现场直播。

吃完饭，躺在草地上休憩了一会儿，便向最东边的崮进发。环崮一周，多野韭，我们一人采了一大把。碰到一位放羊的大爷，问透明崮在哪儿，大爷指向南面说，这是石人崮，这是透明崮。

为什么叫石人崮呢？我们问。

大爷说，一边一个石人，南边那个石人的帽子掉了。

我们望过去，感觉不甚像。

大爷说我们刚才爬的叫褡裢崮。又指着形似火车的崮说，这叫连崮。

问大爷的年纪，大爷说八十二了。我们惊叹不已，八十二了还撵着一群羊到这么陡的山上来。再看大爷的相貌，感觉真不像八十多岁的老人，腰板儿挺直，脸上皱纹也不多，而且透着健康的红色。

我说，好好锻炼身体，争取我们八十二的时候也还能爬山。

目标明确了，脚下生风，一会儿就到了一座崮的下面，此崮甚为奇特，石壁为页岩，而非灰岩。

沿着崮底一条曼延的羊场小道，走了好长一段，忽然发现眼前无路了，尽头处是一处悬崖。此时闷热难耐，口渴难耐，恨不能像鸟儿一样飞上去，只能折回来了，又出了一身汗，头也痛，仿佛中暑了，坐在山口的一块大石上，喝了点儿水，吃了点水果，吹了一会儿凉风，继续进发，这回改弦易辙，走山顶。

下了石人崮，登上另一座面积广阔野草丰茂的崮顶，盘桓逗留了一刻钟多钟，此时夕阳西下，透明崮在何处呢？我们一时有些迷茫，感觉牧羊老人的隔空而指有些缥缈，不会是远处看上去极为秀拔的那座吧，如果是它，今天又去不成了。上周没来成，今周来了又找不到，只能锲而不舍下周再来了。

走到尽头是断崖，对面又冒出一座雄俊的大崮，我激动地说，这该是透明崮了吧！可四面皆是悬崖，怎么下去呢？

悬崖下又有一大爷在放羊，我问大爷，对面是透明崮吗？

大爷说，不是，这是小崮，你站的这座就是透明崮。我惊讶不已，透明崮竟然就在我们脚下！真是不知透明崮在何处，只缘身在此崮中。只能从来处回了，一路飞跑，折回崮下小道，眼睛在悬崖峭壁上搜寻，走了大约一二百米，发现石壁下面有一中空处，便对落在后边的英杰老师和二妹说，找到了！找到了！

是东西通透的一口大洞！从洞口望过去，对面的山峦和村庄历历在目。从对面望这面，亦然。

洞底是一块平整的大石，可容十几人席地而坐，比诸葛镇的透明崮宽敞透亮得多。

在洞中穿梭了几个来回，感叹够了，也尽兴了，于是下山。

下山也颇费了些劲儿，看上去是路，但有荆棘灌木蒙络其上，又仿佛不是路，乱闯乱撞了一阵儿，发现又回到了那条来时"此路不通"的路。这条路，一个时辰之内走第三遍了！我们笑了，真是迷路，迷路，不知归路。二妹还唱起了"回到原来，回到原来"。

终于找到了下山的路，一路上欢声笑语，聊着探访透明崮的曲折。此行虽然有惊险有波折，但将来必定是一段难得的记忆。每一次登山都是为将来创造记忆啊。

回来后，英杰老师发给我一个链接，打开看，是关于透明崮的传说。说是崮前住着一户人家，崮后住着一户人家，两家定了娃娃亲，一家穷了，

一家富了，富的那家反悔了，刁难那家穷的，说你要是能把这座崮凿上一个大洞，轿夫抬着轿子能从里面通过，我就把女儿嫁给你。穷的那家无计可施，二郎神见义勇为，施展神力，一斧头在悬崖上砍出了一个大洞，刚好容一顶八抬大轿通过。

我回复英杰老师道，美丽的传说总是惊人地相似。

23　登天下第一大崮

从去岁冬始，我便跟周日有个约定——爬山，并化用尼采的话说，每个不曾爬山的日子都是对生命的辜负。然而爬山易，约人难。几位山友，不是这个有事，就是那个有事，今周差点又成为独行侠——两周之前独自驱车去胡同峪，爬了跑马道山，山并不险，但被一只大黄狗追咬，甚是惊悚。

"如果事与愿违，一定另有安排"，信哉此言！正当我有点小郁闷的时候，接到了村姑发来的信息，问我明天去哪儿。我一看就知道峰回路转柳暗花明了，马上回复道："你们去哪儿? 渴望入伙。"村姑回复说去蒙阴大崮。我说，去哪儿都成，只要有人同行。

开车的是住建局的韩哥，他的夫人李姐坐副驾驶，村姑、英杰老师和我坐后排，一路聊着沉重的教育和远方的山水，一个多小时后，大崮便透过车窗，映入了我们的眼帘。

大崮，果然大，不愧为天下第一大崮。绵延波折数里之长的峭壁上面，二峰突起，草木葱翠，如绿云覆盖，望之尘心若洗，陶然忘机。

但是八十年前，大崮山却是一座愁云惨淡的悲壮之山。抗战时期，大崮山建有八路军的兵工厂、弹药库和粮库，由鲁中山区独立团及一个营300余人驻守。1941 年 11 月 7 日，日寇以数倍于我之人包围了大崮，飞机大炮轮番对崮顶密集轰炸，八路军指战员浴血奋战，誓死保卫大崮。由于兵工厂被俘技术人员乘机叛乱，形势异常危急，为保存有生力量，团首长决定撤离大崮，山东分局妇委会委员、省妇救会常委陈若克同志主动要求带一部分战士留下来掩护，不幸被俘，英勇就义，年仅 22 岁。大崮山遂被敌人占领，这道阴影至今仍氤氲在当地人的心头。村姑说，她上次来时，一位老人跟她说，这是一座失败之山，不要去爬。

1941 年至 1942 年，正是抗日战争最艰难的至暗时刻，胜利的曙光还被层层夜雾遮挡着。如今八十载悠悠而逝，青山无语人有义，相信，千年以后，这段悲壮的历史依然有人在述说。

山下道旁竖立着一块石碑，上面镌刻着"大崮山保卫战遗址"。沿此山道蜿蜒而上，不几分钟就到了崮下停车场。

山坡上有一特立独出之小崮，向下倾斜，上面长满绿色灌木，可谓一枝独秀。旁有一巨石，上亦倾斜，足有几十平方米大，盘桓其上，兴叹不已。另有几块大石散落左右，侧面平整，如刀劈斧削，自然之神功令人震撼。其中一块的侧面呈暗黄色，上面布满了大小不一的凹痕，有的像树叶，有的像贝壳，有的像小鱼，有的像三叶虫，有的像百足虫，它们无言地述说着几亿年前发生的那次沧海桑田的地壳大巨变。

从巨石上下来，往山坡上走时，村姑发现了几株开得十分艳丽妖冶的紫蓝色的小花，花形亦奇异别致，每朵小花后面都长着一只细长的小尾巴，酷似飞燕，又如簪子。英杰老师打开手机，识别了一下，曰翠雀，亦名飞燕草，全草有毒。我说，无论动物还是植物，色妖冶者，多有毒，此乃对入侵者的一种警戒——我有毒，别靠近我！每次登山，都会发现一些新奇的陌生的花草，此亦一大收获。

村姑看到长在岩壁上的一株盛放的白色绣线菊，招呼我过去拍照，草木生命的顽强总是让我们为之惊叹和折服。

抬头，忽见一拱形山门矗立于前，两边基座都有些坍圮颓坏了。大崮有四个山门，这儿应该是西门。穿过山门，是一条蜿蜒的山道，走了一段，山道消失了，眼前是茂密的树林，树林下面是茂密的草丛和灌木丛。韩哥夫妇和村姑来过一次，算是故地重游，他们说，此处原有一条道儿，夏天草深木茂，遮蔽了，看不甚清楚了。感觉在树林里走了好久才走到明亮的开阔处，下了一道坡，向另一座山峰爬去。

站在大崮顶上，板崮、油篓崮、小崮、瓮崮，龙须崮赫然在目。现在我才知道，第一次来蒙阴爬北岱崮时，被我称之为绿色书屋和童话里的小小屋的原来叫瓮崮和油篓崮。还是当地百姓给起的名字朴素和本色啊，像块板子就叫板崮，像个油篓就叫油篓，像个瓮就叫瓮，大就叫大崮，小就叫小崮。只是油篓是什么样子，我是绝然不知道的，瓮是什么，恐怕年轻一点的小辈儿也不知道了，这些过去年代的生活必需品早就淡出了我们的生活。

往回走时，英杰老师掀开一块石头，惊喜地喊道："一只蝎子！"于是大家纷纷掀开脚下的石头，大呼小叫激动兴奋地报告自己的战果，几位年逾五十的半百之人，仿佛回到了欢乐少年时。

山上不时撞见一株两株的杏树，夹杂在茂密的树林里，杏子虽肥，却都还青着，下山时竟然碰到了一株早熟的，满树金黄和金红，甚是可爱，一人摘了几颗，咬一口，又酸又甜，满嘴生津，大呼过瘾。

又回到拱形山门，此时已是下午一点多，我们决定在悬崖下的一块大石上吃午饭，此处甚是阴凉。村姑带了十几张自己烙的单饼，一盒土豆丝炒芹菜，一盒雪里蕻炒煮豆，一包生菜；韩哥和李姐夫妇带了一盒香椿炒鸡蛋，一盒酱牛肉和火腿，一包蒜薹和几根黄瓜，还有一瓶红酒；英杰老师带了一盒凉拌蛋白肉和香肠；我向来简单，只带了一个煎饼和两个咸鸭蛋。大家席地而坐，谈笑而饮，畅叙而食，其乐融融。

天色还早，韩哥提议，回去的路上顺道到沂水高庄镇的杏峪游览一番。韩哥夫妇是善游之人，周边县的山水都逛遍了，只蒙山就去了不止十次，每次走的路线都不一样。

杏峪是三线军工九四二六即山东前进机械厂的驻地，机械厂于1993年搬迁至临沂，旧厂遂被双星名人集团买下。

进入厂区，但见一块刻有"九四二六旧址"的高大石碑矗立在双星山下。抬头仰望，无尽的台阶仿佛直达云霄，上面是高大雄伟的圣母殿。山上还建有"双星传统文化园"和"双星名人爱国主义教育基地"。园里有岳飞、戚继光、林则徐、赵一曼、刘胡兰等民族英雄和烈士的雕像，还有陈毅粟裕临时指挥所及八路军藏伤员旧址。

游园时，村姑说，她就是一个打工的，她所在的群，大部分都是机关企事业单位的，但是所有人都认为她是最开心最快乐最洒脱最豪爽的一个，她说，不论干什么，只要有个星期天让我出来爬山就行，此话于我心有戚戚焉，真是相见恨晚。

回家后，村姑发给我很多照片，我说，拍了这么多啊，我都没看见你拍。我最喜欢几个人在林下穿行的那几张，意境清幽，诗意纵横。

村姑说，每次爬山，她的手机都拍得爆满，都没处放了，但一张都不舍得删。

是啊，生命中的每一个瞬间都万分宝贵，都值得珍爱和回忆。

24　安平崮与马子石沟

大年初四，出了个门儿，回来，途径安平崮下，此时已下午三点多了，我是真想爬山，但时间是真不允许了。外子提议去安平崮下的石马子沟，说那里是半开发的旅游区，不用换鞋和衣服。也好。

所谓"半开发"，其实就是一烂尾旅游区，所有的旅游设施已基本具备，快收尾时，发现此处的旅游资源真不咋地，投入的越多，肠子悔得越青，赶紧收手！此类因头脑发热而导致的烂尾旅游区我们见的多了，每每心痛于资金和人力之糜费。

概而言之，此处的景点无非一崮一马。崮就是安平崮，安平，平安，寓意吉祥，民国时期，当地百姓据崮凭险，躲避土匪，赖以活命，故名之。革命战争时期，安平崮上演了一出沂蒙红嫂智斗匪首的惊心动魄的大戏。安平崮一度被匪首闫兴聚占领，共产党游击队派游击队员包丕菊上山，闫兴聚与包丕菊系表亲，闫对包垂涎已久，包利用闫对她的信任，摸清了崮上各个据点，与游击队里应外合，将闫一举歼灭。

电影《高山下的花环》在1980年代风靡全国，安平崮即拍摄现场之一，战斗英雄梁三喜的妻子推猪卖猪的情景就发生在安平崮下。马是石马，一长数十米、宽高各数米的巨石，但我们实在没看出来它像马，从一侧看马头部分，倒极像一猿人头像——也许从某个角度看，它酷似一匹马。石下有天然洞穴，深十余米，可惜安了铁门，上了锁，我们未能一睹真颜。里面也许储存了生姜地瓜或苹果葡萄之类的农产品吧。

从马子石处，西北而望，一雄伟俊秀之岿，巍然而立，不知其名，心内纳罕。

仰头望安平岿，夕辉斜照，亦巍峨壮美，油然而生登临之意。于是，换上登山鞋和冲锋衣，沿山路快速上行，一路欢声笑语，携手而登，赶在太阳下山之前，登上了岿顶。

说是岿顶，也不是真岿顶，有人在光滑的崖壁下垒了一段石墙，踩着石墙，下面有人托着，上面有人拉着，才能上去，看看天色，真是很晚了，一轮斜日，高挂莽苍幽蓝的群山万壑之上，宇宙荒凉冷寂，而又生机无限，万古如是。岿北山下，残雪卧梯田，岿南山下，山丘纵横交通，山谷明暗互映，好个乱山斜阳，沧海冷云！好想环岿一周，来个广角全景式远观近觑，争乃斜阳欲坠，下山时，忍不住向西走了半圈儿，但见悬崖林立，峥嵘崚嶒，真绝壁也！

一绝壁，内中空，两面透明，其一危石横斜，摇摇欲坠，似乎吹一口气就要落下来，其实它已悬了亿万年之久。

站在北面悬崖下，对面雄伟俊秀之岿又赫然在目，对于不知其名，依然耿耿于怀，遥远之处，一为瓮岿，一为油篓岿，已心内了然。

急匆匆下山，陡峭处谨慎，缓坡处小跑，平坦处奔跑，眼看着红日堕入西山的谷底，一路高歌，一路欢笑。

路上遇到两拨人，皆曰对面之岿为岁泉子岿，问其渊源，皆曰不知，只说抗战时期，上面打过仗，有个泉子。

回到家，母亲责备道，又去爬山，也不嫌冷。我和外子相视而笑，冷吗？下山时出了一身大汗，现在还热着呢。

25 凭吊歪头岿战斗遗址

歪头岿到底在哪儿啊？到底有多少个歪头岿啊？导航彻底犯了迷糊，导着导着突然冒出一句"请在地面曲线处掉头"，如是者三，让我原地兜了三个圈子。

下车了问了几次路，有指东的，有指西的，有说在王庄的，有说在泉庄的，有说在沂水的，有说在临朐的。我要找的歪头崮在沂水县的泉庄镇，85勇士气壮山河的那个。最后索性不问了，导航把我导到哪儿算哪儿。

奇怪的是导航突然醒悟了似的，突然明白了我要到的地方，导航小姐姐也不容易啊！

看到道旁立的"歪头崮战斗遗址"的石碑了，这就是歪头崮吗？这么小啊！一个小小的山头，上面立着几棵翠柏，看不见悬崖峭壁。很难想象这里曾经发生过激烈的战斗。

一位拿着镰刀胳膊下夹着几根榆条的老妈妈走过来，我问她战斗情况，她说，79年了，79岁属羊生人的那年，一个连，都牺牲了，还有跳崖的。我说，也没见头歪啊，怎么叫歪头崮？老妈妈说，从那边看是歪的。老妈妈说，她叫张菊三，三字辈。我立刻就想到了张三丰。

山下道旁到处都是一簇簇一片片粉紫的雏菊，在秋风中热烈地绽放着。与我爬过的很多山很多崮相比，这座歪头崮实在算不上巍峨和雄伟，几乎毫不费力就登顶了。

山顶也有一块大理石石碑，红底的基座，比山下道旁那块更气派一些。山的背面是悬崖，79年前，连长王子固和几位战士就是在此处高喊着"打倒日本帝国主义"壮烈一跳的。其余七十多位八路军官兵则牺牲在敌人猛烈的炮火攻击之下。

崮北悬崖下是铁道和壮阔浩瀚的跋山水库，红瓦的村庄，黛色的远山，山明水秀，美丽祥和。

看着眼前郁郁青青的翠柏，不觉吟诵出一首诗来，"松柏青山上，英魂碧水旁，我辈此登临，恰逢九一八"。

今天是九月十八日，国耻民族恨日。

26　一座崮，一个王

——壬寅年初秋三上王城

天气微凉，空气里飘着雨丝，算来这是第三次来王城了，居然走错了路，差一点南辕北辙，前两次都是别人开车，看来路只有亲自走一走才有印象。

站在王城脚下，再次被它宛如天然长城的崖壁震撼，这也许就是我攀登了数十座崮仍不厌倦的缘故吧。李白看敬亭山，"相看两不厌"；辛弃疾说"我见青山多妩媚，料青山见我应如是"。我没有李白和辛弃疾那么多情，青山对我如何我不知也不管，我只知道我对它一往情深，这一生，做个不折不扣的山人也挺好，若在古代，我便字山人，号山人，别号山人，谥号山人。哈哈，山人来也！

记忆又跟我开了个小小的玩笑，我对景区门口的"石抱树"竟然毫无印象！也好，就当是初来，"人生若只如初见，何事秋风悲画扇"，景物若只如初见，不也如人生初见一样美好吗？虽曰常见，对于千年古树，我从来是每见必谒，何况这棵两石合抱的千年平柳呢？

上山的路径好像变了啊，新砌的石阶，新建的木梯，新添的魔毯，都是"初见"，只有索道上的缆车和下山的滑道如旧。

岩石上刻着春秋时的车马，道旁的垃圾桶做成编钟的模样，不由得想起刚去的蒲松龄故居，那里的垃圾桶则做成妩媚的狐狸的形状，细节即魅力。

到藏君洞了，在一面仿佛房屋出厦的悬崖下，一个幽深的洞穴，赫然可见，传说纪王曾藏身于此。崖壁上悬挂着布满青苔的露天石乳，大自然的奇妙手笔无处不在。

到危乎高哉惊心动魄的"天梯"了，这架"天梯"直通崮顶。旁边是新架设的魔毯，此时我们的脚力尚好，走"天梯"虽不说如履平地，那也是步步稳健，但突然童心萌动，想体验一下坐魔毯的感觉，于是过了一把瘾，跟大型商场的扶手电梯一样，就是坐着而已。可见名字很重要，说电梯稀松平常，说魔毯便引人遐思，我觉得吧，一块毯子在空中飞，人站在上面，那才配叫魔毯，跟哈利波特的扫帚一样。

上得崮顶，眼前是一眼硕大的天池，纪王崮与他崮不同的是崮上有充足的水源，这也是纪王长期在此盘踞的先决条件。

从天池左走，便是全国重点文物保护单位的纪王崮墓群，2012年纪王墓的发掘为纪王的真实存在提供了有力的佐证，在此之前，纪王只是一个传说。礼制规定天子九鼎诸侯七鼎，纪王墓出土的七尊器型精美、器质精良的大鼎，证明纪王乃名副其实的诸侯国君。

再往前便是崮上人家了。近旁一株千年枸橘引起了我们的极大兴趣，这就是晏子使楚时讽刺楚王时说的"橘生淮南则为橘，生于淮北则为枳"的枳啊，像橘而非橘的圆圆的硬硬的青果果，虽然苦涩，不可食用，却是极好的药材。

突然感觉好冷，今年天气反常，从酷暑一步迈入冷秋，让人猝不及防。到农家小院吃点热乎饭暖和暖和吧，煎饼是刚烙的，地瓜面的包子是刚蒸的，小咸菜是主人自己腌的，小葱是刚从地里拔的，黄瓜是刚从架上摘的，一碗热腾腾的紫菜鸡蛋汤下去，暖和了。

到悬崖边走走，悬空的玻璃观景台，望之胆寒的崖上秋千，时尚的风情帐篷，是专为爱冒险爱浪漫的年轻人准备的吧。还有孩子们的乐园，各种游乐设施应有尽有。

若是晴天，这个季节，站在崮顶望四周群崮争雄竞秀，也是一大爽事，这样的雨雾天，远望唯见云雾茫茫，只有近处的山峰在缥缈游动的云雾中忽隐忽现，倒也别是一番景致。

大型春秋马战表演马上就开始了，疾步奔赴演武场。

剧名为《王城保卫战》，纪王的两个王妃伯姬和淑姬皆着艳丽的红妆，一在城楼陪侍，一在空中翩翩起舞，吊威亚这一影视特技搬演到现场，还是很雷人的。

让我们感慨感动的是，虽然游客稀少，演员们的演出却一丝不苟，仿佛一部剧情完整的小说，序幕，开端，发展，高潮，结局，尾声，一样不少，伴随着激越的乐声和动情的解说，演员们策马摇旗，激烈拼杀，将对将，王对王，这些参加过电影《英雄》《神话》及电视剧《七剑下天山》演出的演员们，个个身手剽悍矫捷，战马亦十分卖力，夜里刚下了大雨，地上积了很多水，场地亦有限，但它们的奋蹄腾空风驰电掣，给人感觉仿佛在

千里疆场。故事的结局是，在君臣将士们的奋勇厮杀下，纪王击败齐王，王城保卫战取得了胜利。

在诸侯争锋争雄争霸的春秋战国，纪国不过是一个在列强夹缝中生存的一个蕞尔小国，无论如何都避免不了旦夕被灭的命运，如果不是有一座纪王崮——一座闻名遐迩的天上王城，纪国和纪王便如历史长河中的一层细浪，腾起了也便寂灭了，无人记得，无人知晓。

让我们回到那个烽烟四起群雄纷争的春秋时期。公元前690年，齐灭纪，纪王仓皇之中，带领残兵败将一百余人，投奔其姻亲国——鲁国，他们辗转奔袭近200公里，来到现在的沂水县泉庄镇，发现了当时叫西大崮的这个地方，崮顶有可用水源可耕之田，于是盘踞下来，以陡峭的悬崖峭壁为天险，招兵买马，力图复国，然大厦已倾，气数已尽，复国无望，苟延残喘26年而亡。然而做了26年的崮上之王，天上王城之王，在中国历史上，也是绝无仅有了，如果他甘心臣服于齐或引颈就戮呢？自然不会成就这一段传奇。

一座崮成就了一个王，一个王成就了一座崮，"卧龙跃马终黄土"，纪王早已变成荒丘一座，而纪王崮却亿万年恒斯久，这也算是对纪王当年不甘沉沦不肯就范的一点告慰吧。

27　只此青绿

——壬寅年初秋登雾露崮

雾露崮又名无儿崮，"百度百科"直接以"无儿崮"冠之。关于无儿崮的传说有二：其一纪王之子在此崮上被杀死，类似于狼来了和周幽王戏诸侯的俗套故事；其二是无儿崮下埋有一金马驹，须有十个儿子才能撬开此山，一贪财的财主有九个儿子，冒用女婿充之，结果儿子女婿都被压在山下——可笑的是，这个传说并非无儿崮所独有，好多地方都有类似的传说。

此类传说都乃无稽之谈，传说大都先有其名，再据名附会故事。我以为，所谓"无儿崮"其实是"雾露崮"的讹传，此崮地处古沂河岸边，现在则是浩渺广阔的跋山水库，水汽氤氲，形成浓雾，笼罩其上，久而不散，故曰"雾露崮"。在吾乡，人们管有雾的天叫"雾露天"，而"儿"的发音又非常重浊，乍听酷似"露"，久而久之，就传成"无儿崮"了。

昨日处暑，天气响晴爽朗，雾露崮一带的湖光山色该格外的醉人吧。

山路太窄了，对向来了一辆体型庞大的黑色越野车，彼此把后视镜掰回来，车胎贴着路的外沿勉强通过。我说："路太窄了啊。"没想到坐在越野车后座的一个人说："明天我就修。"我哈哈笑了，这个擦车而遇的人，或许真是个能出资修路的牛人——也许是个乡镇干部吧，恰好真的是明天动工扩路，很多乡道都在扩修，当初筑路的时候，哪想到现在会有这么多的车。如果不是，就是说说逗乐的。

把车停在营盘村——此村古时是个兵营吧，只身独步上山。天儿真好，从盛夏一步进入爽秋，真是天凉好个秋！

远望雾露崮，狭长碧绿，如天空中横亘的一道绿色长墙，只有两三处隐约露出白色的悬崖。

上山的路径被茂密的草丛遮没了，才出草丛，又入密林，密密麻麻丛生的几乎全是楮树。两只黑色的小松鼠——是一对情侣吧，被我这个不速之客惊傻了，咕咕地叫着分散而逃，飞速地逃到树梢，还是感觉不安全，又飞速地跑下来，逃到它看不见我、我更看不见它的地方去了。

从窄窄的山门爬上崮顶，跋山水库的全貌便展现在眼前。俯瞰山下，绿树，绿草，绿庄稼，远远近近，满眼是绿色的山野；纵目远眺，群崮竞秀争雄，重峦叠嶂堆蓝叠翠，蓝天如玉，碧水如绸，白云纤巧，村落井然，爽风拂面，置身其间，如入画境仙境！

想起了《千里江山图》——只此青绿，江山如此多娇，我辈如何不折腰！

28　登大芋头崮和小芋头崮

今年初夏，芒种那天，在大尖山西麓，落日熔金中，看到西北方向两个很特别的山头，在黛色的雾霭中，雄踞一方，留下了深刻印象。

一个月前，驱车从桃花万村进入环山公路，目的地就是那两个山头，不想，无边丝雨织成的迷雾遮天蔽地，我们眼中的世界缩成了直径不足 50 米的小圆圈，"雾失楼台，月迷津渡"，天地间一片混沌，啥也看不见，抱憾而归。

昨日又想起那两个山头——周围的群山，都是数次登临了，唯有那两个山头没有烙下我的足印，如何让我不想它？

"秋老虎"还在发威，骄阳似火，我背上旅行包，打了一把遮阳伞，就向山中行了。初秋的野外，到处都是茂密的庄稼地，高秆儿的玉米和黄烟组成的无边方阵，阵势逼人，此时农人都在家歇凉，天地间似乎只剩了一个小小的我，有点儿恐惧，又有点儿激昂，有点儿落寞，又有点儿孤傲。

田野间本是阡陌交通，被高秆儿的庄稼地一阻隔，就看不到它们的全貌，看着是路，走着走着就是杂草丛生藤蔓交缠的荒坡，或是峥嵘突出高低不平的采石场，或是完全将我遮没的玉米地黄烟地，也好，经过山重水复疑无路的疑虑和惊险，才有柳暗花明又一村的豁然和惊喜。

终于，终于看到那两个山头了，很奇怪很难形容的两个山头，西边一个似身体前倾的蜗牛，东边一个似头尾失重的犰狳，或是一个硕大的绿色的蛆虫，这种形容，实在不美，可是也只能如此，如果非要说出它像什么。

夏秋登山，一个很大的麻烦，就是跟茂密的灌木杂草和藤蔓纠缠，但是途中，放眼四望，也有其他季节所没有的奖赏，你看，触目之处，皆是层层叠叠高高低低浓重的苍绿，南面的大尖山全然是一座巨大的绿色的金字塔，东面的大青山是绿色的长龙，东南向的双崮，崮顶则像两个小小的绿色的蒙古包，西望则是莽苍的灰蓝色的以姜家崮为代表的崮群。

登顶了，两个山头之间还有一段长长的陡坡，中间有层层台状的苍黑色的巨石，并非远处看到的一个小小的缺口。

隐然听到有细碎的说话声，原来是一青年农妇带了两个六七岁的儿子，一边放羊，一边采摘松隆子。我问这两个山头叫什么，农妇答曰小芋头崮和大芋头崮，并反问我："你看是不是很像大芋头和小芋头啊？"我哑然失笑，实在看不出。但是我知道，从某个角度，它们一定非常像，很多山都是如此。

大小芋头崮以西是桃花万，以东是青山万，再往东是凌家万，青山万以北是里万，"万"字应该是提土旁加万字，这个被新版汉语词典删除的字其实并不是冷僻字，至少在我们这边不是。就在今天，我豁然明白了这个字的含义，它是指三面环山的村庄，环山之势恰如一个圈椅，村庄就舒舒坦坦地放在这个圈椅里，仿佛海的港湾，蒙阴的公家万也是一个典型。

大芋头崮小芋头崮与青山顶、大尖山、双崮和岚崮属于崔家峪黄山崮系列，在沂水，还有高庄夏蔚崮系列，泉庄崮系列，诸葛崮系列。在沂蒙山区，还有蒙阴费县崮系列，沂源沂南崮系列，一个个崮群，一座座崮，各有各的姿态和样貌，共同组成了世界特有的以岱崮为代表的世界第五大地貌——岱崮地貌，就像一个个独特的你我，组成了这个五彩缤纷的世界。

（补记：昨日碰到社区里一个我叫三婶的，说起我去爬大芋头崮和小芋头崮的事儿，她笑道："不是大芋头崮小芋头崮，是大日头崮子和小日头崮子，早晨起来，站在上面，一眼就看见日头从东边出来。"我恍然大悟，吾乡发"日"音为"意"音，"日头"就传成"芋头"了，此处的日头崮跟蒙阴的曛阳崮是一个意思。但是外子看了我拍的照片，却说："就是芋头崮啊，你看这座圆的像圆芋头，长的像长芋头。"到底是芋头崮还是日头崮，也是仁者见仁智者见智啊。）

29 袖珍迷你崮——锄刃崮

夏天草木葱茏，本不计划爬山，但还是不期然遇见了你。

今天就是想到凰龙湾村里走走，凰龙湾本叫凰落万，"万"本为提土旁加万字，此字大概是两山之间的平地或坡地，在沂蒙山区，带万字的村其实不算少，比如青石万，青山万，凌家万，公家万，黑万，里万……最后一次修订汉语词典的编者，大概不知道这种情况，以为是冷僻字，删除了，结果是人们看到带万字的村名，便感觉莫名其妙不知所以。

村头的树下，坐着几个闲聊的老哥，见到生人来，都很兴奋，我们问凰龙湾的村史，把他们的思绪拉回到十几年几十年甚至几百年前，争论得非常热烈。

我一抬头，便看见了你，在一脉山脊之上，孤零零地突起一个小小的崮头，虽有草木掩映，仍能看出大致的轮廓，有点像数学课本上的梯形，感觉特别地可亲可爱，好想掬你入手，拥你入怀。我急切地问询你的名字，打断了他们的争论，我想，关于这个村的村史，谁也没有你知道得清楚，他们说你叫"锄刃崮"。一位老哥热情地给我们解释，为什么叫锄刃崮，反复问我们像不像一把锄刃朝上的锄头。

在老农的眼里，你是一把锄头，其实我更愿意叫你小小崮，迷你崮，袖珍崮，玲珑崮，见惯了太多雄伟雄奇巍峨磅礴的大崮，它们壁立千仞直插云天，虎踞龙盘雄踞一方，而你，无意与它们争雄，就像蚂蚁无意跟大象比大一样，它一定更乐意跟大象比谁更小，大了震人，小了可人。

夜里刚下了一场大雨，上山的路陡峭而湿滑，草叶和灌木上挂着沉甸甸的水滴，一触碰，纷纷坠落，一会儿就把鞋子和裤腿打湿了，今天阴天，虽然有点闷热，但比骄阳似火，已经是难得的好天气了。

咦，这是什么花啊？一朵朵雪白的细小花瓣，挨挨挤挤地连成片，覆在草丛灌木上。百度了一下，原来是威灵仙，一种药用价值非常广泛的药草。这片山上的花草树木，一岁一枯荣，你一定司空见惯了吧，但是看到花开，你会不会跟我一样欣喜，看到花谢，你会不会跟我一样惋惜？

到山顶了，穿过一片松树和槐树的密林，便到了你的脚下，你真是个袖珍崮啊，我们几步就爬了上去，崮顶一片平坦，长着几丛荆棘，荆棵的蓝花与威灵仙的白花互相点缀，感觉特别地清新和清雅。

我们用眼睛丈量了一下，崮顶面积不过五六十平方米，站在崮顶，看山下，红瓦的村庄，碧绿的庄稼，尽收眼底。最醒目的是万绿丛中纵横交错的雪白的阡陌，若飘带，若树枝，或斗折蛇行，或笔直延伸，这是人类千百年来用脚在地球上留下的印痕。

下山途中，接到李存修老先生为我即将刊印的《沂蒙霞客行》发来的贺词，贺词中说沂蒙霞客的一篇篇崮文，将成为《沂蒙百崮》的重要组成部分，甚是感奋。前几天，李老及外子他们组织了"沂蒙百崮"的初审，在蒙山脚下的崮下湖畔言语堂，二十多位热爱崮文化的作家学者济济一堂，为岱崮地貌的申遗和崮文化的传播建言献策，堪称一场文化盛事。

相比人类用脚在大地上踏出来的印痕，文化则是人类用智慧在地球上创造出来的印痕，熠熠生辉，永不磨灭。

今天，你收留了我们的脚印，也是一种见证，见证我们的热忱和执着。

30　香炉崮

"日照香炉生紫烟，遥看瀑布挂前川"，这是李白写的庐山的香炉峰，在中华大地上，香炉峰有很多处，著名的如北京的香山，湖南的衡山，安徽的黄山、庐山，浙江的会稽山等等，而香炉崮却绝无仅有，它特然独立于沂蒙山区腹地的夏蔚镇西北约三公里处，跟香炉峰一样，也是因形似香炉而得名。

外子出差，我又成了独行侠，导航将我一气呵成准确无误地导到了目的地，难得，特此表扬。

在村口遇到一位个头不高的老哥，他说此村叫宝泉村，也叫西峪，说起我要找的香炉崮，他非常自豪地说——说了三遍，昨天有一架飞机在香炉崮上空，飞了半上午。我想，应该是拍照的无人机。

在老哥的指引下，我沿着山路向山顶攀登，道旁几朵紫黑色的喇叭花招招摇摇，引我驻足，这就是郁达夫称赏的秋味十足的喇叭花吧，常见的喇叭花多为红色，这种紫黑色的更显妖冶。

走着走着，道路不见了踪迹，眼前突现一株合抱粗的高大梨树，仰视之，枝头挂满了梨，再过几天就白露了，这个季节的梨，一定是香甜脆而多汁的，可惜树太高了，只能望梨兴叹。想到了庄子寓言里所说的"散木"，那棵"散木"为了追求不让牛羊食叶，不让人攀枝摘果，把叶弄苦，把枝干弄曲，也不再结果，其实它完全没有必要这么自苦，它只须长得足够高大，牛羊和人都够不着不就得了——且慢，这招儿好像也不灵，木匠的锯子从根部就把它办了，算了，还是人家"散木"高明。

秋阳高照，没有一丝风，攀上山梁，已出透了数身汗，而香炉崮从距离上来说近在咫尺，从我的体力上来说远在天端。别的崮，老远就能看到壁立的悬崖，而香炉崮——从我走的这道山梁看，看不见任何悬崖，只看到两堵错落的高墙，中间夹着一棵大树。

耐着骄阳和饥渴，坚持走到崮下背阴处，吃点饭喝点水，加加油。秋蝉的叫声衰弱了，不似盛夏时喧嚣了，别的秋虫的鸣叫，细细碎碎，此起彼伏。一瞬间，我全然听不到它们的啼鸣了，不禁哑然失笑，原来我的心游离到别处了，当我的心思从远处拉回，就又听到它们如天籁般的交响乐了。

登上北面窄窄的山门，一脚踏上崮顶，就像经历了漫长的旅程，终于到家的感觉。最让人逸兴遄飞的是崮上望崮，从东到东北，一一望去，锥子崮，歪头崮，枕头崮，板子崮，纪王崮，姜家崮……远远近近，高低错落，争耸天表，令人折腰。

酸枣红了，诱人地突出在悬崖外，寻常处的酸枣难得一见——今年酸枣的价格特高，从棵上摘下来，就七八块钱一斤，早被乡民摘光了。酸枣是种很奇特的中药，生可令人醒，熟可催人眠。柘树的果子也红了，果形奇特，似雀脑，外壳粗粝，似荔枝，口感软甜。

这些宝石玛瑙般的小红果果，点缀在绿叶黄叶中，招摇地炫在悬崖上，看上去比吃起来更美，但我还是禁不住诱惑，小心地踩稳脚跟，用树枝钩过来，采上几颗，尝上一尝，这也是爬山的乐趣不是？

香炉崮令人震撼的不是它的天然悬崖，而是人工峭壁，虽是断壁，亦有数米之高，虽经百年风雨，却依然细密坚固。

东面的残垣密集高耸，俨然一座废弃的城堡，壁上有瞭望孔，或是机枪口，墙上又有站岗放哨的复墙，盘桓其中，可以想见，当年的匪患之重。

崮顶有圆形碉堡，只剩墙基，这种圆形碉堡，天桥崮和北大崮也有，天桥崮的保存较完整。

唯一的遗憾是，因身在其中，未能见其香炉之状。沂蒙群崮，多以其形命名，只有在远处某个特定的角度才能观其全貌。

第二辑　相看两不厌——山水篇

一　万般红紫斗芳菲——春篇

1　人间最美四月天

昨日之步行，费时五六个小时，行程近二十公里，山阴道上，美不胜收，应接不暇，所见新奇花草树木数十种，却不觉时光漫长，路程遥远，这五六个小时，若在家中枯坐呢？这二十公里路，如果步行出趟苦差呢？古人云，"山中方七日，世上已千年"，说起来玄妙，其实就是爱因斯坦的相对论。

昨日之行，目的地是龙兴寺，山行须经上泉、下泉、施家官庄和圣水坊四个村落，一路上桃李吐翠，杨柳成阴，山花烂漫，姹紫嫣红开遍，新绿盈目，团团簇簇片片，好一个人间最美四月天！

下泉有片海棠树林，重重浅红映深红，远近明暗各不同，万红丛中点点翠，爱煞道旁看花人。

多次车行经过施家官庄，步行还是第一次。我们发现，几乎家家门前都有几棵皂角树，枝干上横生出长长的针刺，树冠上萌生出逼人的新绿。古人栽皂角树，是为实用，今人栽皂角树，是为观赏。我想，从皂角树上，

摘下串串皂角，捣碎洗衣，偶尔为之，或浪漫环保，久之必繁琐辛苦。

你看，这眼古泉，光滑的石台，高高的拱形穹顶，只因长期废弃不用，泉水看上去有些暗淡无光，过去当全村人都来挑水吃的时候，它一定晶莹澄澈，光华灿烂，活力无穷，不只水，人亦如此，用则灵光，不用则愚钝。

这棵参天的古榆也是一景儿，苍黑的树干，纷披的柔条，粉绿的榆钱，明绿的叶片，衬之以红瓦黄瓦的房屋，白色紫色的梨花桐花，还有后面屹立了亿万年的双崮之西崮，真好意境也！

圣水坊之龙兴寺，亦尽换新颜。清潭游鱼，怡然自乐，千年银杏树，苍干虬枝绽放新绿，千年古寺的黛瓦之上，还覆盖着去年的黄叶，是新叶催陈叶，也是陈叶催新叶，新与旧的嬗变，在季节交替中周而复始。

大雄宝殿下的广场上，群鸽在悠闲散步，紫藤在架上流瀑。移步西门车道，道旁几株红杜鹃，正当妖娆含苞时，数棵红枫，方欲燃烧似云霞。

看油菜花不必去江南，你看双崮下，水塘边，一片一片又一片，一层一层又一层，辉煌灿烂，黄绿相间，虽未掀起金色的骇浪，却也别有一番景致，小桥流水，小家碧玉，小鸟依人，大有大的气象，小有小的情趣。

芳草碧连天，乱花迷人眼，人间最美四月天。你也出来走走看看吧，再不出来，春天就老了。春天老了，你永远年轻，这也是相对论吧。

2　春日登峨山

峨者，高也。但峨山是真不高，比起"青冥倚天开"的峨眉山，不过小巫见大巫，但峨山是真的美。

一行五十人，从春光旖旎的沂河之畔，驱车两个小时，直奔峨山看杏花。不想，杏花早已枯败，花事已了，若是"春风吹作雪"，看片片飞花轻似梦，也是好的啊，可是雪呢？梦呢？只有干枯的黯淡的花瓣抱在枝头，"花褪残红青杏小"，青杏呢？也没有。唉，无花堪折，无果堪摘，来得真不是时候。不禁感叹"无可奈何花落去""林花谢了春红，太匆匆"。

仰头看，不觉惊艳，湛蓝如玉的天宇下，一座高耸的巨大的花岗岩山体屹立在眼前，山上绝无杂树，一例是青翠的松树，这儿一簇，那儿一片，仿佛绿墨点染一般，厚重而不乏灵动。美哉，峨山！

路是没有的。鲁迅先生说，"世上本没有路，走的人多了便成了路"。但是坚硬的岩石如何走出路来呢？整个一面山全是陡峭光洁的山岩，好多旅友手脚并用，匍匐而上。我落在队伍的最后面，拍了一张旅友们挂在山岩上的全景图。发在群里，并附言"真的是在爬"。此乃名副其实的"爬山"也。

爬山的另一乐趣便是拍照，你拍，我拍，大家互相拍，有惊呼，有嬉笑，有叹赏，大家摆出各种姿势，有金鸡独立的，有大鹏展翅的，有指点江山的，有炫酷的，有卖萌的，有搞笑的，不一而足。

我和英杰老师发现了一片背靠绝壁下临深谷的较为开阔的岩石，便撇开众人，雀跃而至。英杰老师教我脚如何放，拍出来的照片才显得修长、优雅，轻抬腿，脚背下绷，挺胸抬头，如法炮制，站立不住，笑作一团。英杰老师说拍张坐照吧，我便乖乖坐下，英杰老师说，坐直，腿交叠，头微微后仰，我依令而行，又笑得不行。平生自觉貌丑，除了证件照，几乎不照相，知天命了，居然左拍右拍，拍个不停。一副发了狠要把前半生补回来的样子。折腾了一阵儿，英杰老师抓拍了几张，居然十分满意。

身后便是绝壁，如何不留下个"山高我为峰"的壮影呢？于是摘掉口罩和帽子，扔掉登山杖，卸下背包，攀援而上，嘻嘻哈哈摆了几个姿势，让绝壁下的谭老师给拍。有一张我和英杰老师并肩而立，右手齐指东方，烈烈罡风吹起，真有一种"指点江山""挥斥方遒"的飒爽英姿范儿。

快登顶时，大家发现了一块天外飞石，陡立如壁，状若尖笋。圈内以善攀闻名的谭老师率先登上去，飞石的尖端不足以放上两只脚，谭老师站稳一只脚，将另外一只脚悬空，做了个漂亮的金鸡独立，引来围观的旅友们的惊呼和赞叹。一路上唱着"翻过了一座山，越过了一道湾"的一位瘦黑的汉子不甘示弱，也身轻如燕如履平地地登上去，单脚挺立，如金鸡报晓，同样博得了一阵热烈的喝彩。问其人，有人曰，群里昵称"翱翔"者是也。

一路上发现了好几块形态各异的天外飞石，有的像天狗对天吼，有的像天神立乾坤，有的像飞碟行空，有的像骏马奔腾，大自然的鬼斧神工令人叹为观止。

下山，向对面的峰顶冲刺。一样的艰险无路。行到半山腰，一股强劲的山风劈面而来，将二妹头上的遮阳帽劫掠而去，二妹望着脚下的深渊，也只能徒叹奈何。而我此刻正在一陡峭处，身影摇晃，几欲坠崖。冷硬的山风将头和耳朵吹得生疼，疑心是在隆冬，而山下的杏花分明早已开败，绿柳分明在风中婆娑，农人们分明在地里耕种。山下"阳春布德泽，万物生光辉"，山上"寒风吹我骨，严霜切我肌"。奇哉怪哉！

仿佛登顶了。一片开阔平整的岩石上，穿红着绿的旅友们三五一团七八一伙地围坐在一起用餐。此处真乃用餐的绝佳之地，北面有一道围墙，将劲风阻隔在外，阳光洒了满满一地，也真是渴了饿了，正欲寻一处坐下，同行者曰，这不是我们的队伍，这是临沂的一伙。

终于登顶了。下山处，一片稍微倾斜的石坡，开阔如坪，洁净如洗，阳光倾泻，风也柔和了许多。大家以关系亲疏，你一团儿我一伙儿，从背包里取出各自带的饭食和菜肴，摆了满满一地，你吃我的，我吃你的，边吃边聊，其味也永，其乐也融。吃罢饭，大家将帽子、围巾遮在脸上，仰躺下，集体晒日光浴。一地春光与诗意，一地惬意与舒适。

日光浴后，大家相约下山。在山脚处，居然邂逅了一大片粉红的桃花和金黄的连翘！也对，桃花开杏花败，杏花也该败了。再过几日，桃花也会败的，李花梨花菜花槐花榴花也都会败的，开到荼蘼花事了，百花一一凋谢，"夹路桑麻行不尽""槐柳成阴雨洗尘"的炎炎夏日也就到了。

正如诗家所云"春有百花秋有月，夏有凉风冬有雪，若无闲事挂心头，便是人间好时节"。这样想着，走着，又看到了那一片残花抱枝的杏树，感觉也挺美。

3　寻找摩崖石刻

今天去院东头上小庄，专为寻找摩崖石刻。

一路上，最让人清心的是这儿一丛那儿数竿的青青翠竹，人家屋角门口，小桥流水山坡，就这么不经意地一瞥，就如诗如画地荡漾在你的心头，仿佛置身江南古镇，印象中竹子属于南方，这些年大有北移之势。子猷曰"何可一日无此君"，苏子云"宁可一日无肉，不可一日无竹"，在清雅这一点上，现代人早就输给了古人。

山腰栗树林里，有村民在修剪栗树，问之，曰山嘴处即是。山不高，很快就到了山嘴处，外子脚快，一面说着摩崖石刻在哪儿，一面已经站在了山顶。我仰头视之，惊喜道："不就在这儿嘛！""灵泉之麓"四个古拙浑朴的隶书就刻在外子脚下的巨石上，"灵"字乃繁体。

山顶一大片葱翠的小山竹，似野生，在沂蒙山区，实乃罕见。春气发而百草生，有些野菜已经泛绿了，挖了一小袋蛤蟆草，也算忙中偷闲了。北面山坡，层层梯田里，团团簇簇的绿植，井然有序，我说是培植的松柏，外子说是金银花，我说金银花这个季节不会这么绿。

望远处，峭壁悬崖迂回曲折，仿佛得了召唤一般，我们兴致勃勃，昂扬进发，一会儿就站在了悬崖之上。是一尘不染的砂岩，那么纯粹，那么洁净，那么苍古，那么桀骜，以劲松为知己，以高士为嘉宾，风吹雨打霜侵雪压千秋万载斯心不改。

一平展的大石，呈微凸的棋格状，前面是峡谷，后面是苍松，松涛如海浪翻涌，此情此景，仿佛特为我们而设，如果不坐一坐，便是辜负了它一番美意。与外子并排而坐，望对面群山，山梁与沟壑呈现明暗深浅不同的蓝，此时山是起伏的海。

兴尽而反，原路返回，又见"灵泉之麓"四个刻字，外子疑惑道，鼎鼎大名的上小庄摩崖石刻不可能就这四个字，上网搜寻，说总共有四处。而且题字者并不是我们认为的"老僧"，而是"发僧"，"发"亦是繁体。

发僧是刘涛的别号，刘涛乃沂水刘氏望族之后，诗文书法俱佳。我想发僧乃带发修行之意。

尽管此时已经有些疲累了，但为了寻找另外三处石刻，我们再次爆发出极大的兴致，沿东面山崖向南探寻，崖下乱石荆棘丛生，仰面细观，断崖如刀劈斧削，不放过任何一个可能刻字的岩面。

南面寨门处，悬崖之上，残存一段高墙，墙体精致细密，甚为罕见，一般的围子墙，为避一时之祸，出于权宜之计，皆粗糙简陋。而文人筑寨，则为长久安身立命之所，发僧字兰坡，字号皆有隐士之意味，故而考究，且山上之奇石苍松秀竹灵泉，皆为文人所喜。

再向西，悬崖渐低，不似刻石处，于是从南门登顶，又经过那一大片竹林，想来应该是发僧所栽，当初可能只是一小丛，一百年过去了，一小丛变成了蔚为壮观的一大片，覆盖了大半个山顶。

我还在山顶徘徊，外子在崖下喊道：在这儿！就在"灵泉之麓"左侧不远处的岩面上，我从下面走过一次了，竟然没有发现。此处字体为楷体，字迹漫灭不清，从网上看，有人拓下来，但依然有一部分难以辨认，残存的字迹连缀起来，大意是说，清末民初，国事混乱，兵连祸结，匪患猖獗，发僧率领族人于山顶建寨，命曰"梦柯山庄"，崖下有泉，流银泻玉，清冽若沧浪，人曰"灵泉"。

网文又云，北面灵泉处刻有"灵泉"二字，下有方石，刻有"玉液琼浆"。我们探寻了一番，未见踪影，此时力尽，于是下山。

走过一户人家，问门口闲坐的老人，灵泉如何，曰一汪死水而已。百年前，发僧眼中笔下玉液琼浆的灵泉，如今成了一汪死水，其怪也与？所谓人杰地灵，地的灵气也需要人气来濡养，信矣！想起了老家墙下的那眼泉水，冬天热气氤氲，夏天清冽如冰，全村的人做饭洗衣种地都用它，外村的人赶集口渴了，也到泉边，用手或树叶掬起一捧来喝，它也有使不完的劲儿，挥洒不尽的热情，大旱亦不干涸，后来村人嫌弃它恰好在我家茅厕下边，就不用它了，它也就干枯了，有人说它改了水脉，到别处流淌了。

问山上梯田里的绿植，老者曰"茶树"，我大为惊奇，我们这儿也能种茶？外子说，蒙山云雾茶不就是我们这儿产的吗？北方的竹子，北方的茶树，南方还有什么能移植到北方来？

回家途中，经过崮墩村那棵一千四百年的古银杏树时，又下车拜谒瞻仰了一番，虽多次拜谒，但始终未见传说中的摩崖石刻。问树下一做直播的清瘦先生，说石刻在公路上边的石壁上，以前我总在路下找，南辕北辙，怪不得呢。

路边崖下一古井，再向右，一醒目标志牌，曰"塔涧庵摩崖石刻"，嘻，那么大的标志牌，以前竟然从没看见过，真是明察秋毫不见舆薪！拾级而上，坡上裸露一青崖，字迹风化严重，依稀可辨"宋绍兴"等字样，距今近千年矣。

古人刻字于崖壁，以纪事抒情言志，斯人已远，石刻亦愈来愈模糊，再过千年，如今依稀可辨的字迹，定荡然无存，唯有青青翠竹苍苍银杏树及文字图片，方可证明当初的人事兴废。时光浩荡，风雨淘尽，千古兴亡事。斜晖脉脉，涧水悠悠，心事徒浩茫。不如归去，淡茶薄酒，三两小菜，与子对饮。

4　天降奇石

——夏蔚石山印象

如果你行驶在日凤线沂水夏蔚段，侧头向南略一眼，你会发现，在郁郁青青的松林之上，生长着一片片灰白色的巨石，仿佛一座座沧海碧波里的岛礁。如果你没有琐事缠身，没有要事在心，也许你会跟我一样，去看看，去探探，去感受感受，放松放松，体验体验山石山林山水之趣，不亦乐乎？

这片山，与夏蔚水库几乎等长，水涵山影，水愈加灵秀，山依碧水，山愈加清雅。

进山之后，你会发现，有些巨石隐没林间，树是百年栗树和遒劲之松，沧桑之感与巨石相得益彰。有些巨石，特立独出，硕大无朋，树林掩抑不住，便无复依傍，刺破苍天。

这些巨石，如果在泰山，在黄山，在华山，在任何一座有点儿名气的山上，都不足为奇，然而此处的山，太过寻常，以至于连个像样的名字都没有，西面曰荞麦山，东面曰石山，就像一个人的小名，只有自家父母和邻里叫得出，可是这又有什么关系呢？就像身怀绝技的高手大多在民间一样，虽然你叫不上他们的名字，可是你会情不自禁地为他们叹为观止的绝技而拍案叫绝。

桃李不言下自成蹊，桃李之芬芳甜美就是最动听的语言，山石不语，山石之突兀峭拔就是最壮丽的宣言，大音希声，无声胜有声，你看这些林间野径，便是听懂它们语言的知音，是你，是我，是懂山林之趣的天下胜友。

站在这些千奇百怪的巨石之下，看着负载它们的无名小山，你会不

由自主地发出天降奇石的浩叹，天降奇石，是石之幸，山之幸，亦是你我之幸。

5 卡垛山印象记

卡垛山，名字挺洋气的，感觉像是一座外国山的名字。

去卡垛山，名为看连翘花海，但显然我们来早了，卡垛山虽然漫山遍野长满了密密匝匝的连翘，但只在向阳的地方开得一簇一簇的，浪花倒是像的，只是还未形成宏伟浩大铺天盖地摄人心魄的金色的海洋。但我以为这恰是到了好处，诗家云，"美酒饮教微醉后，好花看到半开时"。花看半开，酒至微醺，乃最动人之处也。

再说了，谁又是真正来看连翘花海的呢？在万木萧瑟百花沉寂的冬天，爬山不也兴味十足吗？但春日爬山跟冬日爬山真有不一样的乐趣。

最吸引我们的还是道旁那些无名的小花。每发现一种，我和英杰老师都十分激动，先是观赏，继而拍照，相逢便是缘，不知其名多遗憾啊，英杰老师便从手机上打开"识花君"查找。我们邂逅的第一种小花叫紫花耧斗菜，花茎高挺，紫色小花如倒挂金钟，叶片也挺美。名字太繁琐了，不如叫紫卿。正惊喜着呢，另一种楚楚动人的蓝色小花又撞入眼帘，却是元胡，李时珍《本草纲目》云，元胡有"活血，理气，止痛，通小便"之功效，"专治一身上下诸痛"。元胡这名有点北地的蛮匪之气，不如叫蓝灵儿。

因流连于"路边的野花"，我和英杰老师远远落在了队伍的后面，山上旅友们高喊"后边的跟上"，有一个擅长口技的居然吹起了嘹亮婉转的口哨，但此时英杰老师又有新的发现，招呼我过去观赏。这是兰花吗？花形和叶片都极像，只是低矮了些，但跟兰花一样地清雅脱俗。查"识花君"，名曰"老鸦瓣"，我和英杰老师都替这清雅脱俗的小花感到不忿，这名字也太老气横秋和庸俗土气了，不如就叫微兰吧。

在山顶上，英杰老师发现了一朵开得妖娆冶艳的老公花。有一首写老公花的元曲："满面白毛酷老，一身紫色轻佻，名为老公花最巧。正芳菲，也妖娆，风骚。"老公花学名白头翁，一样的老气横秋，我看叫紫儿甚好。

下山时，英杰老师在一处石缝里发现了一朵黄堇，细长的黄色花瓣中间点缀着一块绿色水滴状的绿玉，甚像孔雀翎。

还有还魂草啊，石壁上但凡有一点泥土处，便是它们绽放生命的乐土。渴死了，枯死了，一旦得一丝雨露的滋润，便还魂而生，创造生命的奇迹。

让人新奇的何止是野花野草，崔老师发现了一棵沙参，惹得我们讨论了半天关于人参的话题。一位旅友发现了一段枯朽的橡木，上面长满了黑黑的小小的层层叠叠密密麻麻的云芝——状若云朵，关于灵芝，又谈了一阵子。我发现了一大片绿油油嫩生生的野蒜，昨日刚下了一场雨，极易拔之，下山的路上，一路皆是，旅友们边走边采，谈论着回家如何烹饪。

一位大叔，花花草草采了一大包，背在背上，后面的旅友说，你真像李时珍。各色花草，皆可入药，这是古人智慧的结晶。

其实，无论像浪花一样随处涌起的金黄的连翘，还是花色各异的杂花野草，都不过是山的装饰而已，山才是主角。

上山真难。虽曰有路，但状若羊肠，又给连翘的枝条遮没了，人行其中，不得不猫下腰，匍匐而上，真是人在连翘下，不得不低头。

山并不高，海拔只有六百七十多米，但山势陡峭，嶙峋突兀，怪石崚嶒，仰望之，不禁喟叹，"畏途巉岩不可攀""以手抚膺坐长叹"。

下山更难。领队太阳探寻了一番，四周皆是绝壁，只好另寻他路。他路亦难走，有好几处，都是旅友们互相扶助，托着脚，拉着手，方可小心翼翼得以通过。路面又湿滑，不小心就跌跤，有几位女旅友，跟我一样，屁股上都是厚厚的湿泥。最恼人的是我们陷入了连翘藤条的迷阵，因是背阴，花皆未开，整个山谷皆是原始繁密的连翘森林，偶尔见几株大树，也是"百尺苍藤罗络之"，一年又一年，无数的藤条都结成了辫子和绳子。还有其他藤类植物，貌似爬山虎，无石不攀，绝壁上处处皆是它们如蛇如龙的身影，仿佛天然的裂纹。

一路上，旅友翱翔唱着《可可托海的牧羊人》，本是感伤忧郁的歌，竟然让他唱得欢快嘹亮，也别有韵味。

令人回味的还有英杰老师特意为我带的一罐李子柒牌的人参乌骨鸡汤，里面有加热包，可瞬时加热，味道鲜美，实乃登山野餐之佳品。

6 夜游子虚山乌有谷

在一个陡峭的斜坡上，发现了一簇金黄的小花，亭亭的花杆儿，花形若伞盖儿，更像一丛具体而微的小树林。正欲上前拍照，它却精灵一样消失了。

忽而又发现了几株紫红的郁金香似的老公花，粉红的小宝塔似的瓦松花，雪白的连成片的满天星……一时百花绽放，万紫千红，电影镜头般在眼前闪现。咦，刚才还是衰草连天的寒冬，怎么骤然就是山花烂漫的春天了呢？

惊喜地呼唤外子和禹儿过来赏花，他们却一在山之巅，一在谷之侧，应而不答。

斜坡下一干涸河谷，一例是灰白的石灰岩，岩面布满了光滑圆溜的卵石。"恐龙蛋！"外子仿佛从天而降。"真是恐龙蛋！"禹儿也风一样飞来。

忽见一石，其大如犬，背上一串拳头大小的石疙瘩，细辨之，竟然是十二属相！原来是块灵石，但见它，忽而变身金鸡独立，忽而变身孔雀开屏，忽而变身猛虎下山……千变万化，令人拍案称奇。

"是不是可以拿去拍卖啊？"禹儿惊喜道。

"不可以！"我厉声道。

果然灵石嗖地一下飞走了，机心可怖！

忽见一道人，破衣烂履，蓬头垢面，却目光清澈如秋水，这不是《红楼梦》里挟走宝玉的空空道人吗？

问此处何地？道人曰子虚山乌有谷。忽听窗外雄鸡啼唱，枕畔外子鼾声如雷，原来是南柯一梦。

今日周六，惯常乃爬山之日，因十个月大的双胞胎小侄女不小心生病了，帮着在医院陪护打点滴，故未能成行，不料晚间竟得此梦，以补白日之憾，奇哉！妙哉！

7　山旺农庄

木栈道，茅草棚，环山公路弯又长。
绿苔藓，古杏树，鸡鸣狗吠旺农庄。
醉翁亭，快哉风，奇松怪石相依傍。
听松涛，穿石海，长住此间又何妨？

去山旺农庄，不为品山珍海味，不为赏田园风光，我们是奔山而来的，听说这里的山不错，只是不知山名曰何，仿佛叫腊海，腊海是什么意思呢？或者叫辣害，方言厉害之意，说某人很厉害，即言某人很优秀。

且不管他，别耽搁了赏景儿。别说，此处的景儿还真有点别致。

别具风情的酒店，栖身林间若隐若现的客房，看似陈旧凋敝而实则古意横生的木栈道和茅草棚，都给人以耳目一新的感觉，此时，即使不吟诗，不作画，不下棋，不话聊斋，坐在茅草棚简陋的木板座位上，看看松，看看白云，听听风，听听鸟鸣，不也诗意盎然，不也画意氤氲，不也心生棋意，如话聊斋吗？

春尚浅，杏花刚刚含苞，从没见过这么高大的杏树，乌黑的枝干，红萼白朵的花苞，星星点点，羞羞答答，比花开白如雪，比花落吹满头，更动人心弦，更惹人怜爱。

还有浓密如森林浓厚若地毯布满整块大石的绿苔，其上点缀着些枯黄的松叶，更见幽深幽静幽暗幽闲幽雅。

弯曲悠长的环山公路，若一根黄色飘带，绵延群山之中，人行其上，感觉静谧静雅静心静气。山中之亭，则如飘带上打的蝴蝶结，灵动洒脱。亭者停也，有亭处，即风景大观处。

山中奇险处，以红色木栈道连之，是连，更是衬，蓝天，青松，黄白之石，再添一抹红，锦上添花，愈加斑斓多姿。

最奇还是山中之石。爬的山多了，见的奇石也多了，写的文章也多了，似乎腻烦了什么像什么什么是什么之类的比喻句，然还是不由自主情不自禁地惊呼，此系神龟望海，彼系道人凌空，此系狮虎听道，彼系金蟾跳波，此系石洞剑穿，彼系风月宝鉴，此系海底世界，彼系天宫诸神……惜意象

万千，而词不达意，意思万千，而言辞有尽，叹叹！

后闻，此山原名腊海山，过去山上多腊海树，花色白，花开之时，浩瀚如海，倒也有点诗意。今名金马山，大概有什么典故或传说吧。金马山，金马山庄，皆有势如破竹气贯长虹之气势。挺好。

8　沁园春·早春乡野漫步

壬寅之初，春寒料峭，独步乡间。一冬少雨雪，天干地燥，岭上花木，瘦俏可怜。蒲公英黄，地丁花紫，红白杏花枝头绽。惜芳菲，流连复流连，年复一年。

穿河谷寻路径，喜见石头森林一片。真千峰万壑，千姿百态，千奇百怪，变化万端。天工雕镂，玲珑孔洞，似鼻似耳又似眼。叹人间，清景无重数，只欠人闲。

9　桂枝香·村居（其一）　杏山赏连翘

阳台闲坐，悠然见南山，明黄数抹。翩然下楼去，如燕如鹊。拂堤杨柳垂万丝，弄晴昼，袅袅娜娜。清源河畔，杏山脚下，我又来也！

逐东风，唱响春歌。与青松为伍，绽放北坡。芳心年年岁岁，来践君约。寸心虽小香浓郁，驱毒去病自岐伯。绸瓣玉蕊，入世出尘，自有高格！

（注：南山，南面之山，即杏山。）

10　村居（其二）　　上泉东岭赏李花

谁遣繁花满眼中?
柳丝袅娜又东风。
一年一度白如雪,
芳心不与尘世争。

11　村居（其三）　　圣水坊赏杏花

穿山越岭不辞苦,为寻杏花圣水坊。
漫山遍野如雪铺,依松傍水斗春光。
疏影横斜浑不语,暖风轻吹分外香。
千年古寺鸣暮鼓,忘机山人归旧乡。

（注：圣水坊有千年古寺云水禅院,即龙兴寺。）

12　村居（其四）　　山行

　　壬寅之春,时近清明,与外子游于上泉东岭。丽日当空,东风浩荡,正当李花开遍了山野,团团簇簇,千枝万枝,粉白如雪,徜徉其中,吟诗唱歌,不亦乐乎?

　　山间路边,黄花地丁,灿然绽放;返青麦田,油绿如泼;新耕田塍,红黄齐整;喜鹊喳喳,腾跃枝头;勤劳农人,翻地施肥。

　　抬望眼,四面皆山也。大尖山如雄伟金字塔,高耸入云;大青山如卧龙横空，威武矫健，象山阔然横卧，沉稳大气；双崮因角度不同，时而单峰独立，时而双峰并峙；远处蔚蓝群山连绵天际，如昆仑巍巍长城万里。

给阿拉伯婆婆纳拍张照，与少花米口袋留个影，娇小玲珑之花草，芳名居然如此繁琐古怪。芫花，吾乡名之棉花条子，芫花棉花，定是谐音讹传了。鸦葱，吾乡名之篱家嘴，金黄灿烂，亭亭玉立，采之入口，清甘绕齿，有清热解毒消肿散结之功效。山野之花草，无一不入药，无一不可食，万物利人，人之幸也！

大青山下，有村凌家万，南北小巷，直通山顶。大青山实为大崮也，危崖林立，摇摇欲坠，雷雨天气，毋行于下也。崖上崖下，坡南坡北，连翘盛放，一片复一片，一丛复一丛，黄灿灿，明艳艳，最是一年春好处，绝胜百花满公园。

俯瞰山下，层层梯田，错落有致；山路弯曲，俨然如带；村落井然，安静祥和；天际群山，愈发深窈。此番登临，春明景和，携手外子，诗词唱和，畅意人生，夫复何求？

崖壁之上，有翠柏二，相互依偎，俯仰生姿，含情脉脉，宛若情人，奇之叹之，仰观远视，良久乃去。

崮顶皆核桃树，树龄五六岁矣，上架电线，下铺水管，偌大一片，靡费甚大，去年夏天，余来观之，不结一子，令人唏嘘。

崮北远处，蓝玉一片，乃龙泉湖，即跋山水库也。穿长墙，跨斜坡，对面山上一片青绿林海，山那边即灵泉寺，上次拜谒，驱车往之，下次登临，穿山步行可也。

夕阳西下，余霞如绮，饱餐秀色，尽兴而归，又是开心快乐的一天。

13　村居（其五）　上泉东岭赏桃花

李花未败桃花开，远看云霞近嫣然。

千树万树笑春风，夭夭灼灼韶华灿。

何须绿叶来衬托，深红浅红赛婵娟。

桃花诗篇传百代，为报诗人花开艳。

辛勤农人朝夕忙，不为看花只为钱。

为报农人殷切盼，夏秋硕果堆满山。

黄发垂髫怡然乐，绿水青山亦开颜。

陶翁若是从此过，欣然再命桃花源。

14　村居（其六）　家跟下走走

居家上网课，已有月余，上完课，批完作业，家跟下走走转转，也挺好，风景并不都在远处。

春光正明媚。清源河公园，几日不见，绿柳已成荫，一挂紫藤垂紫穗，一池春水漾碧波，几树黄金榆金碧辉煌，数棵菊花桃云霞灿烂，河中堤坝，数人举竿垂钓，健身场上，三五村民健身。

杏山脚下，清源河边，连翘与紫荆竞妍斗艳，金黄一抹，紫红一抹，又有河中碧水一抹，崖上翠柏一抹，似丹青妙手信手涂抹，却清新怡人，赏心悦目。

移步堤坝，爬上山坡，迷花倚石，抚松坐亭，游目骋怀，信可乐也。远处杨柳堆绿烟，群山泛蓝波。几处村落，红瓦鳞次栉比，阡陌交错相通，我的家乡，何时变得如此诗意秀美！

穿过柏树林，转至杏山南坡，桃花杏花李花樱桃花，早已花谢花飞，芳踪难觅，喜见一枚青杏顶着一点残红，"花褪残红青杏小"，千年以前，

苏子看到的也是这番可人景象啊!

下了坡,便是我生于斯长于斯的老家,少小时只有一个家,成家立业后便有了三个家——娘家,婆家,自己的家,此外还有一个更大的家——国家,家多了,事就多了,家事国事天下事,事事都得关心。当前疫情肆虐,全国上下,勠力同心,防疫抗疫,白衣战士,大勇逆行,可歌可泣。愿我华夏处处花香鸟鸣,车水马龙,国泰民安!

15 村居(其七) 河边漫步

春已半,桃李花谢,陌上嫩叶新绽。

风乍起,吹皱一川,碧水倒映青山。

枫叶红,榆柳葱翠,百鸟啼唱宛转。

水鸡黑,花鸭戏水,白羊朵朵草滩。

田垄黄,远山似黛,绿杨片片若海。

钓竿闲,厂房偶见,犁锄耕耘田间。

步长堤,心清气爽,悠游清源河边。

新农村,如诗如画,繁华城市不换。

二 绿树阴浓夏日长——夏篇

1 行走梓河

总觉得梓河是一条文化韵味深厚的河，大概源于"梓"字吧。旧时家宅前后多种桑梓，故以桑梓代家乡；梓树木质优良，多作上等器物，帝王将相以梓木为棺，曰梓宫，印刷之雕版用梓木，故刊印书籍曰付梓，有一种人叫梓人，那就是木匠了。

旧时梓河两岸一定栽了不少梓树吧，当雪白的花簇绽放之时，连河水都是香甜的吧，当落英缤纷，落花逐流水，婉约诗人见了，又该惹出闲愁万种，无语怨春风了。

现在的梓河两岸，虽没有梓树，却是杂花生树听莺啼，也挺美。

"萧条桑柘外，烟火渐相亲"，这是贾岛的诗句吧，我们在梓河岸边发现了几株柘树，枝上有刺，果实像金黄的小盘扣，成熟以后色鲜红，可生食或酿酒。

岸边的崖壁上，木蓝正静静绽放紫红的花穗，木蓝又名蓝靛、槐蓝，其叶可提取蓝靛染料，看着那青青绿叶，想到那蓝色染料，"青取之于蓝，而青于蓝"是否可改为"蓝取之于青，而蓝于青"呢？

水边一丛丛密生着的是蒲苇吗？叶如碧玉剑，花似金鸢尾，果实却明明是秋葵。百度之，原来是黄菖蒲，水中花卉之仙子。那这一片该是蒲苇了，"蒲苇纫如丝"，想起了精妙世无双、举身赴清池的刘兰芝；这一片一定是芦苇了，"在在江湖芦苇"，一片芦苇就是一个江湖。菖蒲，蒲苇，芦苇，

在这个槐柳成阴的浅夏时节，曼妙如少女，青葱若少年。

如果把丛生的蒲苇和芦苇比作汉字里的竖和撇，那片片的莲花和莲叶就是点和横。油油绿绿肥肥硕硕的莲叶，仿佛笔酣墨饱浓墨重彩的油画，而那星星点点闪闪烁烁的莲花，则如闪亮璀璨熠熠生辉的星斗。

花草和树木只是点缀，河水才是真正的主角。流经沂水和蒙阴两县交界处的高庄梓河段，蓝绿如绸如缎，风行水上，波光潋滟，鱼游水中，倏忽而逝，河中石板如琴键，淙淙流水弹奏出的清音仙乐，荡涤尘心，而河岸尖顶的欧式建筑，又让你仿若置身浪漫的塞纳河畔。

"维桑与梓，必恭敬止""关关雎鸠，在河之洲""蒹葭苍苍，白露为霜"，站在梓河河畔，思绪溯回到遥远的西周和东周，那是诗经的源头，也是中华民族文脉的源头，"问渠那得清如许，为有源头活水来"，数千年来，华夏文脉滔滔，从未干涸和断流，不仅因为纳百川，更因为其源头的清澈、纯净和无邪。

"临清流而赋诗，登东皋以舒啸"，行走梓河，诗意横生，啸傲江湖，快哉此游！

2　缥缈九仙山，奇秀天地间

游五莲九仙山那天，山上云雾缭绕，仙气飘飘，真应景儿也。

为何曰九仙？传说此处白龙潭里卧着一白龙，黑龙潭里卧着一黑龙，白龙与黑龙日日斗法，喷烟吐火，致使草木枯萎，童山濯濯，民不聊生，八仙过海时经过此地，与山神一起，各显神通，使此地草木葱翠，山清水秀，山神晋升为仙，与八仙并称九仙。此一说也。

又曰，八仙与孙膑并称九仙。孙膑曾在此屯兵储粮，在马陵道大败庞涓后，辞去军师，于抱犊峰下筑茅屋，修兵法，终老于此。

我们从九仙山景区西门入，坐观光车至龙潭大峡谷口，龙潭大峡谷有齐鲁小三峡之称，两岸壁立千仞，直插云霄，异峰突出，千奇百怪，有如凤凰回眸者，有如金蟒出洞者，有如驼走大漠者，有如佛祖颔首者，惟妙惟肖，令人绝倒。

谷底五步一秀水，十步一清潭，汩汩潺潺，加之绿植映衬，游鱼穿梭，令人神清气爽，尘心尽脱。葫芦潭状似葫芦，据说是铁拐李的葫芦留下的痕迹；牡丹潭却不似牡丹，乃得名于岸边一块奇特的石头，此石朝向潭水的一面，中间有一酷似黑牡丹的灰绿岩，传说为文人墨客在此写诗作画时滴洒的墨水。峰峦入潭，亦有奇趣，端山之下，有大石者三，倒映潭中，如大碟起舞，甚是壮美。

龙潭峡谷的上游悬挂着一道陡直的瀑布，其名诗意纵横，曰雪练瀑布，如雪如练，信矣，只是汛期未到，声势并不浩大。当盛夏之时，百川汇集，此处必定如银河倒泻，万鼓齐鸣，声震寰宇。

由十八盘拾级而上出大峡谷，到靴石村，此村因山上有一巨石如靴而得名，传说铁拐李用它到崂山装净水以灌溉九仙山之草木。

从靴石村坐观光车便到了九仙山的主景区。在通往孙膑书院的一条石板路上，一群大大小小的猴子见有游人来，纷纷从山上俯冲下来，觊觎着游人手提肩背的食物，它们大多较为绅士，你不主动示意，它们也就懂了，不会靠近你，有一位游客也许太热情了，手里一大袋食物被哄抢一空，袋子也被撕烂了。

路边有一"地泉"甚为奇特，平地而起筑了一口一米多高的井，水与井口齐平，我很好奇，如果把井口筑到两米或更高，泉水是否还能与井口齐平呢？

地泉的斜对面，有一山也很有意思，由三块大石组成，中间一块高耸而粗壮，两边各一块，矮而细，像极了汉字的"山"字，"山"字本身是象形字，反过来，像规整的"山"字的山其实并不多见。

孙膑书院建在半山腰上，须爬一段极陡的石级方能上去。院内正中为孙膑塑像，墙上挂着一副对联——围魏救赵千古高手，减灶添兵万世宗师，横批为兵圣孙膑，两边墙上挂的是古人游九仙书院的题咏。

院外有一仿制的古香炉，上有尖顶飞角的盖，下有鼎足而立的脚，玲珑可爱。

书院西有一线泉从悬崖缝里涓涓流出，上书"天泉"，泉水清冽甘甜，大旱之年亦不断流，传说孙膑饮此山泉，愈加耳聪目明，故又曰"智泉"。"天泉""地泉"遥相呼应，有趣儿。

从孙膑书院折回，走过一段狭长的名为卧鸥流的峡谷，坐观光车便直达情侣峰，情侣峰上有十二对脉脉含情并肩而立的情侣石，最高的一对高达百米，最小的一对只在方寸之间。

情侣峰上奇石颇多，"犀牛望月""神鳌驮龟""神鳄吞象""仙猿献桃""天狗吠日"，无不激发人们神奇的想象力，还有"八戒石""喜鹊石""大鱼石"，亦神形毕肖。

此时云雾从海上吹来，忽而轻飘若薄纱，忽而浓厚如海涛，忽而被风撕扯得如丝如缕，忽而被山峰切割得如冰如雪，群峰在变幻的云波雾海之间亦各显神姿秀态，妙不可言。

从情侣峰折回往西，经过一段幽幽暗暗曲曲折折的山道，便到了老母阁。一路上，我们不时被一些奇峰巨石吸引而驻足观望，有如利剑刺天者，有如连云蔽空者，有摇摇欲坠者，有凌空欲飞者，令人叹为观止，唏嘘不已。

老母阁乃观音峰上一天然石洞，成于明嘉靖三十七年，据地质学家勘定，此洞为中外罕见的蛋壳洞。

观音峰对面有一峰，甚为奇秀，如楼如阁，上有奇石若镜，传说为九仙老母碧慈娘娘洗漱梳妆之地。

从观音峰上下来——其实我们并未登顶，太险峻，仰首望望而已——是一片宽阔的绿草坪，四围皆是群山，这应该是盆底了。

眼前又是无尽的台阶，虽天阴风凉，但还是出了一身透汗。正汗流浃背腰酸膝软之间，忽见道旁一巨石之上，又有一欲堕未堕之巨石，精神为之清爽，拾级攀援而上，但见上刻"慈云"二字，旁刻一"淐"字，乃清代顺治年间诸城太守程淐题刻——五莲旧属诸城。

站在此处，东南而望，观音峰、梳妆楼、观星台等诸峰在云雾间时隐时现，以此为背景，我们几个互拍了几张照片，我得了一张悠然坐南山之照，甚是自得。

从慈云石下来，前行一段，便到了千年古刹——侔云寺，附近石壁有两处宋人石刻，"嘉佑壬寅"等字清晰可辨，嘉佑是宋仁宗在位期间第九个也是最后一个年号。

继续沿石阶而上，此时一座气势磅礴的独立之巨峰涌现在眼前，如一尊巨佛，曰万寿峰，石刻草书"万寿峰"三字为明朝诸城知县马时泰所书。

万寿峰西侧，有一天然观景台，站在观景台望万寿峰，其巍峨雄伟之态，令人疑为幻境。

登顶了，此时风卷云涌，云海浩荡，群峰如浩瀚海洋中的礁石，随着浪花起伏时隐时现，忽而大潮退去，一层轻柔的白纱笼罩在诸峰之间，隔而未隔，透而为透，境界之美妙摄人心魄，我惊呼一声"妙极"，冲下山岩，到背包里取手机拍照，一转眼，白纱不见了，诸峰重新露出了真颜。甚憾！

此时，英杰老师站在一块危岩上，临风飘举，窈窕婀娜之态尽显无余，我兴奋地喊了一声："美人鱼！别动，我给你拍照！"

我、二妹和英杰老师站在此处，让导游徐女士拍了一张合影。徐导日日穿行在此间，大概也少见如此美若仙境的时刻，也让我们给拍了几张照。

回到家，翻看照片，发现一处导游图，上面详细介绍了洗耳泉峡谷，其长两千余米，其间胜景颇多。天哪！我们以为逛遍了九仙山所有的景点，竟然还有这么大的遗漏！

也是，九仙山景区太大了，一天怎么可能看完呢？黑龙潭、白龙潭、齐长城、牌孤遗址、丁公石祠，这次我们都没看到。况且，春天的连翘花海、杜鹃花海，夏天的如虹瀑布，秋天的如火红叶，怎么可能在一天之中看尽呢？

九仙山，再约啊！

3　游毫山记

我曾在课堂上读过两篇我写的游记，李佳芮同学得空儿便追着我嚷嚷："老师，读游记吧。"我说："课程这么紧，哪有空儿？"佳芮同学便眉飞色舞地向我描述，同学们纷纷猜测游记里的英杰老师是谁，最后得出的结论是，英杰老师是我的丈夫。

我把此话告诉英杰老师，二人皆大笑。

又到周末，高一高二学生因高考放假五天。课间在操场上碰到佳芮同学与其同桌张警文同学，佳芮同学兴奋地说："老师，周日跟你爬山去吧？"我说："好啊。"

于是一行四人往沂源毫山而去。路上，英杰老师对两位同学说："我就是你们语文老师游记里的英杰老师。"语毕，四人皆开心大笑，笑声飞出了车窗，泼洒在闪烁的阳光里。

感觉快到了时，问路边一位养蜂的汉子，他操着南方口音说，这是黑崖，不是毫山。继续前行，导航小姐姐固执地不厌其烦地一遍又一遍地提示：请在前面虚线处掉头，请在前面虚线处掉头。我说，早上出发时，村姑给我发了一张照片，说看到这个亭子，就到了。

也许导航小姐姐这回是对的——我们上过她的当。于是掉头，英杰老师指着前面山脚下说，那儿有个亭子。我一看，跟村姑发的照片一样，下车，养蜂汉子在纷飞的蜜蜂中朝我们笑，大概当地人管毫山就叫黑崖，所以他只知黑崖，不知毫山。养蜂汉子摆蜂箱的地儿应该就是上毫山的停车场，只是临时被他占用了。

拾级而上，英杰老师脱口道："有亭翼然。"醉翁写亭的句子真是俭省而妙绝，后人写亭，随手掇来便是。亭内有一碑，侧面刻有一联：山青水秀林海追游绿色梦，气爽风柔蓝天畅诵白云诗。英杰老师说："此联不甚工，给你们两个同学留个语文作业，回去改一副工的。"四人皆笑。亭子两边各有一条石阶山道通往山上，走哪边呢？佳芮同学说："走右边。"英杰老师跟我说："听学生的。"

正是杏黄时节，道边有几株杏树，有青黄的，有金黄的，用红黄的，有甜的，有酸的，味道皆美。

毫山以石巨、多、奇、秀、险、顽而闻名，然若没有了这儿一株那儿一丛的松树，只有漫山或散落或堆叠的石头，便会显得荒凉而无趣。青青石上松，磊磊松边石，珠联璧合，相得益彰。毫山素有"小黄山""小泰山"之称，气象神韵皆似。老版《红楼梦》电视剧开篇鸿蒙里的那块顽石便拍自于黄山上的飞来石。毫山上亦多飞来石，有灵动若飞者，有浑厚若栽者，有乱石穿空者，有孤石悬空者，千姿百态，各尽其妙。石上多有刻字，有连文成篇者，亦有单字独刻者，因枝横叶密，多难辨识。

我因忙于拍照落在后边，忽听三位在前面惊呼，我疾步赶上，迎面一块巨石上刻着"妙境奇观"四个大字。佳芮同学喊道："老师快来看！"

转过大石，我亦惊呼，果然是妙境奇观！对面山上，一片石林，哦，不，是一片苍松，也不对，是一片石林被一片苍松错杂间隔，或一片苍松被一片石林分裂切割，松欲掩，石欲飞，石欲飞，松欲掩，终究是石霸道强势些，那么抢眼，那么出镜，那么不可一世，那么飞扬跋扈，天生我石，岂可埋没！

驻足叹赏一番，继续沿石阶而上。天儿是真热，烈日正当空，此时温度 35 度，途中已经歇息数次，这次坐下竟不想起来了。道旁有一巨石，对面的树影映在其上，风徐徐而吹，树影如无数黑色的珊瑚虫蠕蠕而动，英杰老师又脱口而出道："树影斑驳，姗姗可爱。"两个学生大概等急了，佳芮说："老师，快到山顶了吧。"我说："好，咱们继续走。"

山顶几块巨石或立或伏，甚为可观。英杰老师在下面喊道："快看，那两块像不像两个竖立的巨大的猪耳，下面这块像一个巨大的猪头。"真像！

站在山顶，环视一圈儿，全是层层叠叠深深浅浅绿色的波浪，那是无数重山脉的叠合，不禁感叹"齐鲁青未了"。亳山古称连绵山，八百里沂蒙也是连绵山啊，山连山，岭连岭，未有断绝处。

山顶风大。站在一块巨石上，吹着"千里快哉风"，脚踏连绵之青山，顶着烈日蓝天和白云，彼此拍了几张照，壮哉我大美山河，美哉我壮游生活！

遥望对面的山顶，另有一番奇美景象，但要不要过去，费了一点儿踌躇。几位男子在一块巨石的阴凉下聚餐，彼此呼应了几句"嗨！"英杰老师说："我们还是不要过去吧，谁知道他们是什么人？万一是坏人……"佳芮同学也说："老师，还是不过去了吧。"我说："没事儿，光天化日之下，他们敢吗？况且心中有山水的人，都是有情怀的人，不会有事的。"

到了跟前，问了一下，竟然是沂水老乡。他们建议我们爬上右面的一块巨石，说站在上面看，挺美。站上去，果然美不胜收。

下山的途中，犹如横空出世的大石怪石，不时撞入眼帘，一路上不禁啧啧称叹。在半山腰，我们发现了几株开得灼灼如火焰的野百合，英杰老

师采了一朵，插在佳芮同学的草帽上，佳芮同学珍爱地一路摸了好几次，担心掉了。

又看到了红色的亭子，却不是上山时看到的那一座，原来一边一个。

警文同学说，这种天儿出来爬山的人堪比抗日勇士。我说："我们都是勇士，你们两个尤其是。"佳芮同学的眼睛被树枝戳了一下，警文同学跌了一跤，膝盖磕破了，对于缺少锻炼又被父母娇宠的她们，今天真是一种严酷的考验。

4　从杨家寨到佛山

杨家寨，是北宋一门忠烈杨家将之山寨吗？非也，非也，此杨家寨，在云蒙湖畔，民国时期，蒙阴杨氏家族为避匪患，携老扶幼，迤逦上山，苟全性命于乱世，于今，杨氏不知何处去，惟余断壁乱草中。

跟司马寨龙虎寨尧山寨一样，杨家寨也是一座崮。沿着山路盘旋到崮下，浩渺壮阔的云蒙湖，铺展在眼前，巍峨连绵的蒙山山系苍茫云海间，只能看到几抹冲淡的蓝灰色的影子，这张天地间的巨幅山水画，唯有登高才得一观其全貌。

眼前的景色怎会如此熟悉？"这个地方我们来过啊。"我对外子说。"看，药王庙！"当看到山坳里轩丽恢弘的药王庙时，我们心领神会地确定，去年初冬时节，我们爬过此山，只是那时我们不知道它叫杨家寨，那次我们沿云蒙湖转了一圈儿，参观了云蒙湖大坝，爬了重山——一座延伸到云蒙湖里的秀美小山，然后，就上了杨家寨，在坍圮的垣墙内，生长着一株结满了稠密果实的软枣树，我们边吃边摘边拍照，兴会淋漓，摘了两大包背回家，晒在阳台上，最后，扔掉了，好多东西都这样，它给你的最大愉快就在于你兴致勃勃地把它运回家。

冒着36度的高温，我们在林深木茂隐约可见的山道上穿行，道路尽头就是寨门，一侧石壁上镶了一块黑色大理石石碑，上面镌刻着"杨家寨山寨遗址"几个金色大字。

与它崮——除纪王崮——不同，杨家寨寨顶保存着一栋完整的石头房子，窄窄的院落，简陋的围墙，古朴，野性，它是一段凝固、质感、简短的断代史。

望到对面山头上那棵软枣树了，去年，我们以为我们现在站的这一带是水塘崮，现在，从手机定位的实时位置来看，水塘崮距离我们2.9公里，水塘崮在沂南，而我们脚站的地方是蒙阴。

我们被远处一座拔地而起的尖耸突兀的青山吸引，我们能清晰地看到山顶有四重红色的庙宇，外子说那是佛山，上面有万佛寺，他去过两次了。我说，下去这个坡，再上去，不就到了吗？外子笑道，看山跑死马，你看着近，其实很远。

走到杨家寨的尽头，下边山坳里是龚家庄子，我看得清清楚楚，从龚家庄子东面的山坡上去，再走一段，就是佛山，山坡上的路很清晰，我感觉来回一个小时就够了。

我执意要去，外子突然发了雷霆之怒，说我太固执，听不进人言，并气呼呼地往回走了。我已经下到半山腰，发现几棵奇特的树，花色粉绒若芙蓉，树干高大若槐树，叶片又分明是棉槐，百度了一下，原来是山槐。

我坐在山石上赏了一会儿花，决意下山到龚家庄子走一圈儿。山坳两面的悬崖刀劈斧削，甚是壮观，此时我感觉离佛山越来越近了。此时外子打电话过来，让我等着他——他到底还是不放心，原谅了我的任性和固执。

我说，如果不是争执负气耽搁了这么长的时间，这会儿我们早登上佛山了。外子说，根本就不是你说的这么轻巧，上去这道山坡，还得下一道悬崖，那道悬崖很陡，你下不去，就是下去了，还隔着一条公路，五六个小时都不一定能回来，要命的是我们没水了。我说，你看着表，看我一个小时能不能回来，悬崖又如何，如果下不去，我就不下啊，我又不是小孩子，你没从这道山坡上走过，你就没有发言权。外子说，我确实没从这道山坡上走过，但我确实知道从这里过不去。如是，同一个问题，反反复复争论了千万遍。

我们到底没有按照我说的路线向佛山进发，骄阳似火，我们杯子里的水已经见底了，到一户人家讨了一杯热水，然后沿着盘山公路，走了近一

个小时，又从杨家寨的北坡，艰难地爬到寨顶，寨顶北侧立着一块宽阔的石碑，清同治年间立的，文字大多剥蚀，难以辨认，唯有"同治六年四月"几个大字清晰可辨。

回望佛山，分明就在眼前，感觉从龚家庄子上去，走几十米就到它的山脚下，根本不是外子说的中间还隔着一道悬崖和一条公路。外子也疑惑了，妥协道，这样看上去，确实如你所说，难道它跟我说的不是同一座山？回去我们走那边，看一看就知道了。

我也想一探究竟，不是想证明谁对谁错，只是想给这半日之争画一个句号。

于是回家时，我们改道沂南，很快就转到了龚家庄子，它东面的山坡真如外子所言，跟佛山并不是一体的，而佛山还在更远处，它并不像我们在杨家寨看到的那样从一片广阔的平顶上突兀而起。

到佛山脚下了，很巍峨的一座高山，它与杨家寨真是隔着一道长坡一道悬崖一条公路！看旅游标志牌，南面的那道悬崖叫"阎王鼻子"，奇崛险峻之至。我们决定停车，到山下观赏一番。

经过一路之争和实地探查，我深切领悟到，岂止是"横看成岭侧成峰，远近高低各不同"，岂止是事不目见耳闻而不可臆断其有无，目见耳闻也未必是真啊！

5　别有洞天大青山

对日照大青山，印象最深的是它的洞天石扉，当然还有它的大和青。

距景区还有数里之地，纵目遥望，就感觉到了它的磅礴气势和郁郁青青。

进了景区，驱车一路上山。途中，我跟二妹和英杰老师说，难道我们就这样一直开到山顶吗？那多没意思啊，我们出来是爬山的啊。

果然，在一拐弯处，看到一步行道通入山顶，标志牌上写有"拥翠峡"，但已经错过去了。

道旁一巨石刻有"仙人洞"，是苏轼的题字！不能再错过了，于是停车，没背旅行包，打算看了洞，继续开车到山顶——以为景点都在山顶，没想到，主要景点都在这条线上。

苏轼在九仙山和五莲山也有题字，我说，踏着千年以前苏轼的足迹，有一种非常奇特的感觉。

二妹说，苏轼就是厉害，你叫我上哪都行，上哪我都能活得好好的，把他的政敌给气死了，在黄州发明东坡肉，在惠州发明东坡羊蝎子，吃着美食看美景，免费旅游，美死了。

而且，到哪里都有粉丝追捧。我说，有一个铁粉，苏轼被贬南下时，一路陪同，直到把苏轼送到贬所，费时几个月。

大青山有大大小小的洞一百单八，单这条线上就十几个。据说八仙过海时，曾在此处修炼。看了第一洞后，二妹说，这么小的洞，八仙呆开了吗？进去才知，原来每仙一洞，住的都是单间，洞内有他们的塑像。铁拐李是众仙之首，住第一个。在九仙山，铁拐李用靴子从东海运水浇灌山上枯焦的草木，在五莲山用铁拐点开了一道铁胡同，真神通也。

半山处，有一堆乱石，横插竖立，一石刻有苏轼的"佛珠"，一石刻有佛印的"观佛台"，刻有佛珠的那块石头圆圆的，像佛珠，观佛台，佛在哪里呢？是否对面山上有一岩石，站在此处看，像一尊佛呢？木茂林深，看不清楚，终于不甚了了。英杰老师说，苏轼和佛印的斗嘴也是千古妙文。我说，凡跟苏轼交往的，无论朋友还是敌人，都流传千古。不过苏轼自己说，"眼前见天下无一个不好人"，他的眼里压根就没有敌人。

山顶上建有一古塔，曰"揽岳塔"，共五层，拾塔内木梯而上，从塔窗内望出去，浮云蔽空，山风浩荡，群峰竞秀，万壑涌翠，游目骋怀，心旷神怡，几疑幻境。

从另外一条道下山，一石洞，曰"刘邦避雨处"，再往下，一巨石之上又有三石，曰"三分天下"，传说一道士在此测字，因泄露天机，地动石裂，一分为三，预示刘汉结局。

此时，山下传来铿锵有力的号令声和洪亮高亢的呼喊声，英杰老师说，有举行夏令营的。下去，发现有吊桥、蹦床等游乐设施。中间有一个太极广场，两边有看台，南面一高大建筑，曰"太极青山"，下有"王廷"二字，北面是酒店，酒店以西是龙湫峡，山上建有许多森林小木屋，乃休闲度假之佳处。

原来不是举行夏令营的，是企业的新员工在搞团建和集训，七八个人一队，队长执旗，共有六队，胜出的队被授予红色战旗。队员们异口同声激情澎湃地宣誓，神情专注，热血沸腾。英杰老师说，也只有刚毕业的大学生才如此豪情满怀和血气方刚。

看了广场上的石刻方知，此广场名曰"均生太极"，洪均生乃陈发科高足，陈发科乃陈氏太极拳创始人陈王廷第八代孙，拳艺高超，世称"太极一人"。

大青山每年5月份举行太极拳国际大赛，参赛选手来自四十多个国家，广场一侧大石上刻有历届拳王的名字。

我从今年春天便发誓，每天早上早起到东皋公园学习太极拳，可笑的是，只是发了一个誓而已，早起都让别人干了。

到龙湫峡逛了一圈儿，饱览了一山秀色和一川清流，便驱车下山了。

看介绍，拥翠峡内峭壁林立，有锯齿牙、接水盆、阎王鼻子、铁胡同等景观，但是也无心下车再去观瞻了，无论多么美的景或是人，错过了就是错过了。

但是游兴已足，乘兴而来，尽兴而归，不亦乐乎？

6 五峰并峙排云空
——记游日照五莲山

上周游九仙山方知，今春爬过的卡垛山就是九仙山的最高峰；今周游五莲山方知，五莲山原是九仙山的五朵峰，因明朝万历皇帝赐名"五莲"而得名；方才从网上查阅资料方知，五莲县原属诸城，诸城旧称密州，东坡著名的《江城子·密州出猎》《江城子·十年生死两茫茫》即写于密州知州任上。

今周出游多了一位男士——禹儿，英杰老师素因没有男士同游而缺少安全感，我胆子大些，壮怀激烈时，胆敢独自闯天涯。

禹儿从诸城出发，我们从沂水出发，禹儿先到景区的西门，我们也就从西门进了，西门在后山脚下，这就是我们这次遗漏了那么多景点的原因，对此我耿耿于怀，遗憾不已，说应该从东门入西门出。禹儿说，去了就好，你看景色，我陪你看景色，拥有遗憾才能记忆深刻才能遐想无限。英杰老师说，这叫留有余地，拥有念想。也是，正因如此，我才能在以后的岁月里时刻惦念它，惦念着哪天还能再去。

其实我们看到的那些景儿，也足够终生怀念和回味了。

首先映入眼帘的是一座高大牌坊，上书"水帘烟雨"，想来这里阴雨时一定水帘潺潺烟雨蒙蒙。

道旁一宽阔的石洞里，供奉着一尊观音塑像。英杰老师说，你们知道为什么他的拇指内扣吗？表示天机不可泄露。二妹问，净水瓶为什么瓶口朝下。英杰老师说，表示普度众生之意。

再往上，一狭长高耸的石窟，曰狮子窟。二妹问为什么叫狮子窟呢？此处有狮子出没吗？导游牌提示，此洞高十余米，深四十余米，山风吹入洞内，如同狮吼。二妹对着洞口吼叫了两声，并无回声。

转过一道弯儿，忽见一人（雕塑）斜躺在一块大石上，肘边一酒葫芦。导游牌上写着"东坡醉酒"，我激动地喊道："苏东坡！我们的偶像！"几人随即热烈地讨论，苏东坡到过五莲山吗？导游牌上写道：宋熙宁年间，苏轼任密州太守时，多次登临此地，留下了"前瞻马耳九仙山""九仙今已压京东"等诗句，并赞美九仙山"奇秀不减雁荡也"。据说东坡改任他州时，对五莲山恋恋不舍，不愿离开。

继续前行，一潭碧水映入眼帘，禹儿喊道："水帘洞！"二妹喊道："好凉！"真的好凉，刚出了一身热汗，过来一站，顿觉冷风入骨，仰望，但见一悬崖之上有数个洞口，数道水帘潺潺而下。

我问："能进吗？"禹儿从洞口出来说："能进，就是滴水，会弄湿衣服，很黑，要开手电筒。"

于是，几人小心地沿台阶鱼贯而入，有几处须猫着腰，英杰老师个儿高，

不小心被洞顶的石壁撞了一下，眼里金星四射，痛了好一会儿。

洞内出现了两条道，走哪条呢？我说，禹儿你跟二姨走那道，我和英杰老师走这道。绕来绕去，绕去绕来，在幽幽暗暗中绕了几回，最后，四人分从三个洞口出来。

之后便进入铁胡同。楞伽峰下两壁夹峙，如刀劈斧削，宛若铜墙铁壁，故曰铁胡同。胡同长达百米，宽不足三米，有一夫当关万夫莫开之险。

出了胡同口，右转，上一土坡，便到了"一线天"。两块如山一样的巨石并肩而立，中间一线通天，瘦者可穿行而过。穿过石缝，转到西面，但见一石上刻"试剑石"，一石上刻"关公试剑"。二妹说，关公用刀不用剑啊。我说，关公武艺高强，十八般兵器，样样精通。

传说铁拐李跟关公斗法，关公一剑把一通天巨石一劈两半，铁拐李用拐一点，点开了一条铁胡同。终是铁拐李道高一尺。

二妹笑道："众神之中，关公最忙，百行百业都奉之为神明，关公说，我是一块砖，哪里需要哪里搬。"

前面是"风动石"。禹儿说："这块石头重达十吨，风能吹动吗？"

我说："也许吧，要不怎么叫风动石呢？"

道旁一标志牌写有"虎啸山林"，老虎在哪儿呢？登高几步，果见一巨石如白虎健步松林。传说山上光明寺内法师讲法，听到高兴处，白虎跳跃，顽石点头——"风动石"亦名"顽石点头"。

在通往望海峰的路上，我们发现此处的橡树分枝繁多而粗壮，甚感奇特，许是与气候有关吧，此处数公里之外便是大海，气候温暖而湿润，被称为"南方的北方，北方的南方"，常常出现"山前桃花山后雪"的自然奇观。

道旁一岩石上刻有"松涛"二字，遒劲有力而又潇洒灵动。拾级而上，迎面一块壁立大石上刻有"齐鲁奇观"四字，字体奇特，似篆而草。登顶，两巨石相互支撑，形成一个天然石棚，左石刻有清初书画家、诸城太守程涝的"石浪飞空"，右石刻有现代诗人臧克家的"名山看遍归来后，还是对门五莲亲"。

五莲山石刻颇多，皆为书法名家，我只对启功了解多一些，余者皆不熟。望海亭下的"望海峰"三字便是启功先生的墨宝。望海亭建于康熙初年，初为九层，现为五层，越修越矮，因无避雷针，多次被雷电击毁之故。

站在望海亭上，眺望四围群山，但见奇峰竞秀，怪石兀立，千谷涌翠，万壑争流，海风浩荡，丽日高照，好不惬意爽快！对面天竺峰如天柱直刺苍穹，红色的"天竺峰"三字清晰可辨。

从望海峰下来，经松风径入光明寺。因开寺和尚心空用五莲山的泉水和草药治好了皇太后的眼疾，而被万历皇帝赐山名五莲，赐寺名光明，光明寺因敕建护国神寺而名扬天下。

庙门前玻璃柜内，立有两块石碑。左首为《敕建五莲山护国光明寺记》，楷书，为开寺和尚心空书写，方正刚劲；右首为《重修五莲山寺记》，行草，为明朝状元、礼部尚书、翰林学士翁正春书写，矫若惊龙，飘若浮云，有羲之风范和遗风。

从光明寺折回，上廖天阁，鸟瞰流云峡，两座奇峰突起，曰大系马峰和小系马峰，相传为孙膑拴马之地。阁外左边石上有两处石刻，曰"流云峡"曰"云海"，想来，此处阴雨时节，必定云海滔滔，流云飘飘，如入仙境。

从廖天阁下来，才下午两点多钟，感觉五莲山所有的景点都逛完了，于是打道回府。回来上网搜索才发现，紫霞洞、千层塔那条线我们没走，五老峰、挂月峰、香炉峰等诸峰，皆未一一印证，甚至连五莲山是哪五朵莲花都未弄清楚，碧云洞、织女洞、蜡烛洞也未一睹真颜，还有五老石、兔化石、羊化石、翁负婆石亦不知隐于何处。

禹儿说，如果你知道每一座山峰每一个山洞每一块石头的名字，你就成了导游了，这些景儿说不定我们都看到了，只是你不知道它的名字而已，你看到它好就行了，为什么非得知道它的名字呢？它的名字是别人起的，鹦鹉石我看就不像鹦鹉，当时我们玩得高兴不就得了。

是矣，是矣！我竟然不如一个孩子看得洒脱和通透。

7 天然奇石耸云端

——夏日游五莲卧象山

卧象山，是不是整座山看上去像一头卧着的大象呢？到了才知，并非如此。

古人写诗经常用"乱山"——"乱山残雪夜""回首乱山横""乱山高下路东西""乱山深处小桃园"……这儿的山真的有点乱，没有固定的走向和脉络，也不讲规矩和章法，这里横出一座，那里特立一座，旁逸斜出，争雄斗秀，比奇竞怪。乱得好！

上行下效，山如此，山上的石亦如此。你奇，我比你还奇；你怪，我比你还怪。大就大出个样儿来，高就高出个范儿来，像什么就像什么，惟妙惟肖，不像什么就不像什么，就是一个横竖都不像，我就是我自己！让你惊心动魄，让你瞠目结舌，让你荡气回肠，让你叹为观止！

深情一吻越千年。一组耸立的岩石之上，一头海狮和一头海豹深情相吻，或许它们本来就是海狮和海豹，六亿年前的某日，此处还是一片汪洋大海，一头海狮和海豹正在海底的山石上玩耍嬉戏，突然，不知何故，一股来自地心的强大推力将海底迅速抬升，海水退去，海狮和海豹瞬间凝为化石，它们就这样深情相吻了亿万年。

五石如指紧相连。有五块参差不齐的尖耸石头，酷肖人的五指，壁立山崖一侧，旅友们呼曰五指石。

独立苍茫天地间。有些大石，或敦厚，或灵秀，或高耸，或静卧，不依草木，不傍它石，卓然独立，我行我素，让人肃然起敬。

天池一泓映云影。有一块大石，别出心裁地在自己的腹部挖了一个大池，里面储存了一泓碧水，白云飞鸟，日月星辰，都欣然在此逗留一会儿，欣赏一番自己的曼妙倩影。

丰臀美白出天然。有一块大石，不知怎么标新立异好了，竟然恶作剧般地把自己整成了一个丰硕的美臀，让人忍俊不禁。

在山顶，我们发现了山的东道主——卧象，它硕大的躯体静静地卧在一片草地上，两耳触地，象鼻子大概伸进树丛里了，隐而不现。

对面，九仙山上有一座玲珑的亭子，亭子边上有一石，状若肥羊。让旅友们欣悦的是，眼前几块耸立的巨石上，一群真羊以巨石为T台，来了一场别开生面的走秀，有的昂然挺首，有的低首俯视，有的悠然散步，有的顽皮跳跃，丝毫不因我们的闯入而惊乱，仿佛它们才理所当然是山的主人。旅友们围着它们拍照，左拍右拍，横拍竖拍，它们愣是给你一个宠辱不惊，安之若素。

虽是夏日，但是站在山顶，从海上来的千里快哉风，拂在脸上，吹在身上，那叫一个爽快，真乃"天风吹我上层冈，露洒长松六月凉"，上山时的赫赫炎炎郁热难当一扫而空。

午饭毕，旅友们各自找了一个阴凉处，躺在洁净的大石上，沐着徐徐的凉风和斑驳的日光，歇憩了一两个小时。

上山容易下山难，此言信矣，上山仅用了两个多小时，下山却用了三四个小时。

队长太阳和十多个旅友还在惬意地午休，一部分旅友先行下山，我和英杰老师随后跟上，但已经隔了一二百米，村姑朝我们喊话说，前面一处山崖很难下，需几个人协作才可。我观察了一下，确实难下，岩石距下面两三米高，一跃而下，似乎也可以，又担心摔伤了腿脚。中间有一棵松树的枯干，一定是以前的旅友好心靠在这儿的，但是树干并不牢固，有侧翻的危险，正踟蹰着，谭老师跟了上来，我和英杰老师立刻有了主心骨，谭老师先下，下去之后，用力顶住树干，我和英杰老师一手抓住树干，一手扶着岩壁，小心放脚，一步一步挪了下来。

再往下，有几处须靠惯力，从这块岩石到那块岩石，一跃而上，我的左腿肌肉拉伤，不敢腾跃——即使不拉伤，我也不大敢过。村姑在前面提醒如何如何，谭老师先上，将我和英杰老师用登山杖拽上去。

"好漂亮的水！"前面的旅友惊呼。我还第一次听有人说水漂亮。这应该就是扎石沟了，沟里乱石峥嵘，都是从两侧山上一头扎下来的，水在乱石间潺潺而流，清澈见底，有个旅友情不自禁地喝了一口，说真是清凉。

我们在水边歇息了两三次，等后边的旅友跟上来。大家撩水花，捉鱼虾，洗手洗脸，聊着小时候下水捉鱼虾的趣事。等了好久，不见有人来，此处偏僻无信号，无法联系，只好继续下山。

深一脚浅一脚地在河床上的乱石间或缓步或腾跃，走在前面的谭老师说，前面好像不能走了，岩石太陡。村姑仰头看了一下左边的山崖，发现上面隐约有一条山道。谭老师等三人继续在沟底走，我们皆上了山崖，果然有一条山道。走了一段，听到谭老师等人也上来了，走到悬崖边，往下往后探望，不觉惊叹，原来两边山崖在谷口处迅速合龙，下边形成一道百丈高的断崖，流水到此，也只能奋勇一跃，若是在汛期，此处必定是一道壮观的瀑布。

真是"乱山深处路东西"，下面的路，走得也是千回百折，走一段，不通，又折回，如此往复数次，才走出来。

在驿站等了一个小时左右，队长太阳才带领另一拨旅友从另一道山梁下来。

回望卧象山，不禁再次感叹，峰峦卓立多奇石，他日有缘再寻访。

8 黄河之崔家峪分河

台风"烟花"凌空而降，夜来风雨大作，清晨醒来，楼前的苇塘一片汪洋，村前的河流几与堤平。

雨稀稀疏疏还在下，我打着雨伞，穿着拖鞋，去河边看水。

乡间所有大大小小的水泥路，一夜之间大变身，成了大大小小的河流，各依地势，或湍急或平缓，或清澈或浑浊，清澈冰凉的是涝泉，浑浊温热的是山洪。山间高高低低的悬崖，变身成了一道道大大小小的瀑布，喧哗着一跃而下，跌碎成银亮的水花，升腾起迷蒙的水雾。

未到河边，就听到如雷轰鸣，如狮怒吼，几位村民站在栏杆边，望向桥下。

那原是一道拦河坝，此时形成一道宽阔的瀑布，上面平滑如绸缎，下面翻滚如魔兽，浓稠的浊流沸腾奔涌，仿佛一群被困地心千年的猛兽，压抑愤怒了太久，一朝得赦，便撕扯着扭打着咆哮着争抢而出。

向上游望去，一川黄水裹挟着绿色的树木、蓝色的垃圾桶和枯朽的木桩，浩浩汤汤奔流而下，不禁吟叹，"黄河之水天上来，奔流到海不复回"！拍了一个视频发到朋友圈，题目是"崔家峪的黄河水"。立刻引来围观，美道："黄河之崔家峪分河。"俏皮生动。建道："浊浪滔天未见打渔船。"诗意纵横。

沿堤岸向下游走去，水势较为平缓了，亦不时激荡起黄白的美丽的灿烂的水花，前面是清源河了，两河交汇处，浩瀚、壮阔、激荡，有大河的气象了。

向清源河上游望去，一条蜿蜒的黄色巨龙呼啸而来，平生第一次看到如此惊心动魄的洪水，心中激奋，脚下生风，我决定溯流而上，一窥它的全貌。

每一道拦河坝处都喧腾起一道飞湍瀑流，却因地势地貌不同而各显神姿异彩。有如万马奔腾者，有如雷霆万钧者，有如岩浆喷涌者，有如风卷残云者，激起千层浪，卷起千堆雪，雪沫逐流，形成无数道美丽的纹缕。

堤坝以北，是"十二亩地"，其中有我家几十年从未变更的四分地，夏割小麦，秋掰玉米。玉米正是吐穗绣缨的时候，蔚然成林，有几处大片大片地倒伏在地，让人心疼。父母年迈后，地就不种了，母亲说，谁家愿种就种，不要承包费，别荒了就行，荒了怪可惜，也怪难看。

遇到一中年村妇，问我出来干什么。我说出来看水，她说："夜来雨真大，到处沟满河平。"

在崔家峪西桥，碰到二姨夫，他说："这水还小了，下去一半了。"看时间已经早上八点多，早上五六点钟，水势有多大，不可想象。

在古街石狮子处的一座桥下，桥墩甚窄，受到挤压的几股洪水，如几条狂怒的暴龙，冲腾起巨大的潮头，震耳欲聋，撼人心魄。

大自然的力量神秘莫测，不可估量，一场台风摧毁了多少房屋，淹没了多少庄稼，造出了多少黄河！

黄河之水天上来，一面是壮观的美景，一面是可怕的灾难。

9　上泉的喇叭花大道

前几日拟去下泉，不想误入凌家万，今天不会了。

看预报，今天天气晴朗，中午太晒，早点走吧。早上六点我就出门了，背了一杯热水，一盒牛奶，两个苹果，几片饼干，打算在山上吃早餐，回来吃午饭。

上泉与下泉中间有一道岭，岭上有一条机耕道，从这条机耕道上去，再向北走，有一条岔道，通向下泉村。

谁曾想，一个上午就耗在了岭上的机耕道上了呢？将我牵绊住的是一路的喇叭花啊！我称这条机耕道为喇叭花大道。

从来没见过开得这么茂密繁盛的喇叭花，仿佛特意种植的一般。

小时候，一到喇叭花盛开的季节，就房前屋后乱窜，从篱笆上从树枝上从地堰上，将开得艳艳的喇叭花一朵一朵摘下来，串在狗尾巴草细细的杆儿上，做成花串和花环，戴在手腕上和脖子上，爱花是女孩子的天性，这话好像不对啊，应该说，爱花是人类的天性。

拍了几张照片发给诗魂，诗魂说，一看到喇叭花，就有秋天的味道了。可不是吗？再过十多天，就要刨花生了，就要掰玉米了，就要砍高粱了，就要割谷子了，当所有的庄稼都被收割完毕，田野空旷了，岭上就只剩下这条开得灼灼艳艳的喇叭花大道，那才叫壮美呢。喇叭花从夏天一直开到深秋呢，虽然每一朵喇叭花的花期只有一个上午。

喇叭花又叫朝荣，古语说"朝荣夕灭，旦飞暮沉"，说的是木槿花，木槿花也叫朝荣，喇叭花却是朝荣午灭，早上开放，中午就枯萎了啊！喇叭花又叫"勤娘子"，"勤"说的也是早，鸡鸣一遍也就是丑时即开，真够早啊！

诗曰，"叶细枝柔独立难""青青柔曼绕竹篁"，说的都是喇叭花不能独立，只能绕篱萦架的特点，北宋画家、诗人文同大概是极爱喇叭花的，其诗云"不惜作高架，为君相引接"。

这条道上，虽没有"高架"，却有高高的草丛、灌木和庄稼，这些柔曼的枝条，抓住一切可攀援的机会，站到高处，能站多高就站多高，然后绽放出灿烂的花朵。"苔花如米小，也学牡丹开"，没有哪一朵花不想热烈地绽放，哪怕只开一个上午。

两天前，五岁的小侄崔乐以小朋友，指着一朵即将开败的喇叭花问我："姑姑，这朵喇叭花怎么不唱歌了呢？"是啊，每一朵绽放的花朵都是一曲动人的生命赞歌啊！

路右边，一片李子树，有一棵被喇叭花的枝条缠满了，于是这棵高大的李子树变身成了喇叭花树，密密匝匝一树紫红，开得奔放而又妖娆，在晨曦里，耀眼地辉煌着璀璨着炫耀着。

郁达夫在《故都的秋》一文中说，"或在破壁腰中，静对着像喇叭似的牵牛花（朝荣）的蓝朵，自然而然地也能够感觉到十分的秋意。说到了牵牛花，我以为以蓝色或白色者为佳，紫黑色次之，淡红色最下。最好，还要在牵牛花底，教长着几根疏疏落落的尖细且长的秋草，使作陪衬"。

这是旧时落寞文人的情趣，喇叭花要长在破壁腰中，要疏疏落落的尖细且长的秋草作陪衬，要冷色调的蓝白紫黑才有味道。我以为什么颜色都好，开得热烈恣肆就好。这条道上的喇叭花以浅色的紫红为主，间以蓝色，蓝色的花朵较小，也稀疏。

这一路，不只美美地看了如繁星点点亦如瀑布流淌的喇叭花，还听了各种秋虫的鸣叫，或婉转，或低沉，或平静，或高亢，还有鸟雀的吟唱，还有果农的欢笑。

还有，我还记得我今天是要去下泉的，可是出了喇叭花大道，走了一段路，便感觉兴致已尽，不愿往前走了，就回家了，背的水、牛奶、苹果和饼干，一点儿都没动。

呵呵，下泉又没去成。乘兴而来，尽兴而归，也没什么好遗憾的，也许下次就去成了。

10　望仙院里望仙山

今天去院东头镇张家庄子村凭吊一尊千年佛塔。

尽管开着导航，还是开过了头，问一村民，说是西墙峪。这就是西墙峪啊，怪不得这儿的山这么超尘拔俗！

把车停在张家庄子村一座小桥边，小桥正对着村北的一条小路，没想到这条小路就是通往望仙院的。

望仙院，又名资庆寺，据残碑断碣记载，"望仙院，建于汉，盛于唐，历宋元明清，时有名僧柱锡其间，方其盛时，僧徒千余人，戒律精严，殿宇宏丽，为齐鲁冠"。

看到了，一座残破的砖石孤塔，上面长着数丛青草和青蒿，见此情景，不禁口占一绝："秦时仙院汉时塔，千年砖缝荒草生；经声佛号难再诵，晨钟暮鼓不复听；雄殿宝刹何人见，残碑断碣吾辈惊；青山连绵浑不语，流水潺湲亦有情。"题曰《咏望仙院古塔》。

环视四围，仙院三面环山，前面一河绿水悠然流淌，稍远的前面横着一脉脉层层叠叠的黛色群山，望仙院，望仙院，望的就是这些仙山啊！这些山只可在对面望啊！

院东头镇因在望仙院之东而得名，其不愧为闻名遐迩的旅游胜地，地上有如诗如画的青山绿水和古迹，地下有如梦如幻的画廊大峡谷和荧光湖。来了好几次了，这里的奇山秀水，还是饱尝不够。

发了一张照片到昊岩户外群，茉莉雪飞说："这是哪里？发个位置吧。"我以为在户外运动方面，我是个新手，没想到也还有不知道的。民兵问我："伊人，你也是院东头的吗？"我说我老家是崔家峪的，慕名而来。我说我想改籍贯啊，想改成院东头的，不辞长做院东头人。民兵说："改吧，改了咱就是老香（乡）啦。"

为了移步换景看对面的"仙山"，须爬上眼前的这座山，没有路，荆棘丛生，乱石崚嶒，爬得大汗淋漓，上了山，须经过一片长长的松林，只能从树缝里看到对面群山的一角，也别有景致。一只漂亮的雄山鸡惊叫着猝然飞起，吓我一跳，也不能这么不讲理，是我先吓到了它。

茂密的山林里不见一个人，快要走到我要走的尽头——我走的也是一条山脉，不来上几回是走不完的，看到一个放羊的有点年纪的男人，我犹疑了一下，要不要过去？我选择相信他是一位淳朴的乡民，放心地走过去，他笑问我："你是干什么的？"我笑答道："我是来看山的，这里的山真好看。"

是啊，这里的山真好看，天阴得很暗了，要下雨的样子，下山吧，手机拍照拍得也快没电了。

顺着放羊人踩出来的一条山道下去，是我来时走过头的西墙峪村，车停在张家庄子村，还得走回去开车，无论如何，我都要去看一眼在山上看到的那一湖明亮秀丽的水。

原来是南墙峪水库，也是三面环山，青山绿水，青山绿水，山越青，水越绿啊！里面那个村就是南墙峪吧，那里的山望过去也好美啊！过两天再来吧，看不尽的山水，走不完的画卷，祖国万里锦绣山河，我这个背包客才走了小小的一程呢。

11　寻访黄石山

河南南阳的黄石山又称北武当山，是著名的道教圣地，相传道教仙翁黄石公在此传兵书于张良，故得名。此山出产的黄石砚闻名遐迩，宋代大书法家黄庭坚和米芾都曾盛赞过黄石砚。

我们要寻访的黄石山在山东沂水，以惨案闻名于史。

1933年阴历5月10日，国民党军第81师第243旅旅长运其昌率领军队，包围了黄石山寨，残杀大刀会会众及避难在此的老弱妇孺3700人，一时哭号震天，血流成溪，嗜杀性起的国民党军又窜进周围几个村庄，逢人就杀，制造了惨绝人寰的人间地狱，黄石惨案共造成4000余人遇难。

车驶进西黄庄，看见右前方有一座颇有气象的山，我想，这应该就是黄石山，可它明明是一座崮，应该叫黄石崮才对，还有啊，山上的石头明明是灰白色，为什么叫黄石山呢？会不会黄石公也在此山修过道？黄石公

云游天下，在此修道也不是不可能啊，找个村民问问，不就知道了。

又行驶了一段路，看到路边一块赭红色的石碑，上面刻着"黄石山惨案纪念地"，就是此地了。

山下只有一户人家，听到狗叫，一位大婶从院子里出来。我们走上前问当年惨案的情况。大婶说，她的叔公89岁了，前几天刚去世，惨案发生时，她的叔公才几个月大，母亲抱着他在黄石山上的圩子里避难，圩子里有几千人，本以为躲到山上就安全了，没想到山被围了，圩子里的人往外跳着逃命，跳一个杀一个，跳一个杀一个，血从山上往下淌，淌得跟小河似的。她叔公的母亲侥幸逃下山来，惨案过后，跑回山上，从死尸堆里发现了幸免于难的孩子。整整89年了，每年的5月10日，全村人家家户户上坟祭奠被害的亲人。

在山下一片平缓的山坡上，遇到一位戴着斗笠面貌黧黑的放羊汉子，树林里隐隐现现一大群羊，今年雨水好，草木丰茂，羊儿看上去都十分健壮肥硕。

我们问这座山为什么叫黄石山，放羊汉子也说不上个所以然来，只说以前叫黄牛山。问起惨案，汉子说，当时很多尸体无人认领，就挖了两个大坑埋了，立了两块碑，第一块被倒塌的墙体掩埋起来了，第二块在突出的这块山下面。

循着汉子指的方向，透过一片山林，我们确定了第二块碑的大体位置，然后直奔山顶。

眼前是一堆乱石和半截墙体，此处无疑是山门了。何以见得？你看，这两块大石上的圆洞，一定是用来插旗杆的。可以想象，89年前，这个地方经历过多么惨烈的搏杀，我们踩的每一块石头，上面都曾经沾满鲜血。

山顶的北端，一道宽厚的长墙横亘东西，我们用木棍儿量了一下，足足有四米！这一定是防御的主墙了。

山顶一堆堆的乱石，全是房屋倒塌的痕迹，我们踩着这些乱石，感慨着那段兵荒马乱的历史。

此座山上的大石较为平整，有若椅者，有若桌者，有若柜者，有若屏者，平面黑白斑驳，侧面一层层如浪花翻卷，甚美。

下山寻碑，灌木丛生，甚难走。突然看见一条黄绿的大蛇盘在草丛里，我惊，蛇亦惊，蛇仓皇逃窜，我亦夺路而逃。原来我们是互相怕啊！

沿山下悬崖转了半圈儿，并未见碑，看看天色已晚，须下山了。我甚感遗憾，来一回怎么能见不着碑呢？找个人问问也好啊，也不见个人。到山底时，终于发现了一位牧羊大哥，激动地问他石碑所在。牧羊大哥努力想说清楚，我们努力想听明白，总之，还得上山。

上到半山腰，终于找到了。那么隐秘的一个地方！被一丛楮树团团围住，除非刻意寻找，你从它身边走过，也发现不了。我们拨开树枝，发现中间"黄石山惨劫第二公墓"一列字还很清晰，右列小字"中华民国二十二年古历五月十日"勉强可辨，右列三行字则只有"黄石山"三字可辨，其余磨灭不清。

下山后，虽然时候不早了，但我们还是驱车去胡家庵看了几通碑刻。

跟黄石山惨案纪念地一样，胡家庵碑刻也是县级文物保护单位，碑刻有乾隆时期的，有同治时期的，有民国时期的，附近有几株沧桑古老的柿子树，树龄皆在几百年以上。这里一定有传说和故事，留待日后再来探访吧。

12 凌家万的花果山

今天步行去下泉村吧，去看一座古桥和一眼古泉，然后上青山顶。

由原上泉中学北坡上，行二三里，从上青山万的乡道上岔过去，就是下泉村吧。没想到，路口的村志上刻写的是凌家万，看来是多年以前的立的村志，因为第三字是提土旁加万字，电脑字库里已经没有这个字，因为用的极少，成了冷僻字，修订《现代汉语词典》时就不再录用了。

凌家万就凌家万吧，去哪儿都一样。

立秋好几天了，路两旁的庄稼就像快到终点的运动员，正加速奔跑，准备收获金秋的喜悦。

果树也是，什么水果都有，桃子枣子梨子，苹果山楂石榴，青的青，红的红，黄的黄，好美啊！当它们长在树上，是可以当花一样欣赏的。

这个季节的花，真是不多了，却"犹有花枝俏""俏也不争春"，万绿丛中一点红，尤其明艳动人。百日菊像一张张娇红可爱的小脸儿，旋复花像一枚枚簇拥的金黄的小太阳，粉紫的大蓟花绒绒地抱成一团，同样是粉紫的绵枣花一穗一穗地亭亭玉立，还有大片大片的金银花啊，这个季节竟然还有金银花！白的如银，黄的如金，开得袅袅婷婷，招招展展，当然了，入药还是含苞待放的好。

一个村妇正在采摘金银花，看我拍照，她说："你是出来拍照的啊。"这话显然不是疑问句，而是肯定句，仿佛拍照也是一种职业，在青石万村，在龙凤湾村，遇到的每一个村民，他们都这么说。别说，行了那么多的路，爬了那么多的山，我还真拍了不少得意的照片。

此行拍得最得意的照片有二，一是花椒，二是倒影。正是花椒成熟的季节，远看就是一树一树的红云，近看，一团一簇的小红珠，点缀在绿叶间，也美得让人欢喜。一个村妇正在家门口剪花椒，蛇皮袋上铺了厚厚的匀匀的一层，我拍了一张，哇！太美了！红而不艳，繁而不臃，做电脑和手机壁纸一定非常漂亮。

倒影是大尖山的青绿倒影。大尖山巍然屹立，特然独起，不与别山勾连，无论从哪个角度看，都像一座巨大的金字塔，是附近海拔最高的山，站在上面，能看到三十里以外的沂水城。水是一泓碧绿的潭水，明明是碧绿的，从孔洞里流泻出来，却是银白的。大青山就把自己的倩影清晰地印在了这潭碧水里，轮廓那么清晰，像是画进去的。潭水上边有两棵绿树，这两棵绿树又在大尖山的倒影上印了个倒影，明明暗暗的绿就这样叠印在一起。我想，世间最顶级的绘画大师，无论你是现实派还是抽象派，也无论你是印象派还是野兽派，也无论你是什么主义，恐怕都调不出这样的光线和色彩。

我还没忘了我是出来爬山的。进入凌家万村，正不知如何上山，忽然发现一条笔直的陡巷直通山上，两边是依山而建的高低错落的住户。

没想到上山也毫无阻碍，路一直通到山顶。右边是一座孤零零的小山头，也就是所谓衰老的退化崮，石缝里长着些灌木。我攀上去，站在上面，拍了一个三百六十度的视频，从大尖山到象山，从象山到双崮，从双崮到青山顶。象山与大尖山遥对，长长的象鼻，两扇阔阔的象耳，活脱就是一个大象头。象山东北便是沂水四大名崮之一的双崮，双崮酷似蒙阴的南崮和北崮。传说，二郎神用一根苘杆儿挑着两座山行走，在此地放下担子稍事休息，碰到一个村妇，村妇说，你挑不动了吧？事儿就怕说，村妇这么一说，二郎神再挑，真就挑不动了，只好把这两座山撂在这儿了。两崮之间有两个低矮的土坡，传说是二郎神坐着休息时，从鞋子里倒出来的土。去年春天疫情期间，跟禹儿爬了双崮，甚陡，颇难爬。双崮是附近几个乡镇的天然地标，在夏蔚镇，在泉庄镇，在诸葛镇，在崔家峪镇，在沂水城，都能遥遥地看到它。

我真正想爬的是左边的大崮，周围村民称之为青山顶，南面横跨青山万和凌家万两村，北面我只知道有个里万村。

没想到，崮上悬崖下面是一条宽阔而平整的草路，还有一段是水泥路，虽然爬过很多很多的崮，但是每次看到绵延如长城的陡峭的悬崖，内心还是会感到震撼。

怪不得悬崖下有路呢，原来山顶上全栽着核桃树，树龄大概有几年了，七月核桃八月梨，农历七月了，核桃该熟了，偌大一片核桃树，竟然荒芜得不见几个核桃，偶见一棵树上挂着一两个，却是黑的，山顶中间有两间废弃的看山屋子，门窗和屋顶都颓坏了，架设的电线还在，可见当时开辟荒山花费了很多的人力和物力。我很感慨，原来树不管就不结果啊。想起了小时候崔家峪东沟里的核桃树，都几十上百年了，也没人管，每年都结得干稠，去东沟"偷核桃"是我们那群孩子的乐趣，谁偷谁没偷，很好"破案"，看看手就知道，核桃水染了手，好多天都发黄发黑，洗不去，磨不掉。"破案"言重了，其实也没人管，就是看山的吆喝几句。

山顶上没有路，全是跟我一样深的灌木和草丛。开始我沿着悬崖边上的石头走，后来在横贯南北的又宽又厚的长墙上走——几乎每座崮上都有这样的长墙，文化界称之为土匪文化遗迹——清末民国时期，百姓为躲避土匪——有人也说是捻军——而做的防御工程。

我雄心勃勃地想跨过整个青山顶，从青山万村回去，当我下了长墙，穿过一片茂密得难以插脚的灌木和草木，爬上另一道高高的长墙后，我绝望了，墙太高了，下不去，下去也是茂密的草木，何时才能出去啊？

原路回吧。可是乱草丛中又迷了路，大太阳灼灼地烤着，汗水迷了眼睛，脚被杠柳的藤条缠住了，心里越急，它越缠，它越缠，心里越急，走来走去，前面要么就是望不到头的草木，要么就是深不可测的悬崖，就是找不到路。也不知转了多长时间，天色暗了下来，要下雨了，心里祈祷，千万别打雷，手机登山杖和保温杯都导电，谢天谢地，雨点落下来的时候，忽然发现了来时的路，没有打雷，但是雨很急，雨点很大，下山时，浑身都湿透了，看预报今天没雨，就没带伞，很多时候天气预报不准，还是习惯性地选择相信。想到了老舍先生的《在烈日和暴雨下》，这半日的工夫，可不是经历了烈日和暴雨的夹击吗？

出了凌家万村，雨就不下了，雨水制造了无数条浑浊的小溪，肆意流淌。

回望山顶，山形像极了一列蜿蜒行驶的列车，正好将凌家万村环抱其中。此行，发现凌家万的花、果、山皆美，命曰凌家万的花果山。

看看手机，今天走了两万多步，十五点八公里，我有点佩服自己了，且住，戒骄戒躁再接再厉哦。

13　风雨莒南大山行

去蒙阴大崮时，从村姑嘴里第一次知道了莒南大山，同行的韩哥说，大崮有他看到的最长的玻璃栈道，于是便神往，神往，神往，终于成行了。

本来是四人行，早上五点谭老师有事退出了，于是就成了致知堂主梁老师、英杰老师和我三人行了。

看天气预报，中午九点到十一点有小雨，小雨是不碍事的，正好凉快。

行到半程，雨就开始下了，时大时小，到大山空村口，雨势渐大，不知路况，不敢往里开了，望望眼前的群山，感觉气势不凡，这应该就是大山了，三人商定把车停在这儿，徒步进村，然后上山。在车里等了半小时左右，眼看着雨小了，甚喜。

打着伞走进村口，几位村民在檐下闲聊，问之，曰车行可入山。于是走回去开车，快出村时，前面的路被一趟大块砖堵住了，只好把车停在路边一棵杏树下，不妙，雨又大了，路下一房屋，屋檐较深，决定去避雨，是一处闲屋，门没锁，于是不请自入，进去避了一会儿雨。

雨小了，起风了，似乎要停雨，又甚喜。英杰老师到前边探了一下路，说，路很窄，上不去车，不如往回走，说刚才在车上看到村上边有路栏杆。于是往回走，碰到一村民，说车可以开上去，就是窄点。我们说，前面有大块砖挡着，他说，搬掉就是，挡水的。

路况是不好，窄，有碎石，但上去就是宽阔的水泥路，环山半圈儿，便到了后山的石阶路。此时，无边丝雨细如愁，雨虽不大，愁的是衣服被草木聚集的雨点打湿啊，但想到十一点雨就停，太阳一出来，衣服就晒干了，于是冒雨上山。

一组像"山"字的巨石吸引了我们，虽然比起九仙山的"山"字石，是小巫见大巫，但亦可观。

果然，一会儿衣服就被打湿了，忽然台阶消失了，在一条隐约可见的小道上，纷披开茂密的草木，艰难前行。

十二点多了，雨丝毫没有停止的迹象，前面是几块巨石撑起的一个天然凉棚，堂主说，在这儿吃午饭吧，吃饱再说。

吃完午饭，雨还在下。看看预报，更新到了下午三点停。唉，只能继续雨中行了。

前面似乎还能上，爬过了几块巨石，发现一段路也没有了，眼前全是巨大的乱石，偶有绿色灌木点缀。此路不通，栈道呢？栈道呢？只好下山。

下到半山腰，出现了一条岔道，通向右边的山。看到一只精致的浅绿色的垃圾桶，我说，这才是正儿八经的上山的道儿。

雨从雨丝变成了雨线，堂主说，还上吗？我说，上啊，来都来了。此时，浑身无一干处，背包也湿透了，只能把手机拿在手里。

山涧对面，有一大片整块的裸露的山石，看上去很震撼。近处，有两处大片的山石颇为奇特，砂岩中间夹了一道整齐细长的页岩，英杰老师说，好像人工砌进去的。

起雾了。白色的浓雾瞬间吞没了一切，刚才还清晰可辨的山下的楼群公路，山上的峰峦树木，全都消失了，天地间一片苍茫。我笑道，我们泡在牛奶里了。

起风了。伞被劲风迎风吹折了，再逆着风，把它吹折回来。向山顶望去，影影绰绰一座巨大的亭子。在亭子里呆了一会儿，雨横风狂，站立不住，被雨浇湿的衣服贴在身上，冷得直发抖。我说，不能在这儿待了，得走起来，身上出汗，还好点，在这儿，一会儿就该吹感冒了。

栈道呢？栈道在哪儿呢？白雾弥漫，不辨南北。

堂主说，下山吧，台风"烟花"来了，再待下去，危险。

英杰老师说，自救要紧，别等着蓝天救援队来救援。

我说，蓝天救援队都去河南救灾去了，我们就不给他们添麻烦了吧。

这几天，通过河南洪灾，知道了蓝天救援队。堂主说，蓝天救援队在全国有五万志愿者，全是义务的，洪灾，地震，驴友失联，都有他们的身影。我说，昊岩俱乐部的太阳就是蓝天救援队的，经常参加培训。

下到半山腰，雨小点了，雾也突然散去了，我说，栈道啊，再回去看栈道吧。

英杰老师说，玻璃上全是水，肯定滑得没法走。

唉，算了！

看看预报，雨又更新到下午六点才停。彻底没希望了。

车行到莒县，发现这儿地面不湿，好像没有下雨，也不奇怪，十里不同天，何况隔着一个县。

我说，咱去看莒县古城吧，正好顺道。二人附议，于是直奔古城。

古城开园一周了，下午了，人依然熙熙攘攘。灰砖的仿古高楼，高挂的大红灯笼，古雅大气。高高耸立的解元坊、进士坊和状元坊，横贯中街。荟萃了全国名吃的林立的店铺，又给古城增加了现代气息。最喜欢的还是几盆树干仿佛根雕的紫薇和几株高大屈曲的松树，还喜欢几个剪纸摆件，太贵，没舍得买。

逛了一圈儿，突然下起了大雨，伞都在车上，三人都笑了，今天就是淋雨的命！

此时身上寒冷，英杰老师提议吃碗 biangbiang 面，我说吃什么都行，就是进不了店，一进去，湿透的衣服被空调一吹，冷得受不了。最后商定吃麻辣烫。让店主把空调关了，好一会儿，我才敢进去。

平生第一次吃大名鼎鼎的麻辣烫，感觉还不错。

莒南大山行，虽然没有看到大山的全貌，没有看到闻名遐迩的栈道，但是顺道逛了古城，也是意外之喜。

14　南山北山行

五一放假，跟二妹带着孩子一起回老家。

想起已经过了谷雨了，该有蝎子了，决定上山掀蝎子。两个孩子找了个矿泉水瓶，一人做了一根蝎子筷子，兴冲冲地爬到家门前的南山上。

小时候掀过的那些石头都还在，就像重温记忆似的，禁不住每块石头都想掀开看一下，结果掀了几块，都没有。

两个孩子腿快，已经撇下这个山头，到了另一个山头了。我和二妹边走边看景，决定不撵他们了。

路还是小时候走的路，几十年都未变，大概再过几百年也还是这个样子吧。

只是路边的荆棵都有拇指粗了，一簇一簇的，长势很盛，该是好多年没人割了——这种灌木木质坚硬，生长缓慢。小时候，一年不知道被人割多少茬，无论它怎么努力，都是长不起来的。

还有灯芯草，去年的干草还高高地矗立着，今年从根部新生的绿草已经很高了，狗皮草和萝萝网也厚厚的成片成片的。小时候，我们都是拿镢头连根刨起的——那时候，家家缺柴烧。

母亲说，我从三四岁就挎着一个小提篮拾柴；再大些，挎大提篮；再大些，背小篓子；再大些，背大篓子。提篮和篓子无论大小，每次都拾得满满的，压得结结实实的，人人都夸我能干。二妹说，她喜欢偷奸耍滑，每次都在提篮或篓子中间撑上几根棍，虚笼着，不往下踩，看着满满的，倒出来才一小堆。

每次说起这些事，二妹就说我是破坏水土流失的罪魁祸首，那时候真是见草就刨、见枝条就割的。

爬上一段漫坡，就到了另一座坡度比较缓的小山，看见大伯家的二哥正抱着管子浇树。管子是从山下的水库里铺上来的，上次回来，听母亲说，二哥花了一千多块钱买管子——这算大投资了。

我很惊诧，想不到这片山林是二哥的。以前走过几次，以为是别人家的。

二哥叫我和二妹摘樱桃吃。樱桃还未熟，但已经上色了，金黄，略带一点红，熟了，则是鲜红或紫红。

我和二妹也也不客气，一人吃了一二十颗，又各自摘了一大把，准备给孩子吃。味道酸甜都有，只是劲道不够，酸不够酸，甜不够甜，但在这个时节能吃到现摘的水果，也是意外之喜了。

两个孩子已经在对面的北山了，我和二妹感叹，年轻人，脚力就是好。

脚下的二十来户人家，就住在南山和北山之间的这条沟里，因为武姓居多，所以叫武家沟。现在已经没有几户住了，都搬到"街上"了。沟里的杨树高得惊人，大概是沟深，极力拔高采摘阳光之故吧。忽然想起左思的"郁郁涧底松"，生在涧底的树若不极力向高处生长，就只能自绝，不论植物还是动物，其生存本能总是让人震撼。

看到武传明家的老屋，二妹说起小时候的一桩糗事，她去拾柴，路上碰到武传明，武传明问她干什么去，她说到武传明家那边的山上拾柴去。每次说起，都感觉十分好笑。

隔着山沟，我们问两个孩子掀到蝎子没有。

孩子们说，连个蝎子毛都没见到。

转过山坳，我们准备跨过大沟，去撵孩子，在下一段陡坡时，看到一片羽状的蕨类植物，刚长出没多久的样子，颜色淡绿，约略带一点黄，我和二妹不约而同地想到挖几棵回家栽在花盆里，在花市里见过类似的植物，价格不便宜。我把手里的樱桃让二妹捧着，找了一根木棒，出了一身汗，挖了六七棵，二妹不让挖了，怕绝了种。我贪婪，有些不舍，又挖了两棵。这种蕨类植物该有上亿年了吧。

我和二妹商量，回家把樱桃和这几棵植物放下，再去找孩子。

回家喘了一口气，喝了几口水，拿了一个塑料袋，扛了一把镢头——希望挖个根雕什么的。上到半山腰，看到一棵一尺多高的花椒树，想回家栽到小菜园里，就刨了出来。一路上，左瞧右瞧，也没发现一棵称心的盆栽——漫山遍野都是一簇一簇的荆棵，荆棵是做盆景的好材料，但须长在石缝里的，才有型，却极难挖。

快到山顶时，看到一只破了肚的腐臭的刺猬的尸体，我吓得惊叫着跑掉了，二妹说我大惊小怪。

到了山顶的盘山公路，公路上边还是山，孩子们就在上面。

问掋了几只，说是一只，大老母。我们嬉笑着说要把它肢解了，分吃，我说我吃毒刺。结果两个孩子小心地把它夹出来，找了一块石头，放生了。从南山跑到北山，跑了十多里路，掋到一只，却把它放了。这就叫享受过程吧。

山腰上有五座烈士的坟茔，几年前村里把他们集体迁到这里。每座坟前都立着石碑，上面刻着姓名，牺牲时的年龄，以及被什么人所杀，五个人都是二三十岁。让我没想到的是，两个孩子在墓碑前深深地鞠了三个躬。

放眼青翠的大山，我说，这就是青山埋忠骨，万古长青，永垂不朽。二妹说，可惜他们死时太年轻了，人生最美好的东西都没有经历。

我说，要是寿终正寝，就没有人来瞻仰他们了，也没人记得他们是谁。
二妹说，记得庄子《秋水》吧，她宁愿"曳尾于涂中"，也不愿被人瞻仰。
我说，庄子说的是自由与被束缚，在自由与名利之间，他选择自由。
顺着公路走，准备下山回家。看到山背面的斜坡下有樱桃树。
"偷樱桃去！"大家齐声欢呼，飞奔下去。山下有狗叫声。

一棵熟透了，稀稀落落的，不知是人家摘剩的，还是本来就结得稀少。另外两棵，虽然稠密，却不熟，还是黄绿色。这种软樱桃不耐存放，不耐磕碰，只可站在树下吃，因此市场上卖的越来越少，而以肉质比较硬的大樱桃代之，刚才在二哥的山林里摘的就是大樱桃。

但是其鲜大胜大樱桃，软，甜，酸，甜胜于酸，颜色也诱人，是晶莹剔透的红色，衬着翠绿的叶子，莹润胜似珍珠玛瑙。

树在地堰下边，站在地堰上，正好够到。我提醒大家，被鸟啄了的不要吃，小心禽流感。二妹说，鸟最聪明了，哪个好吃，吃哪个。

在树下够不着了，两个孩子就爬上树摘，我和二妹在树下接。

我们几个把整株树一扫而空，只有树梢上还有几串，我还恋恋不舍，两个孩子却已跳下树来，说给鸟们留点吧，别这么自私和残忍。

回家问母亲，母亲说樱桃是我七舅家的。七舅是我大姥娘家的，大姥娘一辈子生了十三个孩子，七个儿子，六个女儿。孩子多，没有那么多的碗，下了水饺，捞在磨盘上，孩子们围着磨盘吃。

二妹说，现在养十三个孩子，养不起了，成本太高了。

说起二哥的樱桃园，我说，我想要这样一片园子。

母亲说，给你，你也管不了。我说，我只看，雇人管。母亲说，你雇起了？我说，雇不起。

二妹问，二哥这片园子一年收入多少。母亲说，也就五千块钱。

我说，五千块钱，在外边，一个月就挣来了。

可是，二哥从来没有出去打过工，这也是一种坚守吧。

看到我们拿回来的挂着樱桃的樱桃枝，父亲说，又去偷人家的樱桃，以后别这样。

二妹说，偷来的好吃。

我说，是人家摘剩下不要了的，我们不摘，也被鸟吃了。父亲说，鸟吃是鸟吃。

好歹父亲没逼着我们把樱桃给人送回去，送也送不回了，大多都在肚子里了。有一回，我从堂哥家的山林里刨回一棵玉簪花，父亲硬逼着我再给栽回去，我委屈得眼泪都出来了。

母亲说，这条沟里的人都这样，不是自家的东西，熟烂了也不去动。

唉，汗颜。倒是我们这些读过"不饮盗泉之水"的后辈们无耻了。

15 夏天来了

夏天来了，槐花开了，晶莹如冰雪，满枝头。

夏天来了，绿叶肥了，晴空丽日下，亮如绸。

夏天来了，鸟儿欢了，啼唱浓阴间，赛歌喉。

夏天来了，麦穗鼓了，颗粒皆饱满，待丰收。

夏天来了，青春嗨了，到中流击水，遏飞舟。

16　正值麦黄小满时

正值麦黄小满时，

杏子青青，

子规声声，

金银花开，

柿子花谢，

花开花谢，

月满月缺，

潮起潮落，

缘生缘灭。

天道盈亏谦得益。

17　青玉案（双调）·重游亳山

犹记去年六月初，游亳山，汗如雨。怪石奇松向空谷。惊魂之刻，以手抚膺，喟然长吁。

今春再向亳山入，导航误，失前路。因遇小村洋三峪，伏羊圣地，五谷粮仓，花柳扶疏。

山高路陡树遮目，绝壁幽壑浑不惧，攀岩跃崖猛如虎。枯松倒挂，乱石如海，风涛若响瀑。

灵石突兀难计数，大侠大儒和圣母，飞禽走兽并水族。奔马吼狮，神魔山鬼，画图亦难足。

三　不似春光，胜似春光——秋篇

1　最是一年秋好处
——青州天赐山赏红叶

周日，在昊岩俱乐部太阳的带领下，早上六点半出发，行程一百四十公里，到青州天赐山看红叶。

青州是个古韵悠悠的地名，上古时期九州之一，因地处少阳，色属青而名之。天赐山充满了感恩之意，其实哪儿的山不是天赐的呢？世间的一草一木一生灵，一山一水一时光，什么不是天赐的呢？

青山碧水蓝天，悬崖流瀑幽洞，果然是天赐的奇秀风景。

红叶呢？没有想象中的"看万山红遍，层林尽染"，万山虽在，却没有红遍，只是片片微红，仿佛一抹一抹淡淡的红云，间杂着一抹深绿，一抹浅黄，一抹淡紫，大自然这位丹青妙手，显然还没有到肆意泼洒的狂醉时刻，此时只有些许的微醺。

酒至微醺，花看半开，恰是最动人最美妙的时刻。

"霜叶红于二月花"，固然浓烈似火，但仿佛皎洁辉煌的满月，每下一秒便递减一分清辉，待到"天寒红叶稀"，就有些萧瑟凄凉了。

尽管一车数十人，但大家还是自然地按照亲疏分成数拨，三五一伙，各尽其兴。

在白波九道的百丈飞瀑下，刘红老师提议让谭老师给我们三位女老师照张相，我向来对自己的形象不大自信，照完了还担心刚才没并腿，追着谭老师看效果，不想又被英杰老师抓拍了，我发现我笑起来也很灿烂啊！

至山顶悬崖下，根据标识牌，找到鹈鸪洞，洞窈然，拍出来，洞口形似一游动的蝌蚪。鹈鸪也叫水鹈鸪，天欲雨或放晴时，常于树上咕咕地叫，陆游诗云："竹鸡群号似知雨，鹈鸪相唤还疑晴。"

王阳明洞呢？谭老师父子两人大概去攀岩了，打电话问之，说在右边山峰悬崖下。先看到的是王阳明传习洞，内有王阳明塑像，洞内开阔，可容二三十人席地而坐；右边是王阳明修行洞，洞口为人工砌的拱形门，门上有字，漫灭不清；左边为书童洞。

1497年，26岁的王阳明从泰山赴天赐山，寻访一位得道高人，未果，便于天赐山主峰洞内定居下来，研修讲学，二年有余。1499年7月，天降暴雨，王阳明根据水文地理，断定孝水河必泛滥成灾，下山劝说百姓转移，此次暴雨，沿河村庄受灾严重，百姓却无一伤亡。为感谢王阳明，村民商议，将孝水河改名仁河——王阳明，名守仁，阳明为其别号——将村名改为圣峪。我以为，圣峪村应是后来改的，因为那时的王阳明还不是圣人。

沿绝壁下凿出的栈道西行，至尽头，复南折，便是"皇帝屋"，亦名"黄石屋洞"，相传赵匡胤起兵时，遭遇败绩，曾于此洞内休整。洞内十分开阔，洞壁凹凸不平，呈黄色。此处绝壁皆向内倾斜，绝壁下形成一道天然的廊檐，行人及动物可于廊下躲风避雨。

站在此处看南面西面群山，群峰耸立，山脊沟壑纵横，植被丰茂，红黄蓝绿，色彩斑斓，而又深邃幽然，外子看了我传的照片，说有秦岭之貌。

坐在栈道旁的一片山岩上，沐着艳艳的秋阳，聊着闲话，吃了午餐，然后下山，此时谭老师父子赶了上来，他们攀了四五座险峻的山峰，饭也没顾上吃。

山下一泓碧水，晶莹明澈，透过眼前的红叶，望向远处，天宇下群山巍然雄伟，外子说有长城之貌。

秦岭和长城，我还没有登临，我知道它们等我好久了。

山脚下，一棵硕大的五角枫，刘红老师和英杰老师，两人笑着合抱之，四手相接，尚有余。树丫里，被人放了许多石头，不知有什么说处，几人效仿之，也往里面扔了几块石头。

在景区门口，回望天赐山，发现一个山坡上隐然有亭，恍然记起，那就是"爱晚亭"，我们没有从那条山道走，那道坡上的红叶几乎全红了，有些醉意盎然了。

天赐山的红叶并非枫叶，而是黄栌之叶。在山上，我们还看到两处雪白的芦花，白居易《琵琶行》云，"枫叶荻花秋瑟瑟""黄芦苦竹绕宅生"，诗人被贬谪流放，再美的风景在他心里也是苦的。

而在我们心里，此时此地，最是一年秋好处。

2　探秘沭河源头

沭河全长 300 公里，经过沂水、莒县、莒南等八个县市，经郯城入江苏新沂河。沭河原属淮河水系，因黄河改道，而失去了入淮的时代。

天天看着浩浩汤汤的沂河水，突然感觉沭河好神秘，当知道它的源头就在几十公里外的沙沟镇，按捺不住内心的激动，跟外子一路聊着沿途风物，兴致勃勃地奔沙沟而去。好爽，来回竟然走了六十公里的长深高速，风驰电掣般的速度。

原计划要看好几个点儿——上流庄的打擂台遗址，后朱雀村的古汉墓遗址，梓椤峪的石窟造像，还有天下第一雄关穆陵关的齐长城，但是一到沭河，就被它的奇石异水给迷恋住了，天黑才下山，回到家时，已经是晚上九点了。

途中经过一个奇特的村庄，名叫霹雳石，传说二郎神除沭河河妖时，将躲在巨石下的河妖用雷电劈死，巨石被劈为数块，可贵的是，当地修路时，未将路中间的一块大石移走或炸毁，与路边的几块大石比邻而卧，相映成趣，完美而和谐地诠释了"霹雳石"之意。

霹雳石村有几片开得红红艳艳灼灼灿灿的鸡冠花，像用紫红色的绒布攒成的花球，原来秋天并不专属于菊花。

惊艳我们的不只是"俨如斗胜归，欢昂出筼笼"的鸡冠花，还有晶莹剔透的苹果，一树树粉黄透亮地累累垂挂在枝头，一春一夏被包裹在褐色的纸袋里，现在只待阳光给它们擦上一层红艳的胭脂，再过十天半月，就如艳丽的新娘迎来自己的高光时刻，离开自己的故乡，远嫁到全国各地，甜美人们的生活。

霹雳石往北是上流庄，出了村，便是凹凸不平的砂石路，把车停在一处较宽处，徒步进山。

今年秋汛时间长，雨势大，往年的干河床，此时都汩汩滔滔，眼前一条数米宽的河流，挡住了去路，外子是个游泳健将，见到水就亲切，他脱下鞋，挽起裤脚，蹚过去试了一下水势，回来将我背过去，遇一村妇，笑说"猪八戒背媳妇"，外子亦笑："猪八戒背媳妇挺美的。"

就像一段美妙乐曲的前奏，刚开始并未觉得十分奇特，也像一篇精彩小说的序幕，总要铺垫铺垫，才渐入高潮。小溪是潺潺的舒缓的，河石是光滑的洁净的，并不激越和雄伟。

走着走着就渐入佳境了，河石突然变得高耸和硕大，河水被巨石阻遏，绕也绕不过去，脾气变得暴怒，索性重重地撞上去，将自己泼溅成一片雪浪，一堆碎银，一河琥珀，一沟玉脂。

砂石，木鱼石，鱼子石，泰山石，火山石，大理石，石石皆美，石石皆异，其质如玉如脂，其势如山如峰。有几处，两石之间的罅隙太逼仄了，将水流逼成了一股刚猛的线，水像一头困兽，尖叫着轰鸣着撞向下面的巨石，飞浪翻卷，如暴龙腾空，惊心动魄。

一处两侧都是峭壁，河中水流湍急，巨石当道，只能上山，再下山，迂回而过。一处大石当中流，外子登上去，跳到对面的大石，我站在巨石上，跃跃欲试，就是不敢往下跳，却只是笑，手心脚心都出汗了，外子在下面做出各种防护我跌倒的姿势，我还是不敢跳，外子欲下水，将我扛下来，试了一下，水流太急，站不稳，最后，还是我自己克服恐惧，壮士跳崖般果断一跳，居然无事，哈哈，我又禁不住对自己肃然起敬了。

越到上游，大石渐少，水流愈缓，水草却出奇地丰茂，人几乎要没进去了，鞋子陷进水草下的水里，干脆下河蹚水而过。

天色渐暗，源头在哪里啊？遥望远处，那里是莽莽苍苍的沂山山脉，无论如何今天是走不到沭河源头了。

下山时，问养蜂人，曰沭河源头也不过是一条小溪，从山岩下细细地流出，中途不断地接纳更多的小溪，才水势渐大，哪条河不是如此呢？长江黄河尼罗河密西西比河，天下大河莫不如此。

谷中多绿螳螂，多是刚刚下过籽的母螳螂，失去了劲健的活力，秋色渐深，它们的生命也即将走到尽头。还有一种晶莹的红豆豆，特别可爱。在朋友圈发了一组照片，题曰"绿螳螂和红果果"。

原路返还太难走了，横穿山脊也太难，沿着一条公路下山，却离停车的地方越来越远，问一老农，说要走十几里路才能到。天马上就黑了，体力也不支了，只能中途上山，从山上下去，手机电不多了，担心在山里迷了路，穿过几片茂密的玉米林，越过几道荆棘密布的山坡，终于从一条隐约可辨的山道下了山，山下是霹雳石村，车停在上流庄的出口，又走了好几里路。

有一种探险的味道，我跟外子说，我要写的游记就叫"探秘沭河源头"，外子说："我更喜欢哲学，我的题目就叫'源'"。

3　奇幻大理石河谷

没想到临朐的苇场会这么远，来回四百里路，跨沂源、潍坊和临沂三个市区，沿途有一个"两县村"，顾名思义，想当然地认为此地处于两县交界的地方，附近一列山脉特别有型，峰峰耸立，突然一个转弯，平缓下来，头颈探入沟谷，仿佛一只巨无霸的剑齿龙，那耸立的高峰便是一个个的剑齿。

先去看亚洲第一浆砌水库——淌水崖水库，大坝由十孔半圆石拱组成，坝高近四十米，皆由小方石砌成，从坝底看，巍峨壮观，其新颖独特的设计令国内外专家啧啧称叹，联合国计划开发署亦有专门记载。

然后去附近的苇场村看大理石河谷，从上游看起，初不觉新奇，心想不过如此，此时中午十二点半，我跟禹儿说："去黑松林风景区吧，这么远的路，来一回不容易。"

谁曾想，这条河谷就像一部越看越好看的小说，对，就像巴尔扎克的小说，开始就像一直冒烟的湿柴，你正被呛得睁不开眼，正欲转身离开，突然火光闪亮，点着了，而且越烧越旺。还像一个越看越耐看的女人，初看姿色平平，越看越觉得妩媚动人。

源头的大理石，多是零散的，一大块一大块，一小簇一小簇的，花纹也单一，好比小说的开端。渐向下游，大理石在河谷连成片，而且与两岸峭立的石壁互相辉映，色彩也丰富起来，白色，黑色，红色，蓝色，绿色，黄色，紫色，肉色……大自然这个丹青妙手，拒绝一切俗艳的色调，每一种颜色都调配得浅淡清雅，有山中高士之风。

文理也愈加形态万千，有如行云流水者，有如雪浪冰瀑者，有如山脉连绵者，有如海浪翻卷者，有如凤凰展翅者，有如游龙行空者，有如兰花含苞者，有如牡丹绽放者……造物这位鬼才画家，憋足了劲让你移步换景，此处跟彼处决不雷同。

开了一路导航，又拍了好多照片，录了好多视频，此时手机没电了，背包沉甸甸地装满了我捡的各色卵石，禹儿也累了，躺在河边一块平滑的大石上不肯起来，我用充电宝给手机充上电，独自一人向下游走去。所有游人也都到此止步。

越到下游，石愈奇，水愈异。大理石的云纹愈加流畅，愈加多彩，我只觉得一双眼睛看不过来，恨不能全身都长满眼睛，两岸的文理虽不同，石线却隔而不断，令人叹为观止。

水流在狭窄的石缝里，失去了从容娴雅的绅士淑女风度，变得疾如闪电，怒如雷霆，脾气狂暴，龙吟虎啸，惊心动魄。这该是小说的高潮了吧。

我兴奋地在河中大石上腾挪跳跃，完全忘记了自己已是半百之人，此时，真想回去招呼那些早已止步的游人，速来一赏。

我也必须回去了，回去拿手机拍下这些如梦如幻的绚丽画卷。禹儿还在大石上玩手机，别的游人皆已散去，不见踪影。我劝禹儿跟我一道去，禹儿却只懒懒地不愿起身，也罢，对于不好游的人，多么美的景也打动不了他。

兴致勃勃地拍了一组照片，正余兴未尽，欲往下游一观，禹儿打电话来，催我回去，看看时间，已是下午三点多了，黑松林风景区自然去不成了，

云上草原也去不成了，近在咫尺的下游也去不成了，下游的下游也还是下游，也许还有更加奇幻的景色，但是此时也真累了，回吧，回吧，高潮之后就是结局和尾声了，戛然而止也余味无穷。

行程虽远，却饱尝了石之韵，水之魂，足矣，足矣！

4　天下第一雄关——穆陵关

穆陵关初建于西周，春秋战国时期齐国修筑长城，穆陵关成为齐长城最重要的一个关口，《中国历史地图集》西周舆图唯一标注的关口就是穆陵关，穆陵关是当时名副其实的天下第一雄关。

三千年间，天子问鼎，诸侯逐鹿，穆陵关战事频仍，奔马如雷，飞矢如雨，战车隆隆，厮杀阵阵，时光如河，浪花淘尽了刀光剑影，湮灭了鼓角争鸣。兴亡人定，盛衰有凭，而今穆陵关已荡然无存，唯有绵延千里的齐长城遗址还在无言地诉说着那段沧桑的历史。

上周六早上醒来，冷雨淅沥，我对自己说，十点若雨停，就去穆陵关。天遂我意，十点雨真停了。叫上二妹，打上导航，奔穆陵关齐长城遗址而去。

又被导航误。到了一个叫西坪的村子，问一村民，曰前面那道鱼脊梁骨就是齐长城遗址。村民所谓的鱼脊梁骨是一道蜿蜒的山脊，我感觉不对，这儿绝不是我要找的穆陵关，气势不够，气象不似。

问群友，曰穆陵关在马站镇关顶村，而我们到的是沙沟镇西坪村，来回多走了几十公里。

导关顶村就准确无误了。这才对嘛！粉墙黛瓦飞檐的仿古村落，高大的牌坊，清雅的亭子，幽静的穆棱古街，复原的穆陵关浮雕，还有一棵未红透的俊美的小枫树。

一路上，太阳露了个半脸儿，似乎要放晴了，此时又阴沉了，雨意浓郁。

走上一段土坡，便看到一块"齐长城遗址"的斑驳标志牌，上刻"国家级文物保护单位"，反面为"郑重提示"，遗址两侧各100米为重点保护区，严禁任何工程与施工，违者追究法律责任。

一陡坡处，立有一块更大的大理石石碑，红字雕刻"齐长城遗址沂水段"，背面详细刻写着齐长城遗址的起止及古今概况。

长城呢？既有遗址，总该见些断垣残壁吧？

我们就站在长城上啊！二妹说。

哇，原来这就是齐长城啊！堤坝一样耸起，随山势蜿蜒起伏，堤坝下面两侧，隔不远便有一个大理石石志，上刻"齐长城"。

一说到长城，印象里，非砖即石，而齐长城却是沙土夯筑而成，在当时，一定也是气势雄伟，固若金汤，经过千年风雨的侵蚀，而今唯有一两米高，且荒草离离，灌木丛生，让人不胜唏嘘。

时令已是初冬，明天就立冬了，到处都是衰草连天的荒凉景象，却仍有一些耐寒的花卓然绽放，一株小小的粉红的石竹花楚楚可怜地开在一片枯草里，鬼针草细碎的小黄花星星点点，像闪耀的小火星儿，蛇床子的花开得最热烈，一束一束洁白地绽放着。还有留恋光明世界不肯沉入黑暗的小虫儿，一只黑黑的胖胖的土鳖在草丛里笨笨地爬动，一只绿绿的螳螂看上去有些形销骨立，但仍执着地寻觅失散的爱侣。

如巨神般的白色大风车悠然转动，看到大风车，立即想到了堂吉诃德，二妹说堂吉诃德就是一个疯子，我说他更是一个纯粹的理想主义者，一个永不妥协的斗士。

看到漫山遍野密集的风力发电机组和电网，忽然想到，两三千年前守卫穆陵关的将士们，他们的灵魂若突然醒来，或者穿越到现代，看到山上这些白色巨神和山下高速路上疾驰的汽车，他们会惊讶得下巴都掉了吧。

起风了，雨随风至，我说，回吧。二妹说，我想看看山那面是什么，反正回去也淋雨。

山那面还是山。但长城突然中断了，被延伸过来的一条公路代替了。一辆黑色的轿车从山下驶来，二妹说，快拍下来，古代长城与现代交通的接力。

我说，这条公路应该是以前保护意识还不是很强的时候开辟的。二妹说，必要的时候，古迹应该让位于国计民生的发展。

下山，又到古街上走了一圈儿，这样阴雨的天气，走在湿润的青石板路上，特别地有意境。道旁的月季花开得艳丽而妖娆，丝毫没把阴冷的寒风当回事，一株樱花树，树下落了一地红黄斑斓的美丽叶片，树上还有一些，似彩蝶伫立枝头，落叶如落花，都一样的从容和静美。

隔着公路，对面是一大片郁郁青青的柏树林，林下有碑亭，亭内有碑数通，有明代的，清代的，有文革时期的，也有近些年的，碑刻皆与穆棱关及齐长城保护有关。

江山处处有胜景，穆陵停雪为古沂阳八景之一。清人祝植龄《穆陵停雪》云："穆陵古道界青齐，路转峰回望欲迷；北近岘山岚气会，南临沭水暮云低；桓侯胜烈今何在，仲父高勋古未题；惟有阳崖含腊处，三春积雪画桥西。""古人不见今时月，今月曾经照古人"，今人能见古人迹，这是今人之幸吧。

5　金色秋风遍地是
——从麦坡到长岭

尽管文化意义上的"金秋"与金色没有关系——"金秋"之金为五行之金，秋属金，居西，故秋风又曰西风，但今天从麦坡到长岭，我眼中所见，真的遍地都是金色的秋天。

老同学赵凤给我在微信留言："有时间再去俺庄玩玩，也算故地重游吧，去看看常年流水的泉子，忘了你以前看没看，三十年了，记不清了。"

三十年前，跟后来成为外子的言福君去过赵凤同学的家，完全不记得有个什么样的泉子了。

麦坡原来叫脉泉官庄，就是因为有一脉泉水从悬崖的石缝流出，后来为简便起见，就改叫麦坡了，有上麦坡和下麦坡两个村庄，泉在下麦坡。

悬崖上裂开一道长长的弯曲的石缝，一股旺盛的泉水从石缝下壁汩汩流出，哗然作响，一村妇正在泉下浣衣，右边远处的石壁上，也有雪白的泉水流泻而下，真乃清泉流石缝，不知几千古。

河岸边人家的门前，两位老妈妈在剥玉米皮，地上迤逦堆着一大片金黄的玉米，树丫里也挂得一堆一叠的。

从麦坡到长岭，流水皆向西，想到苏轼的词句"门前流水尚能西"，问一村民，说因为摩天岭。哦，早就知道摩天岭是一道分水岭，却从没印证过，村民说这条河一直流到蒙阴。

河边两棵银杏树，树叶还未完全变黄，但已经镶上了一道金边，金绿相间，软黄的银杏果，累累簇簇地闪烁其间。人家门前，一棵槐树下，几位村妇在悠闲地打牌，槐树上挂着金灿灿的玉米。

长岭村北面的山叫楝子山，想来上面曾长满楝子树，现在都被开垦了，栽的多是栗子树，还有一些柿子树，亮黄的柿子在灿烂的阳光下，辉煌地闪耀着动人的光芒。还有红亮的烘柿，真像小小的红灯笼啊，咬在嘴里，软软的，甜甜的，美美的，醉醉的。

这些年，市场上水果丰盛，柿子不值钱，摘又费劲，柿子树完全成了一种观赏树，经霜后，红透了的柿子就是鸟儿们的盛宴和大餐。柿子树作为观赏树，最可观的还是它如苍龙般遒劲屈曲的枝干。

最让我惊喜的是，在一片静卧的青石坪间，发现了几株"红姑娘子"，熟透的果实，外面罩着一层透明的纱衣，纱衣里面是羞羞答答红红艳艳的"红姑娘子"，俨然红纱帐里等着新郎来掀开红盖头的新娘子。现在秋还未老，外面的包衣还未成纱，像涂了一层胭脂的红红的小脸儿，俊俏妩媚。

一边欣赏，一边品尝，一边摘取，一边告诫自己：别太贪婪了，留下几个，明年让此地再生出一大群美丽的"红姑娘子"。

旷野里，秋风浩荡，草木青黄。一片被割了谷穗的谷秸，一副完成使命的悠闲自在，一个装模作样的假人，因为没有鸟雀再来偷食谷穗，乐得一心看云听风。

"一年一度秋风劲，不似春光，胜似春光。"行走在遍地金色的旷野里，我心怡然悠然快然。

6　残荷·山会·彩叶
——沂源东里行

　　上周六本来跟团去临朐石门坊看红叶的，因为疫情趋紧，活动取消了。英杰说，连着看了两周的红叶了，也就这样了。我说，我想看红于二月花的红叶。

　　两周之前天赐山的红叶，一周之前龙头崮的红叶，虽然各有其美，但那味道，那色调，那意境，那姿态，总感觉让人赏玩不到十足，就像一个喝酒的人，是一定要过一把大醉的瘾的。又过了一周，都十月底了，红叶该全红了吧，红过了，就要落了，再出去，就只能看到枯枝败叶了。

　　二妹去沂源东里做业务，我说，带上我吧，随便把我扔到哪座山上都行。深秋了，随便哪座山上都有红叶。

　　红叶果然红透了。一路上，山岩的一片，路边的几株，山腰的一抹，如片片红云，艳艳地飞入你的眼帘，哦，真的醉了。

　　二妹在西长旺停车跟客户谈业务。路边是一池一池又一池的残荷，当盛夏之时，莲叶何田田，莲花何灿灿，而今"荷尽已无擎雨盖""菡萏香销翠叶残"，满目苍凉、衰败和萧索，这种声势浩荡的苍凉、衰败和萧索，跟盛夏时节声势浩荡的青翠、茂盛和娇艳，是一样的惊心动魄啊！

　　西长旺的莲藕是沂源久负盛名的特产，脆嫩细腻，口感极佳。村人说，此地的莲藕泥深水浅，所以好吃。我问，何时挖藕？村人说，上冻结冰时。这也太神奇了，水上的茎叶凋零如枯草，深埋地下的根茎却还在生长，还在积淀和蕴蓄，这是一场从春到夏从秋到冬的生命的接力。

　　村人告诉我们，东里镇正逢一年一度的山会。山会！好多年不赶山会了，我跟孩子一样雀跃起来，赶山会去！

　　农历每年的十月九日至十四日，是我的老家崔家峪逢山会的日子，此时，秋收已过，辛苦了一年，庄稼人都闲了下来，有闲心和闲钱赶赶集听听书，看看戏，看看杂耍，买买冬衣。小孩子们也巴望着吃糖果穿新衣看杂耍。从全国各地赶来的戏班子、马戏团及卖百货的各路商家，提前几天就来安营扎寨，占地盘。这些年，随着商品的日益丰富，山会慢慢慢慢就退出了历史舞台，没想到，今天在异地他乡，竟然遇到久违的山会。

途中发现一条宽阔的大河，我问二妹，这是什么河？二妹说，这不是沂河嘛！我恍然大悟，沂源是沂河的发源地啊，沂河可不只是沂水人的沂河，它是山东省诸多县市的沂河。

老远就听到山会上传来喧嚣的市声，在街口，碰到一份卖燕麦酥的，经受不住诱惑，我和二妹一人买了一包，边吃边逛，这才是赶山会的感觉。

这是一条美食街，油条，年糕，烧饼，糖葫芦，炒花生，炒瓜子，炒栗子，爆米花，烤地瓜，这些都是传统小吃，更多的是现代风味小吃，煎饼卷串，脆皮玉米，旋风薯塔，火爆鱿鱼，铁板鸭肠，长沙臭豆腐，内蒙古疯狂烤肉，巨无霸大面筋，拉丝热狗棒……各色美食，琳琅满目，可观可闻可品可嗅，信可乐也。

今天是周六，孩子们难得放下课本，出来狂欢一番。吃还在其次，更多的是玩乐。男生玩碰碰车，用弓弩枪打气球，女生给石膏玩偶上颜色，挑战从一写道六百，赢绒毛娃娃。更小的孩子则玩旋转木马，在"王者归来"的迷宫里玩闹嬉戏。

赶完山会，二妹继续谈她的业务，我则到山会北面的山上看红叶。

山上的红叶并不多，只在悬崖峭壁上火一样燃烧着几树，让我惊艳的不止是红叶啊，还有连翘的绿叶、紫叶和黄叶，绿叶上染了一层淡淡的紫，紫叶上染了一层淡淡黄，也有完全变黄的。山榆的叶介于红黄之间，一丛丛也十分惹眼。悬崖上一株灿烂的黄，不知何树。一丛椿树，竟然绽出了只有新春才有的鹅黄，花开二度，叶也会二度绽放啊！荆棵的叶完全枯干了，翻卷起来，是亮亮的白。下山时，悬崖上一树红叶，结了满树粉红的花椒大小的果果，用手机识别了一下，说是白杜，叫红杜才对。山腰处几株杏树，红黄绿相间，如满树彩蝶翩翩飞舞。

春之绚烂在于花，秋之绚烂在于叶啊！人们在春天愿赏百花之绚烂，在秋天却只愿赏红叶，其不怪也欤？

7　你肯定是记者

——东荆山头之行

早上，沿上泉村河边上的村村通公路，西行入东荆山头，汛期已过，河里的水真清真绿啊，河床上的石头也真是洁净啊，被洪水冲倒的长长的水草还是顺流倒伏着。

小心地下了河堤，站在河中裸露的石头上，观赏着如黄绿翡翠般潺潺流淌的河水，心中仿佛被洗涤过一般柔静清爽。韩愈赞漓江的山水曰"江作青罗带，山如碧玉簪"，此地的山水不也如此吗？可见，看山不必是五岳，看水也不必是九江，哪儿的山水都有可能给你带来惊喜啊。

上了河堤，继续沿公路走，路边三盆仙人掌树，一盆一个品种，错落有致地堆叠着向上生长，好美啊！河里三只白鹅和一群鸭子，悠闲地徜徉在碧绿的水面，所过之处，荡起层层涟漪。

这是什么呀？一张蛇皮袋上晾晒着一层像莲子似的大小不一的白色的小圆球。主人说是半夏，俗称老公眼。我问，老公眼就是老公花吗？主人说不是，他起身到地里拔了一棵给我看，三叶细杆，根部一个小圆球，百度了一下，说半夏是一味非常重要的中药，有燥湿化痰、降逆止呕和消痞散结等功效。

把照片发到昊岩群，有说是莲子的，有说是野生山药的，也有很厉害的，一眼就认出是半夏。

向北有一条岔道，感觉此路通向大尖山，问了一下，果然是。让我吃惊的是，这位村民说大尖山也叫观音山，是沂蒙七十二崮之首。我说，怎么可能！大尖山我上去过三次，虽然海拔很高，但是崮顶并不大，今年春天去时，发现崮顶崮下的屋框子和石墙都被翻了个遍，村民说，是不是掀蝎子的掀的，我说，肯定不是，掀蝎子哪会下这么大的力气，好像寻找宝藏一样。村民说，以前有科考队勘测过，里面有一对金鸭子。我问金鸭子是什么，他说，就是里面有很多的水。我明白了，传说我家南面的黄墩下面也有一对金鸭子，那是一个海眼，一旦掘开，将会海水肆虐，淹没四海九州。这自然是妄说了。

在一段上坡路上，三位老哥在闲聊，情绪激昂地谈论着毛主席时代的生活——老年人都喜欢回忆过去。我问，大尖山真叫观音山吗？一位老哥说，哪有啊，就叫大尖山。见我一个人，老哥说，姑娘啊，你听我的，一个人千万不要进山，树木狼林的，多危险，无数先例证明不能一个人去。哈哈，他管我叫姑娘！我以为我老了，在长我二十岁的老人眼里，我还是个孩子，就像我看我的孩子一样。

我虽然带着登山杖，却没打算爬山，带登山杖是防身的，万一有狗追我，也可抵挡一阵儿。

向东走就是上泉北山了，双崮和象山赫然在目，我爬上一道地堰拍照，忽然听到有人说话，搜索了一下，才发现有一位老哥在荆棘丛中打酸枣，我问，多少钱一斤啊，老哥说，三四块钱，连皮带肉。我们小时候打酸枣卖，都是只要核的。我想看一下他打了多少了，他说刚打了一点儿。

你是记者吧？他忽然问我。我笑了，我说我是出来玩儿的。

怎么可能出来玩儿，你肯定是记者，带着任务来的。老哥就认定我是记者了。在他心目中，记者就是出来拍照的。还别说，我少年时的理想之一就是当记者，不想，在这个初秋的早上，被实现了。

回到家，把拍摄的一段青罗碧水视频发到昊岩群，立刻引来群友们的围观，纷纷要来看水，我说，谁来我给你们当向导啊，假期里我常驻此地。

把拍到的一组美照发到朋友圈，朋友们都被惊艳了，纷纷留言感叹：近处也有这么美的景啊！是啊，谁说风景在别处呢？哈哈，这话我也说过啊。

嘻，多么美妙快乐的一个早上啊！那位老哥说我是记者，我真是一个记录美好瞬间的记者啊！

四 冰雪林中著此身——冬篇

1 冬天到山上看什么

凛冬渐近,花谢了,草枯了,叶落了,风硬了,水瘦了,到山上有甚可看?就像郁达夫热烈赞颂秋的凄凉一样,萧索正是冬的本色啊,繁华落尽是本真,裸露的山岩,裸露的树枝,裸露的大地,裸露的天空,这是一种令人肃然起敬的热烈的坦诚啊!

今天没有计划去爬山,午饭后,临时起意到了一个叫松泉官庄的村落,在沂蒙山区,叫某某官庄的村落有很多,官庄者,一是村里曾出过做官的,二是耕种的土地是官田,究竟因为哪个而叫了官庄,现在就不得而知了。

未见古松,泉倒是见了一眼,在村中一片场地上,用水泥砌成规整的多边形,清澈得摄人心魄,里面有蓝盈盈的天,绿油油的苔,还有一位红衣女子的倒影。没有护栏,就不怕疯跑的孩子不留神掉进去吗?这眼古泉前面,左右各一大池,乃泉水灌注而成。也只有在冬天,泉水才这么蓝这么绿啊,夏秋多雨,必定浑浊而满溢,春天多风沙,水面上定是浮着一层尘土。

问村民,村后山叫什么山。答曰北山。叫北山南山的山其实都是无名之山。山下一小片青黑色的石林,多罅隙孔洞及斑斓石线,犹人之有明目聪耳及美饰,留连盘桓,赏爱不已。

一道黑色大方石垒成的石墙横亘沟堑之间,甚是巍峨壮观,一看便知是上世纪六七十年代"学大寨"时期的产物,那是一个火热的年代,创造了很多惊天动地的大工程。

发现了很多浑圆光滑的卵石，还有镶嵌在大石上的，跟上周在大战地东山所见无异，可见乃同一时期从海底隆起上升的同一山系，沧海变桑田，丘陵变山谷，可见地球在孩童时期，曾经是多么地顽劣，经过几十亿年的沉淀蕴蓄，现在和雅淡定多了，局部的地震啦海啸啦火山爆发啦，算是偶尔地发一点小脾气——谁没有点脾气呢？

也只有在冬天，山岩才能如此畅快地显露其或奇或秀或险或怪的姿态，在草木竞秀恣肆生长的季节，谁会在意被遮没掩蔽的岩石呢？世间万物，各有属于自己的季节。

还有三三两两散布在山坡地堰沟谷的柿子树，也只有在清冷的冬季，你才能看到它形态奇异的铁枝虬干，看到它如游龙如珊瑚般交错交通交杂交扯的枝条。你惊喜于春天暴出的新芽，惊喜于夏天疯长的绿叶，惊喜于秋天鲜艳的果实，那么冬天，你也该惊喜于它赤裸的枝条啊！也许你还应感动，感动于那份摒弃了一切繁文缛节的肝胆相照，感动于它把所有的缺点——疤痕，节瘤，孔洞，断肢……——展现给你的那份真实和勇敢，毫不遮掩和粉饰。

冬天是一个沉默的季节，一个禅寂的季节，也是孕育所有繁华与喧嚣的季节，没有沉默便没有爆发，你看桃树枝条上那灰蒙蒙的小芽，便是春天"灼灼其华"的"桃之夭夭"啊！

2　暮色苍茫看劲松，乱石峥嵘竞奇姿
——巨山印象

巨山，望文生义，巨大之山，名头似乎比泰山还要大，泰山古为太山，太者大也，泰山也不过是大山而已。

然巨山真不巨也，既没有凌云之势，也没有连绵之态，虽名不副实，却老有名气，据《左传·桓公》记载，巨山原名具山，而鲁献公名具，依

周礼，人不以山川名，以山川名则主废，于是改具为巨，不巨也巨了。

　　冬季日短，到达巨山时已是过午，走在西面之山投下的阴冷的黑影里，疑心太阳瞬时就要坠入深谷，心内着急，不觉加快脚步。放眼巨山，无非青松与乱石，类似之山看得多了，有点小小的失望。然当你走近了，你才发现松有奇姿石有异态，石傍松立，松生石上，别有一番野趣雅趣情趣隐逸之趣。

　　"石怪如春涛，松偃如起籁""石如虎距松如龙，风云变化多灵踪"，自古苍松与怪石就是一种天然的契合，可入诗入画入文入乐，意境清丽清幽清奇清雅。

　　巨山之石属泰山石，色介于黄白之间，温和温雅温润温柔，单纯的黄太腻了，单纯的白太亮了。它们各自按照自己的审美情趣，借助亿万年风霜雨雪的刻刀，将自己雕琢成自己喜欢的模样。它们各有各的脾气和秉性，有顽皮活泼的，有沉稳大气的，有张扬凌厉桀骜不驯的，有抱朴守拙神安气集的，石有石性，果然也。

　　巨山之松，叶如青玉，铁枝铜干，偃仰俯卧，龙姿鹤态，一个执念就是要超尘拔俗，就是要特立独行，就是要标新立异，就是要独辟蹊径，就是要别出机杼。

　　然当松遇见石，当石遇见松，就像周文王遇见姜子牙，就像管仲遇见鲍叔牙，就像钟子期遇见俞伯牙，就像神瑛侍者遇见绛珠仙草，它们是风云际会的君臣，是肝胆相照的朋友，是高山流水的知音，是心有灵犀的恋人，是世间最美妙最动人的契合。

　　当夕阳的余晖越来越淡，淡到像快要熄灭的炭火，我们下山，回望漫山的青松与乱石，不觉吟诵道：暮色苍茫看劲松，乱石峥嵘竞奇姿；岁寒更见君风度，无由补天亦闲适；贾岛松下问童子，米芾拜石人笑痴；莫嗟寂寂终吾世，正是他年一段奇。

3　湖光山色两相映

——云蒙湖畔行

涵千山之秀聚万壑之流的云蒙湖位于汶水与梓河交汇处，蒙阴之有云蒙犹沂水之有龙泉，云蒙之汶水梓河犹龙泉之沂河沭河。云蒙龙泉皆为人工湖，云蒙湖原名岸堤水库，龙泉湖原名跋山水库，水库改名曰湖，秀美了，诗意了，大气了，更令人神往了。

行驶在云蒙湖环湖公路上，但见碧波万顷，粼光闪烁，想起了庄子《秋水》里"春秋不变，水旱不知"的大海，我问外子，云蒙湖是否也如大海一样不增不减呢？外子笑道，云蒙湖是水库，不是大海，它有枯水期和丰水期啊。我也笑了，我是只见其丰不见其枯啊！

站在巍巍大坝之上，浩浩长风自湖上来，湛湛湖水接天连山，翩翩白鸟颉颃而飞，此刻，俗尘浮垢随风逝，一片冰心在玉湖。

大坝一端为杨家寨，一端为重山，两山如铜墙铁壁，与坚如磐石之大堤，联袂紧锁亿万立方之水兽。不远处的十孔泄洪闸，如钢铁巨神，以万钧之力，举重若轻，将湖水温婉深情地托住，而当放闸之时，定如雷霆震吼，万马嘶鸣。

重山一侧有沟壑，湖水探入，如天然港湾，湾口浮舟一叶，有野渡无人舟自横之趣。

山顶有残碑数段，文字漫灭，难以辨识。站在重山看云蒙湖，仿佛站在鹰嘴崮看龙泉湖，四面皆水，如海中孤岛。

下山途中，一片南蛇藤的金黄小果果灿若繁星，又如梅花点点枝头俏，在百草枯槁万木萧索的霜天之下，显得光华灿烂生机一片，忍不住折了几枝，回去插了瓶里，经冬不凋，待它颜色消退，就让烂漫的春花来接替，冬天来了，春天真的就不远了啊。

驱车返回，入杨家寨腹地，隐然见一殿宇楼群，红墙黛瓦飞檐，典雅华丽，气势宏伟。驶入，未见任何标志，问一施工人员，曰药王庙。我和外子甚是感慨，如是规模，靡费过亿，而北方庙宇，香火冷淡，成本回收都难，何谈收益？

无甚可看，不如爬山。山腰悬崖下一宽阔石窟，石窟下建一小庙，看香火纸灰，来此上香者甚众。吾乡之民，于庙内拜菩萨拜老母拜财神，也甭管他们住不住一处。

登顶途中，穿越一柏树林，林下芒草成片，一团一簇，如纷披之秀发，蓦然发现，不知哪位登山者，灵心一动，辫了许多麻花辫，还攒了一个发髻。

登顶了，一棵软枣树，累累簇簇，挂满了一树黑黑的小枣儿。我和外子决定，趁着夕照尚好，先拍照，然后摘软枣。

此时，夕阳大如轮，灿烂辉煌，云蒙湖上，金光闪烁，远山黯淡，轮廓却愈加清晰。站在此处看云蒙，仿佛站在宿山看龙泉，山形水势，意境意味都颇似，蒙山沂水，一衣带水，一衣带山，都是湖光山色两相映，流连忘返不尽情。

4 象林

咦，数九寒天，北方哪里来的象群？2021年云南的网红象群不是已经南归，回到它们的栖息地了吗？这也是一群古灵精怪匪夷所思异想天开特立独行的大象吗？

我们不会穿越到了春秋战国和汉唐吧？那时的北方，气候温暖湿润，森林密布，沼泽遍地，大象犀牛随处可见。突然有一天，气候骤变，温度骤降，这个大象族群，来不及南撤，就被瞬间定格，凝固为化石。

或者这是一群护送尧帝东巡的大象，象林对面即尧山，尧帝在山上与羲和氏推求历法，它们在山下沼泽嬉戏游玩，物换星移，这一玩儿就是四千年。

或者这是一群被商朝人用来驱赶东夷人的大象，到东夷后，发现这里山川相缭郁乎青青，水草丰茂风和日丽，于是乐不思商，定居于此。也许它们还先知先觉，知道千年以后，这里会成为享誉世界的孔孟之乡儒学圣地，你看它们的举止神态是不是很儒雅很君子啊？

看到它们栩栩如生形神毕肖的样子，一种担忧袭上心头，担忧它们某日会被铲车铲出，被吊车吊起，装运到某城市的某公司某单位或某公园的门口，供人们瞻仰，它们将背井离乡，远离故土，再也看不见尧山上的苍苍古柏，再也听不见响水河里的哗哗流水，再也看不见月出于尧山之上徘徊于斗牛之间，再也听不见狗吠小巷中鸡鸣桑树颠。诸君，若看一下这些年有多少奇石奇树被从山野挖出，移栽异地他乡，就知道我不是在杞人忧天了。是的，我说的是移栽，万物皆有根，石也是。

当外子说象林的时候，我还以为是人工打制雕琢的呢？它们被安放在一个小型广场上，有母子舐犊情深的造型，有兄弟嬉戏打闹的造型，有恋人含情脉脉的造型，有玩皮球卷滚木的造型……总之，人想要什么造型，就会造出什么造型。虽有巧夺天工之说，但我还是对一切人工景点怀有一种本能的排斥和反感，凡人工皆可无限复制，而天然的，却是不可复制的唯一。这片天然的青石象林，天造地设，钟灵毓之，世所罕见，绝无仅有，今我见之，实乃有幸，也愿它们有幸永远留存此地，世间万物，皆有其故土，愿所有见之者，皆心存民胞物与之念，如此，乃人之大幸，物之大幸。

5　天生我石皆通灵

今天爬山，提前没做功课，随心所欲，出门向西，沿公路行驶，看到哪座山入眼入心，便爬哪座山。

至夏蔚镇红绿灯处，向北是著名的沂蒙山革命根据地，已经数次经过了，向南吧，南边一回都还没走呢。

行数里，路面坑坑洼洼，根据经验，这一定是两县交界处了，不，应该是三县交界处，向西是蒙阴，向南是沂南。又行数里，透过车窗，看到北面一座山乱石林立，气象不凡，外子说像"疙瘩蛋"，就它了。

只是不知道叫什么山，山下一对修剪果树的中年夫妇，问之，妇曰北山，夫曰蒺藜沟老狼窝。好荒野的去处！问此地系何处，曰沂南马牧池乡蒺藜村。至山顶，想知道身在何处，发位置给外子，方知是吉利村，应该是后来改的。

石是好石，有连而成片浑然一体者，有尽态极妍特立独行者，皆为纹理清晰的花岗岩。剪果树的那位村民说："你们给宣传宣传，要是把这些石头卖出去，全村父老都感谢你们。"此种石头极具观赏价值，我在临朐的苇场河谷里见过，一在河谷，一在高山，自然造物也是随心所欲吗？

"猫头鹰！"外子惊喜道。晴天丽日，怎会有猫头鹰？定睛一看，可不是猫头鹰吗？但见一巨石，凝然而立，形神毕肖。天工开物，也是精雕细刻匠心独运啊！

我们从山脊一侧逶迤而上，又折而向东，穿越两个山头，一路上且行且住且赏，且惊且喜且叹，像孩子一样大呼小叫，恍若置身一个神奇魔幻的石之王国，有若顽猴追逐者，有若鸥鹭栖枝者，有若蟾蜍跳跃者，有若犀牛抵角者，有若雄狮啸吼者，有若痴女望夫者，有若智者沉思者……千姿百态，不一而足，虽万千语言，不能穷其相尽其态也。

让人叹为观止的是，一群动物叠罗汉般抱团嬉戏打闹，一巨大海龟正向着山顶匍匐而上，一条鳄鱼腾跃而起，伏其背上，一只豹子飞身扒住海龟一侧，一只野兔紧随其下，一只喜鹊恶作剧地把头伸到鳄鱼的脖颈下挠它的痒。厮磨之态可见，嬉闹之声可闻，栩栩如生，活灵活现。亿万年前，或许它们本就有血有肉能跑能跳能游能飞，一次沧海变桑田的剧烈的地壳运动，使它们瞬间凝固，定格为化石。若得仙术指点，漫山的飞禽走兽必振翅高飞奋蹄狂奔，鸣啼啸吼，欢呼雀跃。

那不是鸿蒙之初大荒山无稽崖青埂峰上无才补天的顽石吗？谁识得它竟是一块通灵宝玉呢？天生我石皆通灵，天生我材必有用，你才大去补天，我才小去铺路，无由铺路，我就自己晒晒太阳玩玩风月自得其乐自我消遣。

我是丑石，可我也能开出灿烂迷人的花朵。你看，这朵是绿牡丹，这朵是绿凤凰，这片是朵朵绿云，这片是颗颗繁星。今天来了一位行旅诗人，盛赞这些璀璨的花朵是天工之绣，那一刻，我也是醉了，当我感觉美了，我就醉了啊！

夕阳西下，暮霭四合，下山时，那位剪果树的村民还没有收工，见了我们笑道："你们也不嫌累。"我们笑回道："你也不嫌累。"我们说我们没有见到狼窝，他遥指山腰处的一堆乱石说，就在那堆石头下，很深的一个洞。那个地方我们没过去。选择了一条道路，就意味着放弃了另一条道路上的美景，也没什么遗憾的。

6　神奇秀美之宿山

"山不在高，有仙则名"，沂水境内的宿山，海拔不过480米，却名压群山，何哉？有仙也。

何仙？一曰泰山老母碧霞仙君。传说碧霞仙子在此住过一宿，名仙住过的山自然就成了名山。二曰金牛。传说一南方术士，在金牛官庄发现了一头金牛，用麻绳拴着金牛的鼻子，在他进店吃饭时，金牛逃到此山，住了一宿。三曰至空禅师。传说至空禅师外出给人看病，临行时嘱咐弟子不要动后院的那口锅，好奇心害死人，师父走后，弟子中有好奇者，揭开那口锅，一条白龙腾空而起，水柱冲天，洪涛滚滚，为救民于泽国，至空禅师火速赶回，抓起那口锅盖在水柱上，并双手合十，端坐其上，水患止息，禅师却坐化圆寂了。

关于至空禅师，还有井中运木和喊跪惩贼的传说。跟所有美丽的传说一样，这些传说也都体现了人们惩恶扬善的朴素愿望和丰富大胆的想象。

比起这些神奇瑰丽的传说和山上的玉皇庙观音庙龙王庙，我更倾心于自然风物的应时变化。

昨日立冬，淅淅沥沥下了一天的雨，傍晚风急雪狂，天气与时令妙合无垠，不禁再次感叹古代劳动人民对于二十四节气的伟大发现。

我们没有看到"无边落木萧萧下"的壮阔和萧索，但目极之处，山寒水瘦，凛风劲吹，的的确确是冬天的味道了。

一行行一片片的杨树林，赤条条坦诚地裸露着光洁的枝干，繁华落尽，尽显本色。有的显然还没有准备好，一树绿叶，没来得及变黄，变黄的又没来得及飘落，就被冻结在树梢了，也别是一番景致。柏树还是郁郁青青，一副任尔东西南北风我自横刀向天笑的率性与坚韧。可见，生命的存在并非千篇一律，却各有各的风采。

上山途中，发现了一串串金黄的小果果，识别了一下，曰"南蛇藤"。"这就是南蛇藤的果子啊！"犹记得，春天登透明崮，发现整个山坡被南蛇藤侵占，偌大的山坡，所有的物种因此被毁灭，那是南蛇藤的天下，却是别的物种的荒漠。

"雪！"在观音殿的东侧，是一大片平地，这就是传说中的康王遛马场吧。绿绿的野菜上顶着白白的雪，晶莹的绿，晶莹的白，有玉的质地，煞是好看。一汪弯弯的小水塘，像模像样地结了冰。这是一片柏树林，中间一条人行道，外子称之为"柏林大道"，道旁一片白雪和黄叶参差斑驳，间之密树和绿石——石上布满青苔，是一幅绝美的画，亦是一首精妙的诗。黄叶显然是银杏叶，但银杏树呢？走近，仔细辨认，方发现两棵碗口粗的银杏树，枝上叶片全无。

几块山岩上，长着数朵绿色的石花，外子称之为"绿牡丹"，我说是菌类，外子说是青苔，其实它是什么又有什么关系呢？只要我们觉得它美就好，就像屈原"夕餐秋菊之落英"，文人就秋菊落英与否打笔战，屈原食的是刚绽放的秋菊还是零落于地的秋菊，这与我们欣赏又有什么关系呢？我们知道它表达的是屈原高洁的情操就好了。

玉皇庙后面是宿山的最高处，乍冷不胜寒，冷风嗖嗖地钻进脖领，但此处的风景也最奇崛，离离的荒草上，顶着一棱一棱的白雪，灌木的枝梢上，吊着一滴一滴的冰坠儿，晶莹剔透，在夕阳的映照下，闪闪烁烁。外子录了一段视频，惊喜地发现，如无数闪耀的火花明灭不定，美其名曰"光的颗粒"。

站在山顶，极目西南、西、西北，层峦叠嶂，如苍龙之劲建，铁骨铮铮，傲立苍穹。明丽的龙泉湖汪洋一片，夕阳映照处，金黄灿烂。

宿山有寺，曰法云。"天下神，数法云"，百度法云寺，重名者不胜枚举。法云者，佛法如云，云生雨，雨润万物。

百度宿山，曰半山处有抗日时期的防空洞。我们未曾至，在山上时，不知有此洞。忽然恍然大悟，我对外子说："还记得你说的柏林大道吧？那条大道的尽头处一定有奇景，或者就是防空洞吧，否则无缘无故不会踩出一条大道来。"

　　外子道："是矣，是矣，然遗憾亦是美。"

　　谁说不是呢？

7　下泉河谷

　　就是一次寻常的午后散步，却发现了奇崛的美景，此系何处？下泉河谷是也。

　　在上泉东岭上挖了一会儿野菜，冬日的泥胡菜依然顽强地绿着，平平展展地铺在地上，一会儿就挖了一大塑料袋。荠菜的叶儿还是干枯的，但根儿却是雪白的，味道比叶儿还鲜美，于是又挖了一小袋荠菜根儿。把两袋野菜和小铲子藏在一个草垛里，轻装徜徉在山间小路上，纵目四望，群山苍茫连绵，房屋鳞次栉比，好一个东皋野望，树树皆冬色，山山唯落晖，人行野径上，鸟鸣柳梢头。

　　下了岭，便是下泉村，一条看似干枯的河谷，却有一股细小的水流淙淙流淌，声若古琴，涤荡尘心。岸边是连片的青白的水藻，可见秋汛时河水还很丰盈。一片裸露的灰红色的页岩，其上布满凸起的疙瘩石，极类恐龙化石，有几个酷似小恐龙，亿万年河水的冲刷，让这些远古的生灵展现在世人面前。

　　河岸东边，是一片成排成行的浩荡的杨树林，刚才在岭上看树梢，如淡烟轻云，似有些许绿意在氤氲，侧耳倾听，春天的脚步似乎正款款而来。脚下窸窸窣窣，是厚厚的落叶。走出杨树林，邂逅了一片古老的果园，每一棵苹果树都像一位耄耋老人，虬枝蟠干，苍苍老矣，然头顶上仍有柔条伸展，让人心生慨叹和惊喜。

　　河谷东岸是一列页岩组成的崖壁，色黑红，层层叠叠，纵横交错，叠床架屋，汗牛充栋，这些大自然最古老的书页里隐藏着地球孩童时期最神秘的密码，好想翻开一页一页去解读。

神奇的是，数米之外，便是漂亮的镂空的石灰岩，不知是哪位天工如此慧心巧思，雕刻出如此奇巧的艺术品：这分明是一对含情脉脉的骆驼，正仰头相向倾诉心曲；身边是只憨憨的狗狗，睁着两只懵懂的眼睛，问世界情为何物；一头海象在旁冷眼睥睨，一副看破红尘的冷峻与不屑。

壁上百孔千洞，有小如豆粒者，有大如门洞者，有狭长如缝者，有宽阔如窗者，风入其中，如笛如哨，如琴如箫，万籁有声。

石缝中有倒挂的小小石笋，似乎用手轻轻一掰，就可运于掌中把玩，试之乃知坚硬如铁，欲拿石块敲之，又恐损其原貌，暴殄天物，乃罢。

此处乃背阴，一根藤上竟然有几片绿叶倔强地绽放着，如花灿然，给萧然寂然的深冬平添了一线盎然的生机。

夕阳西坠，天色昏暗，恋恋不舍地走出壁上画廊，在一株枯朽的树桩上发现了一大团云灵芝，花团锦簇，欣然摘下，回到家，摆在客厅，赏爱不已。

晚餐时，煎了一张荠菜根的鸡蛋饼，如果不亲自尝一尝，有谁知道是荠菜味的呢？就像下午的下泉河谷行，如果不是亲到，有谁知道这些清奇的美景近在咫尺呢？

8　新年第一爬——香炉石席角子

木茂林深岩峭，下山一路欢笑。连翘藤下爬，黄草坡上坐滑。惊喜，惊喜，杜鹃含苞一支。

这是新年第一爬——香炉石席角子顶下山时的情景。

今天元旦，禹儿问："今天去哪里？"我说："去马牧池吧。"

去蒺藜沟那天，如果不是天色已晚，就去马牧池了；爬晏婴崮那天，如果不是走错了路，就去马牧池了；今天若不是看到席角子山，就去马牧池了。爬席角子山，纯属偶遇。

去马牧池的路上，禹儿看到路边有晾晒粉皮的，感到新鲜，我和外子也是第一次见，就下车参观。偶抬头，发现北面的山状如斗笠，吾乡曰"席角（jiǎ）子"，问乡民，果然山名即席角子。于是提议，就爬席角子吧。外子和禹儿皆欣然附议。

至山下，外子去前方探路，一红袄妇人拉拽外子，高声大叫，似吵架，我和禹儿在后面不明所以，走近，才发现妇人是精神病患者，外子至其门口问路，其夫热心指引，不提防伊从院里窜出，大概伊是不大见生人的，所以如此激动。

吾从旁经过，伊追着高喊"星期五""星期五"……其夫仍热心地指引我们如何如何上山，并告诫我们小心迷路。外子一面拱手相谢，一面担心伊会攻击我，告其夫："多谢，多谢，请你好好看着这位妹子。"其夫抓住伊的手，对我们说，没事儿没事儿。

一路上我们感慨不已，在这样偏僻的山村，对那位山民来说，能娶到这样的女人，不打光棍，也算幸运了。由于男女比例失衡，及农村姑娘大量流入城市，农村许多好青年也不得已成了光棍汉，此事已引起许多社会学者的关注和担忧。

山下用碎石垒了一堵旅游观光墙，墙上嵌磨三盘，上刻"香炉石"，刚才那位山民说此村即香炉石村，可惜我们没有看到那块像香炉的石头。但山上之石，亦奇幻多姿：一石酷似胖嘟嘟的雏鸟，好奇地俯视着山下；一石酷似暖暖的棉手套，好想把手伸进去，今天的天儿也真够冷的；一石酷似着甲的将军，威武雄壮，像山神一样守护着山上的生灵……裸露亿万年的悬崖，被风化得简洁明快，质感刚硬，脱尽一切繁文缛节和拖泥带水，臻于至简至纯的化境。

山顶黄草连天，随风飘摇，人行其中，仿佛置身茫茫的大草原。草原之上，又是山顶，山顶之上，还是山顶，终于山顶之上不再是山顶了，而是莽莽苍苍的原始松林，透过疏枝，又见远处起伏连绵的蓝色山海——我的至爱。松涛阵阵，如海浪翻涌，"穿林海，跨雪原，气冲霄汉……"外子情不自禁，高唱一曲。

南坡一片茂密的野杜鹃，若是春天来，一片红红艳艳灼灼灿灿，红花之上是绿松，绿松之上是白云，白云之上是蓝天，美爆了。想不到杜鹃跟青松一样耐寒，浓密的灰绿的叶片挨挨挤挤，不见半点凋零之象。

日影西斜，寒意加剧，该下山了。开始路是有的，走着走着就中断了，榛莽丛生，如陷迷阵，外子在前面做开路先锋，我和禹儿在后面亦步亦趋，至半山腰，左右前方皆是茂密的连翘阵，连一只脚也难插进去了，"行到水穷处，坐看云起时"，正好坐下来，歇口气，喝口水，吃点东西，补充补充能量。"杜鹃花！"我惊喜地发现，两朵粉红的含苞的杜鹃花楚楚可怜地立在枝头，原来杜鹃不仅有青松的坚韧，更有腊梅的高洁！

外子手折脚踏，为我们开出了一个侧身可过的窄窄的通道，下面向右就只能俯身蛇行了，一面爬，一面笑，多久不这样玩了啊！

爬出连翘阵，下面是陡峭的斜坡，难以踩脚，只好坐下来向下滑，一面滑行，一面欢笑，新年第一天，一家人将欢声笑语洒满山林，将诗情画意写满心间。赋诗一首，以酬流年：我岁已知命，此生醉林泉；林泉不负我，有味是清欢。

9 沂水珠穆朗玛——高板场

今周又成了独行侠，一个人爬山虽然少了些热闹和安全，却多了些探险的味道，探险是人类的天性之一，几乎所有天性都与世俗相违，偶尔跳出世俗，让天性蹦蹦迪，让灵魂吸吸氧，是不是很爽？

外子千叮咛万嘱咐，好像我要上刀山下火海似的，我也下了一千个保证，做了一万个承诺，开车务必慢，不到险要的去处，不猎奇，不逞能——我逞能给谁看呢？这才被放行。

两周之前，去蒺藜沟狼窝岗时，一位乡民遥指远处苍茫的群山说，那里叫八亩地，是一个小型的战时飞机场，看见没，就是有亭子的那座山。两周了，那个小巧玲珑的亭子就住进了我的心里，今天目标就是它。

山路不是很陡，但弯道太多了，S，S，S……设计者就只认识一个字母S，转弯处又迎着日光，炫目得很，直接转晕了！好在天路也有个尽头，绕来绕去，终于绕到了有亭子的那座山下，靠边，下车，上山。

上山开始是有路的，农人把地种到哪里，路就延伸到哪里。再往上就靠我自己披荆斩棘另辟新路了，半山腰那堆累叠的顽石是在耍杂技吗？前后左右皆无依傍，横空出世，突兀而立，那么抢眼，那么出境，敢问，你们这么煞费苦心，是要上头条吗？如此，我怎好顾左右而言他，古语云，桃李不言下自成蹊，你们也不言，蹊呢？触目之处灌木丛生，且险峻陡峭。哦，我懂了，你们终究不是桃李，桃李香甜，趋之者自是络绎不绝，而你们不只冷硬，而且高傲，无人光顾也就可想而知了。

此刻好想变身怒而飞其翼若垂天之云的大鹏，好想变身啸而跃一心只向月中飞的猿猱，好吧，好吧，莫异想天开，莫想入非非了，抓稳每一根树枝，踩稳每一块岩石，凝神聚力，小心翼翼，一鼓作气，直捣黄龙。

嚯，我好棒！上来了！咔咔咔，从不同角度来了几个特写，算是投桃报李，你们报我以奇崛之姿，我报你们以击赏之心，世间万物，超尘拔俗特立独行者必得青睐。

稍作喘息，继续登攀。跟藤蔓缠斗，与巉岩周旋，终于柳暗花明豁然开朗，眼前是一挂一挂的崖壁，姿态奇异，美丽清奇，红黄青蓝，色彩斑斓，有凌空而起若飞檐者，有窈然内收若石屋者，有清瘦峭拔若刀剑者，有浑圆敦厚若大佛者。这位天然画廊的雕工定是个天马行空放荡不羁的，因材大难用大放厥词被玉帝贬谪下凡，郁勃之气难平，借酒浇愁，酩酊之后，乃有此作。

崖壁尽头，惊心动魄，自上而下是数百米的乱石瀑乱石流，系山体坍塌所致无疑，然什么样的惊天伟力才能将崖壁击碎成一挂飞流直下的石瀑？还是那位被贬的天工吧，一日，其忽觉江郎才尽，灵感全无，勃然怒曰：此乃朽石，不可雕，不可雕也！于是奋起千钧之棒，将崖壁打得粉碎。

我灵心一动，正愁无路登顶，这道天造的石瀑不就是登山的天阶吗？走石瀑，虽然坡度较缓，但石棱锋利，须小心放脚，一步一步朝圣般到了山顶下，却被重重密不透风的南蛇藤阻住了去路，只好无功而返，上去下来耗时甚多，零下十二度的天气，哈气成冰，我却淋漓出了一身大汗。看看手机，外子又留了一大串语音信息，以为我失联了。

返回到发现崖壁的地方，发现与有亭子的那座山还隔着一道山梁，此时身心俱疲，又饥又渴，走路有些趔趄了，跟醉酒一样，"只疑松动要来

扶，以手推松曰去。"该歇口气了，我对自己说，否则真要跌下悬崖去了。从小就这脾气，不管干什么，非力尽不止。

歇息片刻，经过一番侦查和研究，发现有一处悬崖尚得过，又是一番艰辛地攀岩缘木，登顶的那一刻，惊喜从头顶溢满脚后跟。

一瞬间，记忆的大门轰然打开，这不是年初来过的高板场吗？近处的茂密的青松，古雅的亭子，远处幽蓝的群山，祥和的村庄。这块突兀的岩石，谭老师曾站在上面金鸡独立翘首向亭，我、英杰和徐源三位女老师在下面惊呼喝彩。不同的是今天林下多了一层雪，前天下的，雪地上有脚印，在我之前已经有人踏雪登山了，虽未谋面，定是同道者无疑了。

有惊喜，亦有失望，哪有八亩地的战时机场啊？也许有，谁知道它在哪座山上啊，此处峰峦叠嶂，山波浩荡，仿佛置身山的海洋，今天，天蓝蓝，山蓝蓝，几百里之外，海也蓝蓝。

沿着螺旋形的阶梯，登到亭顶，浩浩凛风扑面而来，真冷！拍了几张我最喜欢的山的蓝波，便下去了。

下山亦无路，想下时便下了，也不管前面是刀山还是火海了，好在一路皆是小树和灌木，跟猿猴一样攀着枝条在山崖间腾挪跳跃，感觉挺棒的，此刻，我彻底相信人类真是从猿猴变来的了。

高板场海拔近七百米，在沂水境内，算是首屈一指的高山了，而且十分陡峭，在我心目中，它就是沂水的珠穆朗玛峰，上次从沂水县院东头镇桃棵子村上的，今天从沂南县马牧池乡王家安子村上的，北坡南坡都上了，今天给自己发一枚勋章。

10　再访大战地东山

车行至山下，蓦然想起，这个地方我来过！心内失望，外子说，四时之景不同，既来之则观之。也好。

初访大战地东山，浮光掠影，不过"到此一游"，只记得有一大片石林，回来也没有记录，于是所有的印象便像空气一样飘走了，像液体一样流走了，只有记下来，才能凝结为随时赏玩的固体。

山路好陡！天桥崮的惊险一幕还心有余悸，老老实实把车停在山下，徒步上山。

行至半程，道旁一突起山岩，上面长了一丛曲树，其中一棵高大粗壮，卓然挺立，树干上一撮伞状的干黄蘑菇玲珑可爱，还有一个干枯的灰包，侧身紧紧抱住树干，不肯放手，唉，真是死了也要爱。

此树我说是曲树，外子说是毛衣蛋子树，百度之，曰构树，楮树，果实类杨梅，故又曰假杨梅，叶似砂纸，故又曰砂纸树，根、皮、叶、果、汁皆可入药，其皮可做优质纸，其叶可做优质饲料。

为什么不厌其烦赘述之？因为我对这种树爱得深沉！小时候，我是家里的洗碗工，曲树的叶片粗硬如砂纸，洗碗甚得劲儿。小时候我还是家里的羊倌儿，经常到曲树丛里放羊，或摘回来喂兔子，叶梗折断之后，会流出乳白的汁液，酷似牛奶。曲树之皮柔韧而味清淡，端午节包粽子时，可用之捆粽子。

大战地东山村号称山顶上的村庄，村东村西皆有大片石林，村西一片尤其令人震撼，此处石林，不是像树林一样向天空延展，而是平行于地，石与石之间，沟壑纵横，乃天然战壕，人隐没其中，外人浑然不觉。

村口竖一标志牌，曰"战地古村落"，村内房屋大多残破，一面面裸露的山墙，一道道古旧的院墙，一座座紧锁的院落，淋漓尽致地诠释着一个"古"字。战争年代，这座孤悬山顶的村庄，因地势高山路险而发挥过重要的战备战略作用，于今山上仅余三四户人家，鸡鸣狗吠，鹅嘎羊咩，让人感觉烟火气尚存。

抗日战争和解放战争时期，王庄作为沂蒙山区一个重要根据地，有"华东小延安"之称，而今，中央山东分局旧址，八路军山东纵队旧址，大众日报社旧址，孟良崮陈毅粟裕指挥所旧址，仍赫然在目，无言地诉说着那段峥嵘卓绝的血与火的岁月。

东山之上还有山，从古村出来，在石林中小憩片刻，起身北上，欲穷千里目，更上一重山，难得今日天气如此晴朗清丽，又见层层叠叠的蓝色山浪，此吾所至爱也。

捡了一块重叠心字形的淡青色小石，正赏爱把玩不已，外子又有了更新奇的发现，一块大如方桌的青黄之石，表面凸起数个光滑圆润的卵石，还有状如乌龟河蚌者。外子认定圆者为恐龙蛋化石，盘桓左右，又发现几块类似之石，表面凸起大同小异，其中一块断面洁白，参差若珊瑚。真乃奇石也！

山顶乱石崚嶒，崖柏森森，凛风嗖嗖，不可久留，折而向东，一座更高的山峰等着我们登攀。行进中，突然感觉空气震荡，嗖地一声，有什么东西从我头上掠过，疾如闪电和子弹，惊回首，一团黑影俯冲而下，我以为是航拍用的无人机，它又盘旋而上，这回看清了，是一只山鹰！我被一只山鹰袭击了！

外子说，好险！我们闯进它的领地，它向我们示威了，还好，它只是示威，而不是进攻，若是进攻，它会径直啄瞎你的眼睛。惊魂甫定，一群山鸡——有十几只啊——呼啸而起，向山巅飞去，而不是向我们飞来，它们没有向我们示威和进攻的资本。

山顶之上还有山顶，有点累了，我们决定放弃，沿一道保存完整的长墙下山，山下一个三角形的清澈的水塘，几块长方形正方形的绿绿的麦田，在无数道弧线组成的层层的梯田的映衬下，醒目，刚正，直爽。

对面山腰一片火红的草——我断定是一片草，外子说是一片树，又要打赌了。还有一片被挖过的山体的断层，问一翻地的农人，此地有什么矿产吗？农人说并无，只是挖了垫地的。令人惊喜的是，我们在挖出的乱石里，又捡到了一些奇石，还是其形光滑其色淡青，还是状若乌龟河蚌，还有若海星若游鱼者，如获至宝，背包里塞满了，手里抱满了，满载而归。特意爬了几层地堰去看那一片红草，原来是茅草。

下山又到石林里盘桓了一圈儿，然后，再下山，上了三重山，自然要下三重山，爬山经常会有一种好奇，老想看看山那边是什么，其实早就知道，山那边还是山，还是忍不住要看，就像人生，其实早就知道人生的尽头是什么，还是忍不住——忍不住执着。

11　梦游川藏

不记得出来几天了，忽然想到今天是周一，晚上有自习，给主任打电话请假，明天周二，下午的课，不着急回。

山是九十度直角，从上面悬下拇指粗的绳索，山岩上楔着一个个的钢钉，我攀着绳索，踩着钢钉，如履平地，直达山顶。

哇！金字塔般棱角分明的世界屋脊，耀眼的雪山，洁白的云朵，湛蓝的天空，悬崖上一处客栈，走廊里挤满了观光的游客。一处山岩上，几位游客扯着一面红旗在拍照。

好奇怪，站在千年雪山上，竟然丝毫不觉得寒冷，也没丝毫缺氧的感觉。醒了，原来是个梦——美梦。

当我心情舒泰、睡眠极好的时候，就会梦到美得摄人心魄的山水——耸入云霄的雪山，如美玉般莹润的蓝天，纤尘不染清澈见底的碧水，如雪片般轻盈飞翔的水鸟……

最近十多天，昊岩俱乐部的领队太阳，天天在群里分享他们在西藏旅游的绝美画面，身不能至，而心向往之，梦神怜我，赐梦于我，让我稍解思渴之苦。

唉，何时身如不系之舟啊，连梦里都记挂着上课和上晚自习，梦里都给主任请假，好在是梦里，他准与不准，我都进了西藏，爬了雪山。

嘻，真是个美梦！

有人说，西藏是一种病，不去治不好。我暂且把这个病慢慢养着，等哪日真成了不系之舟，我就荡起双桨，推开波浪，奔向我的诗和远方！

12　遇见狼

坐在饭桌边，聊着聊着，不知怎么就聊到了爬山。为了阻止我独自外出爬山，外子与母亲一唱一和讲起遇见狼的故事——诸君就当故事听吧。

外子说他今天在山上，为防止意外，手里抄了一根棍子，现在植被茂密，很难说没有狼，有人在蒙山上听到过狼或低沉或尖锐的叫声。

"真的吗？"我怀疑道。

"这还有假？"外子信誓旦旦道。"前年春天，费县一个妇女就被狼从后面袭击了。"

我有点信了，因为我的确在山上见过白色的粪便，想想数次独自穿行于茂密的山林，真有点不寒而栗的后怕。

"你姥爷就不怕狼，"母亲说，"你姥爷是党员，又是村里的书记，那个年代，几乎天天晚上开会，一走上山路，那只狼就跟上来，跟近了，你姥爷就瞅瞅它，跟近了，你姥爷就瞅瞅它，狼怕瞅狗怕蹲，直到你姥爷回家，这才算完。"

"你二姨夫给生产队喂牛时被一只狼堵住过，"母亲继续说，"你二姨夫手里拿着一把火镰和一块火石，一擦火镰，冒出一阵火花，狼就呜一声，把牙一呲，一擦火镰，冒出一阵火花，狼就呜一声，把牙一呲，但它就是不走，你二姨夫吓得没人腔地大喊，大伙出来，狼才跑了。"

"荆山头的民兵连长被一只狼撵到了石劈缝里，"母亲似乎有讲不完的狼故事，"他手里倒是端着枪，但就是不敢放，万一一枪打不准，狼扑上来，就完了，就这样，他瞅着狼，狼瞅着他，瞪着眼一直到天亮。"

外子说，一位戍边的战士，在山上救了一只受伤的狼崽子，给他取名小青，养大了，把它放归山林，一次执行任务时，战士被狼群围住了，危急时刻，一只头狼窜出来，咬一下这只狼的脖子，咬一下那只狼的脖子，把狼群咬退了，这只头狼就是战士救过的小青。

"在沙漠里，一个特务连被狼群围住了，"外子继续讲，"每个战士手里都有枪，但谁都不敢放第一枪，就像咱妈刚才说的，万一打不准，狼群就会蜂拥而上，狼的耐力非常强，它会跟你耗，一整天一整夜地跟你耗。"

"最后怎么样了？"我好奇地问。

"最后狼群感觉势均力敌，没有贸然进攻，就散了。"

"碰到狼，千万不要戳治它。"母亲说，"你戳治它，它把嘴往地上一伸，呜一声，就会招来一大群。"

故事好像讲完了，我也清醒了。我对母亲说："小时候，我自己一个人在山里拾柴火挖草药，你也没担心我会遇见狼，下了晚自习，我自己一个人九点多走在漆黑的山路上，你也没担心我会遇见狼，现在我都这个年纪了，反而担心了。"

母亲说："那个时候顾不上。"

外子说："那个时候坏人少。"

真是好笑，明明说狼，怎么又说坏人。唉，狼就狼，坏人就坏人吧，在爱你的人眼里，狼和坏人又有什么区别呢？

故事里的事，说是就是，不是也是。看我像在听故事，外子和母亲反复强调，这是真事，不是故事。我也只好再三承诺，以后坚决不独自外出爬山了，尽管我不相信自己会遇见狼，但让他们担心，我于心何忍，又何德何能？

但是转念一想，如今生态这么好，遇见狼也不是不可能啊，南京不就野猪泛滥了吗？人类过度地保护野生动物，就会导致其过度地繁殖，过犹不及，适度是分寸是修养，是策略是方法，也是哲学和智慧。

13 一剪梅·雪中行

雪松雪柏愈加青，岁寒乃知，傲骨铮铮。雪石雪竹立风中，东西南北，任尔横冲。

雪篱雪屋鸡犬宁，柴门掩扉，不见人影。雪亭雪村静无声，皑皑荒野，唯吾独行。

14 永遇乐·费县大青山梧桐沟赏冰瀑

素光如练，玉龙舞涧，人在何处？谷生凛风，潺湲声断，一夜尽凝固。草木萧索，鸟兽绝迹，寂寞冰肌玉骨。君不见，熙来攘往，皆追名逐利徒。

依山傍松，随形就势，善处下非雌伏。峭壁悬崖，纵身一跃，引世人瞩目。琼瑶翡翠，剔透晶莹，一片冰心玉壶。待春来，请君聆听，盈盈笑语。

15 神怕招惹

若有：坏了，我手机丢了！口袋里没有，背包里也没有！

若无：饶了我吧，你看这雪山，上接云天，一天爬了五座崮，好容易下山了，精疲力竭，又饥又渴，难道按原路再爬一次？

若有：在情人崮上我还拍过照，一定是下山滑雪时从口袋里甩了出来。

若无：我早说过你的口袋太浅，应该放背包里。

若有：随时随地拍照，放背包里多不方便啊。

若无：别紧张，只好陪你再向雪山行啦。唉，山这么高，雪这么深，鸟飞也愁。用我的手机一路打着，就找到了。

若有：我放静音了，打也不响。

若无：服了你了，在漫天的雪地里找一块被雪藏的手机，无异于大海捞针。

若有：只能祈祷山神赐我们力量了，下猪栏崮的时候，我把剩下的一个鸡蛋给了山神爷。

若无：他会吃吗？他能吃吗？

若有：能吃不能吃是他的事，给不给是我的心意。雪深路险，山下的人进不来，估计山神爷也饿坏了。

若无：他是神啊，还用人给送吃的？

若有：神都是人敬奉的，人敬奉了就得养他。

若无：那座山神庙也太小了吧，还没鸡窝大，山神应该是高大威猛神勇无比的，这么小的山神庙怕是连山神一个脚趾头都放不下。

若有：不过是一个象征罢了，难不成要给他建一座跟山一样高大的房子？

若无：我们逆着下山的路，以脚为犁从山下到山上，把雪深耕了一遍，也不见手机的半个影子，你确定在情人崮上还拍过照？

若有：确定，应该就在我以屁股为雪橇，滑雪下山的这几段。我眼睛眛得都要得雪盲症了。

若无：想起来了，你以手指天，高唱"跨林海，踏雪原，气冲霄汉"时，我还看到你的手里举着手机。

若有：那时我还没滑雪。

若无：下山再翻一遍，找不着就真没咒念了。

若有：可怜我六千块钱的手机，最主要的是经营了这么多年的信息没有了。可恨的雪，你把我手机藏哪儿了？

若无：干嘛啊，踢我一身一脸的雪，我可没惹你啊。别动，手机，就在你脚边！

若有：哇，这真是踏破铁鞋无觅处，得来全不费工夫！感谢山神，感谢山神，我那个鸡蛋没白给山神吃。

若无：还说不费功夫，我两条腿累得都要断了，两只脚也被雪水泡得没知觉了。我没给山神鸡蛋吃，山神也没让我丢手机。神怕招惹，你不惹他，他不惹你，你若惹他，他必惹你。你给了他一个鸡蛋，他就想如何回报你，结果就让你丢手机，然后再显灵还给你。

若有：你不是山神，你怎么知道山神这样想？

若无：我若是山神，我一定这样想这样做，一者报你的恩，二则让你知道我的神通。

若有：哈哈，我应该把那个鸡蛋给你吃，因为你不会让我丢手机，因为你愁着跟我回去找。我现在知道你的神通了。

若无：妙哉妙哉！

16　告群友书

诸君早。

一夜无眠。你道是效苏子夜游赤壁赏清景去了，非也，果如是，倒也潇洒风雅；你道是仿李白月下独酌举杯邀明月了，非也，果如是，倒也飘逸浪漫。

却是为何？将登太行雪满山，欲渡黄河冰塞川，一场冰雪将一盆热火冷却，唉，只落得两泪涟涟！

大河向东流，天上的星星参北斗。我本豪爽，柔弱只是表象。浮生难得一日闲，闲来携三五好友，登山临水，健身，怡情，赏美景，写妙文，畅意人生，莫过于此。

为方便呼朋引伴，建群曰沂蒙霞客行，各路好友群聚而来，不日便可啸傲山林畅游天下。

正兴兴头头，作为利益共同体与命运共同体的外子肃然问曰：尔车技硬否？尔组织能力强否？尔定性足否？尔身体棒否？尔……并郑重其事煞有介事咨询某大律师，万一有事，担责与否。

余默然。

细思极恐，然世间事不可细思，瞻前顾后畏狼惧虎，必不成。

虽然，仍感谢外子一片呵护之心与提醒之功。只是愧对诸君美意，不胜惶恐与歉疚。

虽未谋面，尽是同道之人，咫尺天涯皆芳邻，愿诸君人生处处是美景，时时好心情。

古人云，敬始慎终。还未开始，即将结束，是遗憾，也是一种另类之美。

第三辑　只今惟有鹧鸪飞——古迹篇

1　千载琅琊遗墨香

——再访王羲之故居

十年前，拜访过一次王羲之故居，买了一把扇子，上面印着千古妙文《兰亭集序》，置于书案的笔筒里，兴来便展扇吟咏赏玩一番。

北宋文坛领袖欧阳修云："晋无文章，惟陶渊明《归去来兮辞》一篇而已。"每览此语，便忍不住想提醒一番："文忠公，还有王羲之的《兰亭集序》啊，应该是双文合璧，不是一文独步！"以欧阳修之慧眼，独不识《兰亭集序》之妙乎？大概《兰亭集序》天下第一行书的灿烂光环冲淡了其文采风流吧。

数日前，出差至临沂，距羲之故居仅几里之遥，无论如何都要再去一次，再次细嗅千年以前遗留的那一缕墨香。

羲之故居处，亦是洗砚池晋墓群遗址。迎门便是"洗砚池"，即"泽笔池"，羲之曾临池学书，池水尽墨，故曰"墨池"，唐宋八大家之一的曾巩，唯一名世的一篇文章便是《墨池记》，但其笔下的墨池与苏轼笔下的赤壁一样，皆是借题发挥，并非真正的历史遗迹。《墨池记》曰"羲之之书，晚乃善"，并非天成，以勉后学。

"洗砚池"左转，便是"墨华轩"碑廊，集书法名流之墨宝，篆隶楷行草，欧体柳体颜体赵体，众体兼备。遒劲刚健，飘逸洒脱，险峻奇崛，瘦硬秀拔，龙飞凤舞，行云流水，各得风流。

出"墨华轩"北折，乃"流觞亭"。想千年前的那次兰亭盛会，众多文人雅客，列坐于曲折环绕的流水旁，饮酒赋诗，谈玄论道，"仰观宇宙之大，俯察品类之盛"，发千古之幽叹，抒旷世之情怀。正如羲之所言，"后之览者，亦将有感于斯文"。凡览斯文者，孰不慨然兴叹？

"流觞亭"折而向东，便是普照寺。据载，永嘉之变，诸王南渡，舍宅为寺，是为普照寺，普照夕照乃古琅琊八景之一。

自普照寺向南，横贯东西的便是景区的中心地带——王右军祠。层层廊庑，进进亭轩，肃穆古雅，荡涤魂灵。

沙孟海先生的对联"毕生寄迹在山水，列坐放言无古今"，横批"尽得风流"，乃对羲之"因寄所托""放浪形骸"的最好诠释。

右军祠东面的广场，立一阔大石碑，洋洋洒洒镌刻着名闻天下冠绝古今的天下第一行书——《兰亭集序》。一巨大赑屃伏驮一高耸石碑，石碑镌刻重修普照寺事。

复南行，乃鹅池。相传"鹅池"两字，"鹅"字系王羲之所书，因官府突然有公干，须急赴之，其子王献之便捉笔上阵，续写"池"字，亦是书法史上的千古佳话。

此行，余亦有公干在身，不得驻足留连，只能走马观花。归途中，余有叹焉，王羲之大醉之后书写的《兰亭集序》，到底有怎样令人神魂颠倒的魔力，以至于让唐太宗不顾帝王之尊，不顾后人唾骂，欲携之同赴地下。

于王羲之言，千古不虚空，只因那一缕墨香。

2　关帝阁与绣花楼

嘻，关帝阁与绣花楼比邻，有点意思。哪里啊这是？蒙阴县野店镇下东门村梓河河畔是也，上下东门乃春秋时期齐鲁南北分界处，往事越千年，狼烟早已散尽，兵戈业已锈蚀，唯有山形依旧枕河流。

"这就是梓河啊？"明明已经知道了它就是梓河，我还是忍不住好奇地问了又问，仿佛只有如此，才能把它跟沂河沭河区别开来。

在汉语词汇里，山河山川总是并举，八百里沂蒙，群山连绵，河流纵横，如果说山是筋骨，那么水便是血脉，筋骨刚健彰显阳刚之气，婉曲流长凸显阴柔之美，关帝阁旁有座绣花楼，虽系巧合，亦是天道。

关帝阁正门上方高悬一繁体"义"字，关羽凭着忠勇信义成为民间至高无上的神，——道家尊之为"关圣帝君"，佛家尊之为"伽蓝菩萨"，百姓尊之为"关帝爷"，台湾人尊之为"玉皇大天尊""玄灵高上帝"，百行百业无不奉祀之，以求平安祥和财运亨通。

可惜大门上了锁，无法进去，从楼阁外墙古旧的砖石看，至少有数百年的历史了。正门一侧有联系电话，外子拨通，说明来意，对方说马上就来。

关帝阁东百米处，一半壁房垣，内有一高树，树梢上一黑色喜鹊窝。走近，发现树是长在数米高的楼台上的！此时，我们还不知道这就是传说中的绣花楼。

"这是楸树吧？"我问外子。

"看着像是。"外子说，"不对，妮子，是酸枣树，你看这两根侧枝。"

侧枝上长满了针刺，这是我们熟悉的酸枣树无疑了，但树干和树枝上却不见一根针刺，这也符合世间一切生物的成长规律，少时锋芒毕露愤世嫉俗，老了便平和圆滑温润和雅。

果真有这么粗的酸枣树！这就是绣花楼无疑了。网传绣花楼上的酸枣树有合抱粗，其实没有，目测一下，树围直径大约五六十公分，但也世所罕见了。酸枣树惯常为灌木，这棵酸枣树却把自己变成了高大的乔木！当初这棵酸枣树的种子是怎么落在楼阁的石板上的呢？鸟儿衔来的？孩童丢掉的？还是秀楼上的小姐丫鬟吃了酸枣吐掉的？只有天知道了。

阳光从木格窗棂上射进来，在窗台上留下一格一格斜斜的亮光，静静的，在这静静的时光里，我仿佛听见了数百年前闺阁里的一串欢笑，数声软语，还有"明月不谙离恨苦，斜光到晓穿朱户"的一声怨叹，那一束月光就是从眼前的窗棂里斜射进来的，在窗台上留下一格一格斜斜的亮光，静静的。

走下荒草离离的台阶，仰望蓝天下残楼断阁里的参天酸枣树，不禁再次兴叹。此时，村委派来的宋先生已到眼前，寒暄后，宋先生介绍说，这是明朝陈姓太守的庄园，后转手蒙阴县令，零几年的时候，还有房屋数间，秀楼也基本完好。闻此，外子连声叹息：不该如此的，不该如此的。

我说，房子既然是明朝的，那这棵酸枣树也就不可能像网传的那样有千岁之久了。宋先生说，没有一千岁，也就百来年吧。

返回关帝阁，宋先生打开拱形红铁门，一个拱形过道展现在眼前，拱顶由条石垒砌，白灰嵌之，沧桑感弥漫其间，那一刻，仿佛一下从现实跌进了历史的隧道。

走出过道，宋先生仰头指着阁壁一方石说，上面刻着"关帝阁"，题款是"乾隆八年"。观之，隐约可见。

由侧梯登二层楼阁，宋先生打开阁门，正中立关公塑像，卧蚕眉，丹凤眼，红面黑髯，威严英武。头上梁栋虽经数百年，彩绘依然依稀可见。

出阁门，我对侧脊上装饰的瑞兽甚感兴趣，细观，乃仙人骑鸡、带角龙首、雄狮、狻猊等，皆古朴玲珑，历数百年风雨而不凋，难能也。

今日下东门访古，绣花楼虽花容凋零，却有幸一睹关帝阁旧貌，亦不虚此行，哦，还有长在绣花楼里的巨大酸枣树，亦冠绝平生。

3 孟母祠堂何处寻

孟母祠堂何处寻？沭河千载水悠悠。

悠悠流淌的沭河水将孟母村环抱于内，此处的沭河没有上游水石相击的惊心动魄，只是舒舒缓缓地流淌在平滑如绸的细沙上，如母爱，温婉绵长，柔韧坚定。

孟母村西有孟母顺民桥碑记，碑文文采斐然，余甚爱之。

入村，问一老者，曰孟母祠位于村之东北的石花山上，墓在村南。先去村南看墓，问村民数人，皆曰不知，一村民曰，村委有墓碑存放。

环村半圈，远远地便看到山坡上几间不大不小的房子，插着数杆红色的旗子。有些失望，以孟母之名，显然这座祠堂太简陋了。

停车，拾级而上，祠堂门窗紧闭，里面有什么，不得而知，檐下靠墙摆了一排观音财神的偶像，门前空地上有一大片焚烧过的纸灰。

祠堂后面，有一个小小的庙子，上面刻着"石花姑"，小小的庙门上挂着一副红红绿绿的门帘。另有一大石，内有一小窟，置一小小母性的石刻像，不知是石花姑，还是孟母。

再往后，一巨石耸起，状如墓冢，有人在上面放了一块石头，类似坟头。周围有郁郁之青松和青黄之银杏。

返回，至村委看墓碑。东边几间房便是了，一为"孟母文化促进会"，一为"孟母文化民俗馆"，可惜房门紧锁。正抱憾而归，来了一个村干部，为我们打开民俗馆的房门，迎面便是孟母仉氏的画像，宽额，方颏，慈和端庄。

地上摆着数段残碑。村干部说，过去的孟母祠方圆几十亩地，规模和气势堪比孔庙，文革时期被红卫兵破坏殆尽，现在国家欲出巨资重修之，孟母三迁和断机教子的佳话流传千古，应该有一座更典雅更大气的祠堂配享她。

墙上挂着几张装裱的碑刻的拓片，及有关孟母的传说。

传说之一，孟母插簪选墓地。孟子去仉林村的外婆家，途经马鞍山前沐水河畔，发现此地风水极好，便想母亲百年之后，将其埋葬此处，他将一枚铜钱埋入地下标记之。后孟子到齐国做官，孟母去看望他，途经此处，发现此地风水极好，以簪插地标记之。孟母死后，孟子按照母亲的遗愿葬之，开掘墓穴，发现母亲的簪子恰好插在自己埋的那枚铜钱的孔眼里。

传说之二，楫折舟滞葬宝地。孟子本来想把母亲葬于外婆家仉林村的，扶柩沿沐河南下，至现在的孟母村东，舟楫突然断了，孟子及弟子们用篙撑，用纤绳拉，可是原本轻飘的小船，只在原地打旋，孟子和弟子们实在无法，只好将灵柩抬上岸，环顾四周，发现此处山环水绕，实乃上等的风水宝地，他们这才明白，舟楫折断并不是意外，而是神灵的安排，孟子于是将母亲葬于此地。

传说仿佛有些怪诞，但亦有"事实"为证。

"事实"之一。孟母墓向南二百米的沭河里，有一个大而深的水潭——俗称"渊子"，湛蓝碧绿，深不可测，常年不增不减，洪水冲不垮它，泥沙淤不平它。1947年，孟母庙被善疃区政府拆掉后，这个千年"渊子"就神秘地消失了。当地人认为，这个"渊子"是孟母的养鱼池。

"事实"之二。石花山、孟母墓和深水潭，三点一线，等距离孟母墓，石花山距孟母墓二百米，深水潭距孟母墓二百米，孟母墓居中。石花山上的庙子里供奉的石花姑是孟母"托生"的。石花山，清代县志曰马鞍山。

"事实"之三。很久以前，在石花山与孟母墓之间，有九九八十一道地堰，这八十一道地堰，宽度相等，排列整齐，这些地堰实际上是孟母登山的台阶。于上世纪末，纷纷垮塌。

在我看来，这些所谓的"事实"也是传说。

但孟母祠在此存在了两千余年，却是事实，历朝历代的官府及民间皆奉祀之，亦是事实，残存的几段墓碑，字迹虽漫灭不清，也是事实。

还有孟子守孝三年返齐时"止于赢"处，"赢"即今临朐县南、穆陵关北约三十里的刘家营村，从孟母墓到穆陵关约二十公里，刘家营到穆陵关约十五公里，恰好是一天的路程，孟子和弟子们曾于此休息。

4　北楼村与芝麻粒子官

北楼原名百楼，吾乡管"百"叫"北"，故而叫着叫着就成北楼了。

此地既非烟柳繁华地，亦非温柔富贵乡，怎地有百楼呢？此事还得追溯到大宋王朝末季。

八百年前，宋氏家族的一支来此定居，陆续又有其他家族聚集而来，逐渐形成一个村落，于是给村落取名就提上了议事日程。各族头领商议，找来一位风水先生，风水先生于村中环视一周云，此地北依中山和云头崮，南临梓水和龙山，山环水绕，藏风聚气，真乃好风水也，若建一百所楼阁，此村能出一斗的芝麻粒子官。村落从此就叫了百楼。

村人信吗？应该是信的，否则不叫百楼。果真建了一百所楼阁吗？未必。建一百所楼阁要靡费多少银子啊。果真不差银子，建成了一百所楼阁，果真就能出一斗的芝麻粒子官吗？一斗的芝麻粒子撒在天上，那就是满天繁星。这位风水先生也真能吹，也真敢吹。

芝麻粒子官也是官，百姓见了，也要行大礼，叫老爷，但从风水先生的语气来看，此地风水虽好，却不是最好，否则出的就不是芝麻粒子官，而是宰相大将之类的柱国之臣股肱之臣了。

风水属于玄学，老子云，玄之又玄，众妙之门，风水果真既玄且妙，如风如水，难以捉摸吗？我以为，山清水秀，地沃人勤，风俗淳朴，五谷丰登，车水马龙，国泰民安，天行健，地势坤，人丁旺，六畜兴，都是好风水。

北楼村前有桥曰迎仙，三孔石拱，建于明末。桥柱石猴石狮石莲蓬皆栩栩如生，桥栏浮雕八仙、莲花、祥鸟、瑞兽等图案，朴素清新而典雅。

数百年沧桑风雨，人事几多更迭，迎仙桥亦数次修补，唯有桥畔静卧的石牛石羊风神依旧，春去秋来，寒来暑往，一视同仁默默注视着桥上走过的耕夫贩夫轿夫士大夫，在它们看来，什么芝麻粒子官，什么平头老百姓，都是一个头两条胳膊两条腿，什么东西南北的风，都是风，什么江河湖海的水，都是水。

想起了一曲秦腔的唱词：他大舅他二舅都是他舅，高桌子低板凳都是木头。嘻，真好词也！

5　站在荀子墓前

自沂水，经沂南，跨临沭，至兰陵，迤逦行驶近二百公里，终于进入荀子文化园，站在了荀子的墓前。

好大的一座墓丘！比孔子的高大多了，不同的是墓丘之上荒草离离，灌木丛生，并有数棵粗壮苍郁的翠柏，与其说是一座墓冢，不如说是一座丘陵，具有了山的高度，须仰视才见，高山仰止，倒也契合，只是感觉有点矫枉过正了。

兰陵籍作家王善鹏写过一篇《寂寞荀子》，慨叹荀子墓荒凉寂寞，荀子之名在兰陵不如"午夜彗星"王思玷，不如诗仙李白，王思玷只不过新文化运动时期在《小说月报》上发表过几篇小说而已，李白诗名冠天下，但他只不过在兰陵醉了一回酒，写了一首更像广告词的诗而已，兰陵人为王思玷造了一座巨型雕像，为李白建了一座太白楼，为什么二人能受到如此尊崇的礼遇？王思玷是兰陵人，李白就不用说了，因为他是李白。

荀子受春申君之命，两度任兰陵令，历时一十八载，死后葬于此，可谓生前是兰陵的人，死后是兰陵的鬼，生生世世长眠于此，有人为荀子鸣不平，也就不足为怪了。

《寂寞荀子》写于二十年前，彼时的荀子墓大概只有荒冢一堆，没有森森的松柏，没有巍峨的庙宇。如今的荀子墓前，一座恢弘轩丽的庙堂，数阙高大轩昂的牌坊，一线贯之，黛瓦彩绘，庄严正大，与荀子深邃创新的思想相得益彰。庙堂两侧是长长的碑廊，刻有荀子存文三十二篇。

于今的兰陵镇，在一个小小的广场上，立有荀子、伍子胥和李白的塑像，荀子居中，伍子胥居左，李白居右，吾谓之"兰陵三杰"。春秋时期，齐楚交战时，伍子胥曾在向城与齐人鏖战厮杀。

明朝诗人李晔有诗云：古冢萧萧鞠狐兔，路人指点荀卿墓；当时文采凌星虹，此日荒凉卧烟雾；卧烟雾，秋黄昏，苍苍荆棘如云屯；野花发尽无人到，惟有蛛丝罗墓门。

无论李晔，还是王善鹏，慨叹的都是荀子墓的荒凉，但荀子其人，从未荒凉。

荀子庙在历史上一度繁华，一度衰落，这与当朝者的好恶与重视与否相关，与荀子是否伟大无关，与荀子是否寂寞无关。

"青，取之于蓝，而青于蓝；冰，水为之，而寒于水。"

"故不登高山，不知天之高也；不临深渊，不知地之厚也。"

"蓬生麻中，不扶而直；白沙在涅，与之俱黑。"

"君者舟也，庶人者水也；水则载舟，水则覆舟。"

……

今天，当我们吟诵着这些闪光的金句，体会着这些至理的名言，能不折服于这位思想巨擘和"最为老师"？

人们惊诧于一位儒学大师却培养出了两位法学大家——李斯和韩非，却不闻"法者，治之端也"乃荀子的石破天惊之语。

所以，荀子从来就不寂寞，他的智慧和思想，文采和性情，都浸润流淌在中国两千多年的文脉中，从未断流。

寂寞不寂寞，不以祭祀的规模而论，不以喧嚣的市声而论。

作为深受儒学熏染的后学，我和外子站在后圣荀子的墓前，深鞠三躬，以表追慕和景仰之情。

6　峥嵘抗政大，旖旎依汶河

心心念念向往已久的马牧池，一而再再而三地耽搁延宕，今日终于成行了。到乡政府一问，方知我们要找的马牧池原来就是常山村的红色影视基地，已经去过两次了，一时兴味索然。

细思之，许久以来，我迷恋的其实是"马牧池"这三个字背后蕴含的古老的文化气息和神奇的历史传说，对我来说，马牧池就是一幅无论如何都走不进去的画，一个无论如何都到达不了的诗和远方。

"去岸堤吧。"外子说，"那里有抗日军政大学旧址，依汶河也很值得一看，而且离这儿很近。"

果然很近，驱车一会儿就到了。

一座典型的三四十年代的院落，碉堡样的大门口，用小青砖垒砌，门口两侧"巩固统一战线，争取最后胜利"的标语清晰可辨。门前空地上一溜儿立了四块黑色大理石石碑，"中共苏鲁豫皖边区省委旧址""山东抗日军政干部学校旧址""八路军山东战地服务团成立旧址""沂水县九区抗日民主政府成立旧址"，这些碑刻一笔一画都铭记着那段血与火淬炼的峥嵘岁月，门口一侧的百年老榆树也无言地见证着战争与和平的嬗变，墙

边挺立的青青翠竹与郁郁青松则象征了一个不屈民族的铮铮气节。

抗日军政大学旧址以南，远处是耸立的黛色群山，近处是潺湲流淌的依汶河。好漂亮的河水！清澈如玉，光滑如缎，蓝绿如油画，浪花点点如璀璨明星，又如缤纷桃花，金屑碎银，耀眼夺目，又有奇石沙渚点缀其中，愈发婀娜多姿。

"爱情鸿雁！"外子惊喜道，"是至死不离不弃的那种！"

顺着外子指示的方向望去，只见河水中心一块湿润的沙渚上，一对红色的大雁相依而立，体型较普通大雁稍小，而更加灵秀俊俏。元好问的《雁丘词》写的就是这种大雁吧，"问世间情为何物，直教生死相许"的千古一问难杀了世间多少有情儿女！

我们举着手机，悄悄地靠近，希望拍到几张更加清晰的照片，很遗憾，它们警觉到了我们的靠近，翩然飞到了下游的对岸，惊鸿一瞥，果然绝美！

从依汶河回来，又经过抗日军政大学门口，我们惊喜地发现，一株高柳已经泛绿了，春天已然悄然而至！季节时令如此，国家民族亦如此，哪一个民族不曾经历过凛冽的严冬呢？只要心中有信仰有希望，必会迎来一个柳暗花明气象更新的春天！

7　玉环墓

很小的时候，就听大人们讲崔玉环与罗成的故事。现在还讲。以后肯定也还会讲。

相传崔玉环是唐代人，是我们的本家，能论上辈分的，从我这一代算，再隔一代，就是玉字辈，只是不知道从唐代到现在，轮了多少世了。

崔玉环的父亲崔员外是崔家峪的庄主，如此说来，崔玉环该是个有身份的小姐。

民间传说，罗成是个美男子，武艺高强，是李世民的大将。

传说罗成吃了败仗，带着残兵败将投奔崔家峪，庄主崔员外接待了他们。罗成的英武打动了玉环的芳心，决定以身相许。不料，落花有意，流水无情，罗成并无此意。

这可惹恼了玉环小姐，她蛾眉上挑，杏眼圆睁，提出跟罗成比武，若罗成胜，罗成吃饱喝足休整好走人，若本小姐胜，那就必须娶了本小姐。

罗成暗自发笑，爽快地答应了。他根本没把眼前这个俊眼修眉的玲珑小女子看在眼里。

比武在杏山顶上的跑马场举行。现在的杏山顶上并无杏树，全是青草和灌木，但看其平坦宽阔状，在唐代，也许真是一个跑马场。

罗成用长枪，玉环随便从杏树上折了一根枝条，两人打马上前，只一个回合，罗成就败了。

君子一言，驷马难追。罗成当即答应娶玉环。

大婚这天，玉环在家梳妆打扮，罗成也在行营准备迎娶。不料，轿子抬到半路，玉环突然暴病身亡。痛失爱女的崔员外，就把女儿的墓做成了轿子的形状。

传说，罗成有七十三个老婆，比皇帝还多一个。崔玉环是最后一个。

玉环墓在崔家峪村的最南边，那个地方我们叫南庄，而我家在崔家峪村的最东边——崔家峪村很大，有好几处自然聚居区——而且很古老，据说街西的那两个石狮子就是唐代的，二十多年前，在一个雷电交加的夜晚，被人偷走了。小时候，无论拾柴，还是挖药草，都到不了那里，故而不曾真切地目睹过。只是上下学偶尔走南庄的时候，站在山顶上，模糊地看到过它的大体形状。

这次回家，吃了饭，坐在院子里闲聊，母亲又说起玉环和罗成的故事，我便提议要去看看。母亲说就是个石轿，没什么可看的。我一定要去，鹏程弟便开车拉着我和母亲去了。

开车几分钟就到了，下了车，过一小桥，一边拔着野菜，一边走，走过几块地，拐过一个山坡就到了。

玉环墓在一条羊肠小道上面的一块几平方米的小地里，是一个有篷的石轿子，篷的顶部立着一个三个肚的石葫芦，轿身用一些大石条垒成，嵌缝的水泥看起来还很新，可见不久之前还被人掘开过。

不知为什么——大概是年轻女性的缘故吧，石碑正面朝里，而不是像一般墓碑一样朝外，墓碑最上面雕了一枝花，有叶，花下面"宜堂"两字很清晰，主体部分是"某某某之墓"，"之墓"二字能模糊辨得出，名字却完全漫漶不清了。

边上有个刨地的老人，说他小的时候，这个地方是一个很大的林地，林地里有很多坟子和墓碑，现在只剩这一处了，林地里合抱的松柏也没有了。

老人说，从古至今，石轿不知被人挖开过多少次，已经完全不是原先的样子了，垒石轿的那些大石条其实都是墓碑，最初的那些石头不知到哪里去了。

老人说罗成长得好看，走到哪里，都有漂亮女人要嫁他，只在这一带就娶了两个，一个是郎王峪的郎金凳，一个是崔家峪的崔玉环，可惜崔玉环没有福分，死在了迎娶她的轿子里。

这个故事的真实性到底有多少，不得而知，但是人们一辈一辈地就这么传诵着。

上网查，有人说罗成是唐代大将罗士信的字。《隋唐演义》中说他自幼父母双亡，被美髯公王君可收养，起名罗士信，后被秦琼收为义弟。罗士信有一对飞毛腿，疾逾飞马，水性过人，天生神力，作战勇猛，曾大战李元霸、力擒裴元庆，威名远扬。

传说他还能飞石打鸟，百发百中；夜辨蚊牝，能知公母。还说他扶着皇帝走了十步，折了十年的阳寿。

但《隋唐演义》中的罗士信并非美男子，只以蛮勇著称。

听母亲说，文革时期，石轿被拆了，拆下来的石头都是方方正正的大石条，人们背回家垒墙，结果，凡是背回家的，都因各种祸事而家破人亡，那些大石条又都被送了回来。

轿顶的石葫芦，也有人看着好，结果谁动谁摊上祸事。

母亲听我大伯说——这是我大伯亲身经历的，每当过年祭祖上坟的时候，太阳一落山，就听到石轿里面吹拉弹唱，甚是热闹。

我是不信的，我不仅用手摸了石碑上的字，而且在墓碑附近拔了一大把蒲公英。

但是，也许是巧合吧，那段时间正好我身体较弱，当天晚上，我做了噩梦，仿佛恶鬼缠身，身上的每一根筋骨都被生生撕扯，拗断，剧痛，大惧，以为自己下了地狱，醒来，遍身是汗，似雨浇水洗。一个多月才调养过来。

这个梦，我没跟母亲说，怕她跟人传说。

8　寻访闵仲书院

闵者，闵子骞是也；仲者，仲由是也。二人皆孔子得意门生。

闵子骞其贤与颜回齐名，二十四孝子之一。孔子赞曰："孝哉，闵子骞！人不间于其父母昆弟之言。"宋代金朋说有诗赞曰：名称大才世这难，袄絮芦花岂耐寒？宁使一身甘冻死，肯教三子受衣单。清人李辅耀《过先贤闵子骞故里》诗曰：数十间茅屋，人传闵子家；秋风吹不断，满地有芦花。

公元前 495 年，闵子骞因不满鲁国实际权力的把持者季桓子，毅然辞去费邑宰，来到此地潜心修学，与后来到此的子路即仲由，共同主笔撰成《齐论语》，后人为纪念二位贤人，世代累次重修书院，至今余脉不绝。

闵仲书院也叫闵仲祠或二贤祠，位于沂源县院峪村的一个山坳里。

正值金秋，一路上迤逦不绝的都是卖黄金桃的果农和收黄金桃的大车，沂源苹果也驰名遐迩，此时还未成熟，都还挂在树上，静默而又欢欣地等待自己的高光时刻。

通往书院的路比较狭窄，刚好能容一辆车，周围仅两三户人家，想来在春秋时期，这里只有闵子骞和仲由两人，一两间茅屋而已。仲由是鲁莽而好武的，做学问可能坐不大住，大多时候大概只有闵子骞在此静守，闵仲祠最初就叫闵子祠，后来发现了子路晾书台，才改称闵仲祠。

书院看上去很古旧了，从砖石的新旧交替，即可看出应该是修缮过多次了，站在两千多年前的先贤面前，怎不引发思古之幽情？就像几年前，我站在孔子的坟墓前，竟有一种梦幻的感觉。

院内有池，曰洗砚池，旁有流觞曲水潺潺而响。院西有一精致典雅之古庙，黛瓦红柱，翠柏罗前。南面的圣人岭上有晾书台和试剑石，登之，松石间之，野趣横生，余作《咏松》集句曰："此木韵弥全，秋霄学琴弦；西有微风来，潜入枝叶间；松声听不足，每逢遂忘还；尘世休飞锡，松林且枕泉。"

圣人洞在书院北面的山顶下，碰到一位拾蘑菇的老哥，他说，里面能安好几桌。

虽然老哥指给了洞的方向，但寻起来也费了些工夫，洞在一个悬崖上，洞口豁然，洞内窈然，愈往里走，洞愈窄，我壮着胆子，打开手电，走到尽头，里面有水滴答，泠然悦耳。

登上山顶，草丛灌木里，无数只蝈蝈在呼呼的秋风中争相鸣叫，声声疾诉，似诉昨夜寒乍。环顾四野，黛色远山，迢递而来，"青山见我喜可掬，我见青山重盍簪""生涯何有但青山""投老归来，终寄此生间"，此生百看不厌的还是青山啊！

闵子骞避居于此，也是爱上了这里的青山吧？

9　再访灵泉寺

灵泉寺亦名上岩寺，初建于唐贞观年间，三面环山，一面临湖，千载以下，古木苍苍，梵音袅袅。

行走于茂密的柏树林间，踏着厚厚的松软的落叶，林下阳光斑驳，林上鸟雀和鸣，未见寺庙，已有禅意。

看见红墙黛瓦飞檐的庙宇了，听到舒缓和雅清澈的梵歌了。鼓楼之上，大殿之下，一棵巨大的银杏树赫然在目，脑海中立刻浮现出浮来山那棵四千年的天下第一银杏树，这棵也有三千年了吧。

近看树牌，一千四百年而已，余讶然不已。住持方丈曰，此木有厚土滋养，灵泉滋润，自比他处同龄树粗壮。

钟楼以下有灵池，灵泉自一龙首涓涓流出，寺曰灵泉，因以名之。

大殿之侧，下有伽蓝殿，我和外子念之有声，住持曰，此字此处念

que，不念 jia。外子合十敬曰受教。伽蓝菩萨即关公，关公被敬奉为菩萨，可见其在民间影响之大。

拾级而上，转而折之，折而转之，便到了崖下栈道。外子曰壁立千仞，余曰枯松倒挂。虽然瞻仰过无数的山崖，但还是颇为震惊。崖壁忽而陡峭直立，忽而峻嶒突出，忽而洞窟窈然。窟内因势造形，佛陀菩萨罗汉形神各异。

栈道过半，崖上有穴，石若钟乳而粗大青黑。外子曰，此为露天溶岩。栈道尽头，溶岩洞窟愈加奇崛，一处若数十莲蓬旁逸斜出，一处奇形怪状，莫可名之，造化之鬼斧神工，令人折腰。

此时，夕阳西下，半山瑟瑟半山红，回望千年古刹，静谧深幽，尘心若洗。

初访灵泉寺，已是十五年之前了，那时的见闻和感慨早已被时光抹平，今日重访，仿佛初到。

归来赋诗两首，一并附之。

其一（集句）

千载灵泉古道场，看山他日曾留约。

临崖秋气忽超尘，暂于林下作闲人。

其二

再访上岩寺，忽惊岩上石。

画廊看不尽，溶洞尤奇异。

10　探访南洼洞古猿人遗址

一连几天，秋雨连绵，中秋节这天，居然放晴了，真是难得的人间好时节。

我激动地跟禹儿说："去看南洼洞古猿人遗址吧！"禹儿答应得很爽快，

就是死活不肯穿长裤和运动鞋，坚持穿短裤和拖鞋去。苦劝不听，算了，由他吧，吃吃苦头，下次就改了。

导航是怎么回事，最近老犯迷糊，导到沂源地界儿，完全傻了，居然把我往一个村子的小巷里导，幸亏我在巷口观望了一下，才没上当。

禹儿说他上回去公司就是走的诸葛，他知道怎么走，于是调转车头。

跋山水库好大啊！车行都走了好一会儿。一路上，我跟禹儿说，这是小崮子，这是鹰嘴崮，这是透明崮，从前看过的山水——亲切地展现在眼前。

这是什么树啊？道旁河边，一摆溜儿几棵参天古木，恰好有人经过，说是燕子树，可是怎么没见结小燕啊？问多大了，说有一百多岁了。又有一个人过，说一千岁也有了。我笑了，差距这么大啊！

树上挂着铁牌，曰枫杨树，没写多大，铁牌上的字迹斑驳不清了，也许写了，只是看不清了。查了一下，枫杨树就是燕子树，感觉叫枫杨更有诗意。

瀑布！我和禹儿几乎同时惊呼！一股巨大的白色的水流，跌落在一片上下错落的巨石上，激起雪白的飞浪，蔚为壮观。停车观赏，拍了几张照片，录了一段视频，今天的阳光真是酷毙了，拍出来的视频竟然自带蓝色紫色的光圈和光晕！

路太窄了，今天回家过节的多，车辆多，错车时把后视镜掰回去，车轮踩着路边边儿，有人指挥着才勉勉强强通过。好在，终于到了。

村里人指着山上一棵小小的柏树说，那棵小松树下就是。从网上看过别人拍的这棵小柏树，它怎么就是长不大啊，怕长大了，别人认不出了吗？手掌大小的绿绿的树冠，麻杆一样细细的树干，千年古柏见过一些了，再看这么小的，仿佛看了一位期颐老人，再看一个襁褓婴儿。

穿着拖鞋和短裤的禹儿，在荆棘丛中小心地挪步，我在一棵橡树下拾橡子，等着他。

这是什么花儿啊？一串串的，像紫色的小灯笼，又像蓝色的小蝴蝶，查了一下，哇！这就是沙参花啊！沙参药性似人参，早知带着镢头来，刨一些回去。

看到小柏树了，在两个洼地之间的山脊上，对范家旺村来说，这两个洼都是南洼，山脊两面都是悬崖，洞在南面还是北面呢？

先从北面看吧。看到了！原来南北通透，据说原先并不通透，近些年，北面的石壁坍塌，故而成了透明洞，这样沂水就有三个透明崮了。

洞外石壁青灰色，洞内浅黄或暗黄，皆凹凸不平。洞底土为红色，洞纵深十几米，宽数米，可容数十人。洞内曾发掘出打制石器七件儿，骨器一件。禹儿说："我们挖挖看，能否找到新的石器和骨器？"我说："可能性为零，这些土不知道被翻找过多少次了。"

"红漆的刻字呢？"我纳罕道，网上明明有照片啊。

"是拼接的吧。"禹儿说。

找到了！在前洞右侧的石壁上，只是红漆已经剥落，须近前仔细辨认，曰"南洼洞古猿人遗址"，左边一行小字，曰"发现于一九五八年"。

南洼洞是山东省发现的第一处猿人洞穴，洞内猿人是沂蒙土著人的最早祖先。

禹儿吃到了穿短裤和穿拖鞋的苦头，决定不原路回了，沿悬崖下走，从右侧的缓坡下。坡上一米多高的茂密的黄草，在秋风的吹拂下，飘飘摇摇，草丛里蝈蝈在纵情地啼唱，再过几天，寒霜一降，它们将销声匿迹，这是它们最后的生命挽歌。

远处，天边是层层蓝色的山的波浪，苍山如海，是我百看不厌的景色。

下山时，发现了一块似三角鱼的奇石，上面有几抹红色，特漂亮。在一块大石上发现了一堆小动物的骸骨，拼接了一下，应该是一只幼兔，也许遭了山鹰的毒手。

归途中，去抱虎峪看山洞，距离那片枫杨树不远。北面是一条河流，车不得过，走上去才发现，哪里是河流，原来是公路！路边一老农说，水是从路边一个翻泉子流出来的。

山崖上有两窟洞。其中一窟，内有两洞，仿佛并排的两个神龛，玲珑别致。一窟有清冽的泉水汩汩滔滔，奔流而出，下砌一蓄水池，泉水上方的洞，酷似人耳，只是更大些。

今天的阳光真是太给力了，拍出的照片如诗如画，如梦如幻，我都分不出哪是泉水那是洞壁哪是青苔哪是落叶了。

回到家，一张张翻看，兴奋地跟禹儿说，今天拍的照片可以开个摄影展了。终生最难忘的一个中秋节！

11 水至清也有鱼

——重游云水禅院

重游云水禅院，感触最深的一点便是水至清也有鱼。

云水禅院也叫龙兴寺，位于沂水县黄山镇西北圣水坊村，明朝即为旅游胜地。明朝沂水籍诗人杨光溥《游圣水坊》诗云："路入仙境万虑轻，无边佳景足怡情；峰头树带烟霞色，洞口泉流日夜声。"我们见到的那一池至清的水便是从龙兴寺的圣水龙宫里流淌出来的，也便是杨光溥诗中所云"洞口泉流"。

泉水自山下一巨石下流出，传说此泉与东海龙宫相接，东海龙王慕名游赏沂蒙七十二崮时，曾在此小憩，故名之。泉水清冽甘甜，大旱亦不断流。

清中期，莒州大旱，知州张文范来此为民祈雨，竟然十分灵验，事后重修龙兴寺，张文范执笔的《重修圣水坊记》现存于龙兴寺大雄宝殿地宫内。

平生从没见过如此清澈的泉水，如镜如冰，如月如星。平生也从没见过如此纤尘不染的鱼，醒目漂亮的鱼，红鲤鱼白鲤鱼黄鲤鱼，红白鲤鱼黄白鲤鱼红黄鲤鱼，欢快愉悦地游，生气勃勃地游，将一池清水搅动得激荡沉浮，明亮闪烁。

圣水龙宫旁边便是一千三百岁的银杏树，千年银杏树见过不少了，这棵是枝叶最繁茂的，树干也尤其粗壮，不知是得益于神泉圣水的滋润，还是得益于寺庙香火的护佑，或者得益于此地藏风纳气的上等风水的涵养。银杏树被看作是中国的菩提树，银杏便是菩提子了。这棵千年银杏树是雄树，却有三四根树枝果实累累簇簇，可能是嫁接之功。在这棵千年雄银杏树的周边，环绕着八棵雌银杏树，树龄都在几百年以上，被称为"九仙落地"。面对千年古木，余口占一绝：云水禅院有银杏，春秋一千三百年；枝繁叶茂根弥壮，四面荫浓夏亦寒；晨钟暮鼓寻常事，霜刀风剑若等闲；世事浮沉付一笑，人间冷暖我自安。

银杏树下边，便是放生池，好多大龟和鳖在池边石上惬意地晒太阳，池中游鱼穿梭，树上百鸟啁啾，信可乐也。一只大龟看到人来，警觉地游进池中，将一池绿水搅动，这片明亮如银，那片绿如青玉，加之池边绿树透下阳光的碎影,风动鱼游,荡漾着一池斑驳的绿玉和白银,拍了一个视频,题曰"梦幻魔影"。

一群小红鲤鱼,见人来,不但不惊,反而云集到池边,想起了白居易的小诗《观游鱼》:"绕池闲步看鱼游,正值儿童弄钓舟。一种爱鱼心各异,我来施食尔垂钓。"眼前虽没有儿童弄钓舟,我们也没有施食,但世人弄钓舟的多,施食的少,放生的更少。被放生的动物何其有幸。

此生虽未特意放过生,却也解救过许多有缘邂逅的小动物,也算是另外一种意义的放生吧。

12　千年中山寺,槐柏共苏白

中山因居泰山与浮来山之中(距泰山 100 公里,距浮来山 100 公里)而得名,中山晚照为古沂州八景之一。中山寺建于隋朝,为千年古刹。余与外子入中山寺时,恰是午后,苍木掩古庙,夕照映楸林,汉晋钟鼓立,苏白诗篇吟,意境清幽而不冷寂,绚烂而不浮华。

庙门前,一树斑斓,似青黄蝴蝶驻足枝头,好俊俏!不知何树,近观树牌,曰朴树,朴树乃南方树种,在北方竟也生长得如此潇洒。

庙墙附近,唐槐三株,皆 1200 岁矣。其一老干枯朽,无枝,惟余两片树皮支棱向空,几根细小的枝条从旁斜出,昭示其生机尚存。其一虽枝干并全,却亦老气横秋,用几根钢管扶持之。其一枝繁干壮,耸然参天,蔚为壮观。同龄之树,状体迥异,令人唏嘘。

庙内汉柏数棵,龙干虬须,苍苍两千岁矣!一柏根部一侧外凸,如将军之肚。一柏根部均匀外凸,如巨型蒜瓣。一柏笔直向天,叶甚繁茂,丝毫不见老态,其下两碑并立,刻有白居易和苏东坡游中山寺小住时的题诗。白诗曰:闲泊池舟静掩扉,老身慵出客来稀;愁因暮雨留教主,春被残莺唤遗归;揭瓮始尝新熟酒,开箱试着旧生衣;冬裘夏葛相催促,垂老光阴速似飞。苏诗曰:风流王谢古仙真,暂住空山五百春;金马玉堂余汉事,落花流水失太人；困眠一塌春盈帐，梦绕千岩冷逼身；夜半老僧呼客起，支峰缺处涌冰轮。中山寺因两位大诗人的题诗而愈加佛光生辉，而两位诗人也都佛缘甚深，白居易与鸟巢禅师的禅机发人深思，苏东坡与佛印和尚的机辩也脍炙人口。

银杏树被称为中国的菩提树，在北方，千年寺庙几乎都有千年银杏树相掩映。中山寺内有古银杏树数棵，金黄的银杏叶和红黄的银杏果静静地铺了一地，每一片落叶和每一个落果上都有禅意啊。

中山寺北有江北最大的楸树林，或笔直成行，或参差错落，树干笔直，树枝层叠如鹿茸如珊瑚，没有绿叶遮蔽的干枝也别有一番飒爽干练之风姿。

中山林场除了令人震撼的金楸林，还有漫山遍野郁郁青青的柏树林。外子说，这些看似不粗的柏树，树龄也有七八十岁了，其种植者为国民党时期的伪县长郑小隐，其人大德虽有亏，留下偌大的一片林场，也算小德有补。

外子喜欢漫步林荫下的幽静与出尘，我则惊喜于搜寻一块奇石，数片红叶，或一株叫不上名字的奇树。

夕阳西下，辉煌的余晖斜射进树林，树林之外，仿佛一片温柔燃烧的火海，每一株柏树都变身为清瘦的黑色剪影，在这个秋末冬初的下午，我们看到了不一样的中山晚照。

13　庙岭子印象记

一道岭，一座庙，两三段残碑，四五孔窑洞，七八户人家，这是我初到庙岭子时的全部印象。

今天是专程去庙岭子看两棵千年古柏的。

但去庙岭子其实不在今天的计划中，昨天就跟二妹说好，随她去蒙阴九寨，她做她的业务，我玩我的山水，没想到被她放了鸽子，她把这事忘得干干净净，给她打电话时，她已到了高庄。

一切都是最好的安排，一直念叨着去庙岭子，就今天了。

也不是直奔庙岭子，就像写小说，总要延宕摇摆几下才能结尾。

又经过千年银杏树，尽管瞻仰过数次了，但到了，怎能不驻足呢？围之一匝，仰之叹之，不觉吟道："古树越千年，枝繁遮蓝天；日月精华照，看尽世变迁"。其下有一棵核桃树，看气象，也有两三百岁了。

院东头的山水皆奇秀，到了香山大道，又被青山绿水把魂儿勾住了。喜欢水坝上那两排古意氤氲的圆圆的磨盘，喜欢哗哗流泻的明亮的瀑水。

有木栈道通向山上，此山我还没爬过呢，没有山峰，这应该叫坪吧，夏蔚镇的牛家坪朱家坪就是这样的，四周是峭壁，顶上平坦如砥。

山上少杂树，多松，虽不甚粗壮，却皆高耸，"高松出众木，伴我向天涯""岁老根弥壮，阳骄叶更阴"，众木之中，我最爱松树。

登顶了，上面果然是一片广阔的坪，种满了各样庄稼。山风浩荡，望群山连绵，真个快哉！

下山，这回可以毫无挂碍地去庙岭子了。

距村五百米的时候，前面有施工的，过不去，把车停在路边，问施工者，曰："这就是庙岭子。"山是山，岭是岭，果然是一道岭。

行数十步，被几座高大的石灰窑震惊了，平生第一次见石灰窑。高大如城墙，墙上的石头薄而小，工匠的手该有多巧，才能垒得这么天衣无缝啊！看到石灰窑，自然想起了于谦的《石灰吟》："千锤万凿出深山，烈火焚烧若等闲；粉骨碎身浑不怕，要留清白在人间。"

我该从岔路上去的，沿大路走了一段，感觉不对，从一道荆棘乱草丛生的坡上去，看到两棵硕果累累的黄绿枣子树，也是一景儿，算是补偿了。

看到人家了，稀稀疏疏的几户，也不见个人，走上一道巷子，正要找人问，往右一拐，这不就是我要找的那两棵古柏吗？

并不是传说中的千年，东边那棵小的标志曰560岁，一级，编号119，西边那棵大的没有标志，该是更年长一些。树干凹凸，枯朽若碳化，树围皆有两三米阔，枝叶并不繁盛，树上挂满了红布条，树下有巨大香炉，树北有两间庙，插了几杆红色旗子，不是我喜欢的氛围。

庙东草丛立一残碑，很多字都剥离不存了，仅有二三十字可依稀辨认，其中几字曰"痛故国之颠覆"，可能是明代遗民或是更早的宋代遗民刻写的。地上还有两块断碑仆地，字迹漫灭不清，完全不可辨认。

碑东立有一大理石石碑，刻有"总司庙旧址"，小字曰"沂水县第五批文物保护单位"。

从网上看院东头镇介绍，总司庙又曰宗祠庙，建于金大定八年（1168年）。我恍然大惊，南宋偏安一隅后，我们这个地方，也是沦陷区啊，也是陆游岳飞辛弃疾们矢志收复的国土啊！

当我再次吟诵"王师北定中原日，家祭无忘告乃翁""待从头，收拾旧山河，朝天阙""西北望长安，可怜无数山"时，除了感慨钦敬，还多了一份亲切啊！

要上车走了，回望，那儿不仅是一道岭，一座庙，两三段残碑，四五孔窑洞，七八户人家，还有一段过往历史沉痛的亡国破家之痛。

14　破阵子·吊大青山突围英烈

日寇嚣张侵华，铁壁合围沂蒙。山东纵队反扫荡，抗大分校抵倭兵，血染青山顶。

陈明辛锐就义，汉斯希伯牺牲。枪林弹雨从容对，刀丛剑阵等闲行。英气贯长虹。

15　访诸葛亮故里——阳都古城

历史上，志士不遇英雄失路者，无不郁勃不平，而"鱼水三顾合，风云四海生"的诸葛亮，自然被仰慕被钦羡被津津乐道被千古流传。

然而，就像最皎洁的月亮也有黯淡的阴影一样，世人一面讴歌他"鞠躬尽瘁，死而后已"，一面痛惜他"出师未捷身先死，长使英雄泪满襟"；一面盛赞他"出师一表真名世，千载谁堪伯仲间"，一面感伤他"卧龙跃马终黄土，人事音书漫寂寥"；一面称道他"功盖三分国，名成八阵图"，一面微讽他"事无巨细，事必躬亲"。

昔闻阳都城，今上沂南行。阳都古城今属沂南县，是诸葛亮的出生地和少年成长地，诸葛亮三岁丧母，八岁丧父，姐弟五人由叔父诸葛玄抚养，诸葛玄擢豫章太守，诸葛亮随之南下，后流寓荆州，躬耕南阳，每自比管仲乐毅，之后"玄德苍黄起卧龙，鼎分天下一言中"，开启了波澜壮阔而又令人扼腕的一生。

诸葛亮故里纪念馆的门楼上挂着一条横幅，写着"纪念诸葛武侯诞辰1841年"，推算一下，这是今年挂上去的。"诸葛大名垂宇宙"，上下四方曰宇，古往今来曰宙，再过一千年一万年，横幅上的数字将随日月而增，年寿有时而尽，英名万古永垂。

诸葛亮是历史上少有的"立德立功立言"三不朽的人物，后主刘禅庸碌，诸葛亮大权在握，何况先主临终有言，"若嗣子可辅，辅之；如其不才，君可自取"，可取而不取，此为立德；隆中对策，联吴抗曹，辅佐后主，此为立功；前后《出师表》《诫子书》影响深远，此为立言。

迎门一边一个玻璃展柜，左为"汉·四神画像碑"，右为"汉画像石·二龙戏珠"。左另有"汉画像石·迎仙图""汉画像石·胡汉战争图""汉画像石·车马出行图"。另有一块复制的"汉画像石·曹嵩墓"，曹嵩是曹操的父亲，此处是他的衣冠冢。

"宗臣遗像肃清高"，在庄严肃穆的诸葛亮祠堂里，我和外子双手合十，深鞠三躬，以示瞻仰和崇敬之意。祠内玻璃展柜里陈列着当地出土的汉代各种陶器，墙壁上张贴着"草船借箭""火烧赤壁""空城退敌""拜将入川""六出祁山"等木板刻画壁纸。诸葛亮塑像两边的立柱上刻着一副对联：沂汶蒙三水聚融润毓千秋贤相，蜀魏吴一时鼎分垂传万代智星。

祠堂后面是一个长方形的院落，靠外墙有一列数十米长的玻璃展柜，里面陈列着横排的"凤凰啣四连珠""瑞兽祥禽""车马出行""菱形纹"等画像石，及竖排的汉画像石墓门立柱，皆为本地出土的原物，令人震撼。

这些画像石，从不同角度反映了汉代人的风土人情、典章制度及宗教信仰，不仅是极为珍贵的雕刻艺术品，也是研究汉代政治、经济、文化的重要实物，素有有"齐鲁敦煌"之称。

院西是两列碑林，镌刻着书法名家称扬诸葛亮的墨宝，我对"淡泊明志"四字印象深刻，窃以为，诸葛亮从走出隆中的那一刻，其心再难淡泊，政务军务缠身，竭忠尽智事其君，以北定中原兴复汉室为己任，如何闲云野鹤？如何恬淡闲适？淡泊宁静成了他的"诗和远方"。

出角门，又进前院，西北角一丛翠竹，碧叶莹如玉，高节志凌云；西南角一棵银杏树，一千五百岁矣，树干粗硕，数人方能合抱之，枝叶亦壮茂，无丝毫衰朽之象。此树乃隋唐时武侯庙所栽。

虽是周末，票价仅十元，却是门可罗雀，杜甫在《蜀相》一诗中慨叹："映阶碧草自春色，隔叶黄鹂空好音"，余亦有此叹焉。向北三十里，便是闻名遐迩的休闲度假旅游村——竹泉村，却是另一番门庭若市的热闹景象，票价180，游人如织，车位难求。我想，诸葛亮乃乱世出的英雄，看到河清海晏的太平盛世中，人们惬意地徜徉于清泉绿竹中，正是他的愿景吧。

16 太白楼上谒李白

一缕月光，赊来买酒白云边；一袭白衣，来从何处去何归；一把长剑，流星白羽腰间插；一把古琴，秋风入松万古奇；一壶老酒，天子呼来不上船；一卷长诗，俊逸飘然思不群。

一腔热血，出将入相；一封赐金，放还江湖；一身傲骨，放浪形骸；一生壮游，丘壑满怀。

背过你写的很多诗，读过写你的很多文，从来没有如此地接近你，此时，我就站在古任城的太白楼上，任城是你寄寓二十三年之久的第二故乡，你的妻子儿女皆在此，在这二十多年里，你就像一只风筝，无论漂游到何处，都有一根思念和牵挂的细绳，将你温柔地拽回。

楼前有你昂然向空的白色雕像，我们在你身旁留了影，君不识吾吾识君，王羲之慨叹："后之视今，亦犹今之视昔，悲夫！"吾以为，能视则为幸，何来之悲？

展厅内有你一生"仙游"的轨迹，你从二十五岁"仗剑去国，辞亲远游"，到六十一岁仙逝，除供奉翰林两年，半生都在旅途中，时刻走在现代人向往的"诗和远方"里。

我在你的"上阳台贴"（复制品，真迹在故宫博物院）前久久驻留，"上阳台贴"是你唯一传世的书法真迹，文字非常简短："山高水长，物象千万，非有老笔，清壮何穷？十八日，上阳台书，太白。"笔势豪纵，大类君诗。

站在太白楼上，遥想千百年前，你携妻带子居住在酒楼之前，"常在酒楼与同志荒宴"，便想起你"烹羊宰牛且为乐，会须一饮三百杯"的万丈豪情，想起你"五花马，千金裘，呼儿将出换美酒"放浪不羁，想起你"天生我材必有用，千金散尽还复来"的自信豪迈，也想起你"将登太行雪满山，欲渡黄河冰塞川"的蹭蹬不遇，想起你"人生在世不称意，明朝散发弄扁舟"的失意绝望；想起你"安能摧眉折腰事权贵，使我不得开心颜"的傲岸不屈。

你一定知道，此楼当初并不叫太白楼，只因你在此豪饮而叫了太白楼，清代诗人王世祯《雨中登太白楼》诗曰：开元陈迹去悠悠，犹有城南旧酒楼；吴语曾呼狂太白，洛阳何必董曹丘？鬼氲缥缈当窗出，汶泗苍茫绕槛流；眼底无人具宾主，任城烟雨可怜秋。

我登太白楼，亦必有一记，读者虽然寥寥，但于我却是必须和必然，就像今天我来太白楼拜谒你，也是必须和必然一样。每个人都有他必须和必然做的事情，就像你写诗漫游傲视权贵一样，那才是你——千古诗仙一太白。

17 万家忧乐到心头

——游青州范公亭公园

一到青州，顾不上舟车劳顿，迫不及待地来到范公亭公园，以解崇仰之情。

初到范公亭公园，有一个疑问：公园内还有李清照纪念祠，李清照定居青州十多年，范仲淹在青州为官三年，李清照被誉为千古第一才女、词国皇后，声名似在范仲淹之上，为何不叫李清照公园，而叫范公亭公园呢？细思之，豁然开朗，范仲淹是柱国大臣，安边定国，造福一方，百姓感念之，爱戴之，应如是也，而李清照虽才华绝代，比起社稷苍生，终是末流。

青州是范仲淹仕途生涯的最后一站，任期结束，转任颍州途中病逝。下车伊始，青州正值"岁饥物贵"，因河北闹水荒，大批灾民滞留青州，致使粮贵如金，按照朝廷规定，青州百姓缴纳皇粮须到博州（今聊城），粮食昂贵，路途遥远，又有天堑黄河阻挡，百姓苦不堪言。范仲淹了解到博州粮食比青州便宜，便让百姓以正常年景之粮价交付官府，由官府到博州买粮，就地代为缴纳，既免了百姓运途劳苦，又平抑了粮食价格，还把剩余的粮款归还百姓，百姓如何不感恩戴德？

当时青州流行一种"红眼病"，蔓延多年，难以治愈。范仲淹不顾年迈体病，亲自到民间搜集药方，用阳河泉水调剂成"青州白丸"，治好了这种顽疾。范仲淹在泉上建亭，人们为感念范仲淹，称之为"范公亭"，流传至今。

范仲淹用实际行动践行了他"先天下之忧而忧，后天下之乐而乐"的伟大政治抱负和胸襟胆魄，这不只是他个人的人生信条和为官之道，更是无数仁人志士的千古标杆。"进亦忧，退亦忧"，进退忧的都是家国和百姓，杜甫之所以被尊为"诗圣"，就在于他即使"吾庐独破受冻"而死，也仍然心系天下寒士，虽然自己颠沛流离贫病交加，也心系天下，夙夜念之，范仲淹和杜甫拥有的都是圣人的情怀，故而被青史铭刻万世追怀。

公园内有范仲淹祠，从祀者是欧阳修和富弼，二人皆为任过青州，故又名三贤祠，三人皆力推"庆历新政"，志在革除弊政，益国利民。

现在的青州只是一个县级市，在宋代，青州辖38县，对于面积狭小的宋朝来说，相当于一个大省，像范仲淹、欧阳修和富弼这样宰相一级的大员任职青州，就不难理解了。

三贤祠是一个不大的静谧的院落，没有巍峨雄伟的殿堂级的祠堂，没有伟岸高大的辉煌塑身，最夺人心魄的是两棵古树，一为唐槐，一为宋楸，百岁老人不多见，千年古树寻常有，在年寿上，人不如一棵树，但是树亦有时而尽，而名臣贤士之美名却与时空俱存，就像院中的范公亭，即使坍圮了，也永远屹立在青州人民的心中，况且青州人民也不会让它坍圮。

亭北有冯玉祥将军撰写的碑联：兵甲富胸中，纵教他虏骑横飞，也怕那范小老子；忧乐观天下，愿今人砥砺振奋，都学这秀才先生。范仲淹是个文臣，是个秀才，是个先生，却是个让西夏人闻风丧胆的"范小老子"，是个安民定边的"龙图老子"，文士心中有社稷有百姓，亦可气冲斗牛气贯长虹，义薄云天稳如泰山！

"浊酒一杯家万里，燕然未勒归无计。羌管悠悠霜满地，人不寐，将军白发征夫泪。"长烟落日里，大漠孤城中，一介白发苍然的文士，披甲执锐，他的胸中不只有千万兵甲，还有千里之外故乡的一轮明月，坚如磐石的是民族魂，柔情似水的思乡泪。

范公亭公园，范公亭广场，范公亭酒店，范公亭路……范公亭已然成为青州人民的一个记忆符号。"四面湖山归眼底，万家忧乐到心头"，一个将万家忧乐记心头的范仲淹，铭记他的不只是青州人民，更是整个中华民族

18　琴瑟和谐，神仙眷侣
——李清照在青州

到青州，不急于去寻访苍韵悠悠的古城，不急于去攀登闻名遐迩的云门山，先到范公亭公园拜谒范仲淹和李清照。范仲淹已列专篇，此不赘述。

李清照纪念馆虽然环境清幽，却年久失修，破败不堪，自然，纪念而已，

"归来堂""人杰亭""金石斋""词廊"都是点到为止，富丽典雅和气势恢宏都无法做到，李清照和赵明诚在青州时，只藏书的屋子就有十余间，更不要说金石古玩的藏屋和主仆起居的堂室，对于一个经济欠发达的县级市而言，青州显然已不能与过去赫赫有名的青州府和益都府同日而语，对于像范仲淹和李清照这样的文化翘楚，也只能因陋就简。

李清照被誉为婉约词宗，但她也有金刚怒目的男儿之气和忧国伤时的男儿胸襟，17岁时便写下了"夏商有鉴当深戒，简策汗青今具在"的石破天惊之语，当金兵南下丈夫赵明诚弃城而逃时，李清照羞愤之余，写下了"生当作人杰，死亦为鬼雄，至今思项羽，不肯过江东"慷慨雄健之诗。

由于受元祐党祸患和奸臣倾轧，李清照的父亲李格非和赵明诚的父亲赵挺之先后被贬黜，新婚不久的李清照和赵明诚亦被牵连，不得不回到青州祖传的私第。祸福相倚，恰恰是定居青州的近二十年间，李清照和赵明诚度过了一生中最和美最幸福最诗意最惬意的时光。

梁园虽好，却不是久居之地。从冠盖满京华的汴京城，回到祖传的清净私第，就像陶渊明挣脱官网归去来今，李清照和赵明诚这对才女才子将书房命名为"归来堂"，取陶渊明"审容膝之易安"中的"易安"二字作为居室名，李清照自号"易安居士"。从此，二人在"归来堂"饮酒赋诗，弹琴下棋，校勘古玩，鉴赏书画。兴来情浓时，二人猜书斗诗，以决饮茶先后，至开怀大笑，茶倾覆杯，不得而饮，清照自言甘心老于是乡。闲余，二人驾着小舟出游，"兴尽晚回舟，误入藕花深处"。清照大概裹着小脚，不善爬山吧，否则自隋唐起便因石窟造像远近闻名的云门山，就近在咫尺，却不见记游。

后赵明诚至莱州淄州赴任，李清照留守青州，独上兰舟，月满西楼时，谙尽孤眠滋味，写下了许多虽是闲愁却也甜蜜的诗词。

金兵南下，靖康之难发，岁月不再静好，两人忍痛将书画文物重者长者去除，还装了满满十五大车，辗转南下，夹杂在逃跑的百姓和军队中，一路掉落和被抢，几无所剩。

不久，青州发生兵变，来不及运转、封存在故宅的十几间屋子的书画文物化为灰烬，半生心血付之东流！

又不久，命运的风霜再次凛冽袭来，赵明诚病故，李清照孑然一身，孤苦漂泊，在满地黄花堆积，梧桐更兼细雨的黄昏，憔悴损！

国破家亡，纵有旷世的才华又如何？风雨飘摇中，一叶浮萍任漂流。物是人非，事事休！

幸好有少女时"倚门回首，却把青梅嗅"的娇羞甜美，那是在烟柳繁华的中州汴京，幸好有"才下眉头，却上心头"的闲愁缱绻，那是少妇时留守青州的缱绻思恋。在青州"屏居乡里"二十年的琴瑟和谐神仙眷侣，够一生咀嚼和回味了。

19　云门奇观

一座海拔 421 米的小山，凭什么会成为 5A 级的国家重点风景名胜区？且登且看。

石砌的台阶，苍郁的柏树林，并无奇特之处，就像巴尔扎克小说的开头。

走了一段台阶，迎面是"观寿亭"，然林木高茂，站在亭子里，并看不到那个名闻天下的"寿"字。

到"望寿阁"了，站在台阶上，"寿"字见首不见尾。"望寿阁"原名灵官庙，建于隋唐，上世纪四十年代毁于战火，八十年代重修，并更名"望寿阁"，名为阁，其实是道观，站在道观西侧的护栏边，望向对面，但见连绵的群山中双峰并峙，中间一凹形缺口，类若双驼，这无疑就是驼山了，山下是蔚然壮观的庙宇群，乃重修的龙兴寺，龙兴寺建于南北朝，1996 年在其遗址上发掘了 600 多尊精美绝伦的佛教造像，世所罕见。

继续前行，岩壁上刻有"海岱雄风"四个雄健的蓝色大字，"海岱"者，渤海与泰山之间也。《禹贡》曰：海岱惟青州。

渐往上，雪蓑的石刻渐多起来。雪蓑，明朝河南人，多才多艺，落拓不遇，赍志以殁。其书老干怪虬，苍古逼人，与青州衡王过往甚密，故而云门多其书刻。

石阶尽头，是一平台，仰头讶然，洞开的石窟上面镌刻"云洞天开"

四个红色大字，这就云门山的大云顶了，大云顶的摩崖石刻群有一百余处，从唐代北淮太守赵居贞，到宋代青州知州富弼、欧阳修，到明代雪蓑及近人，篆隶草行楷，颜欧赵柳，可谓名家荟萃，众体兼备，一时竟目不暇接，不知看向何处。

看到天下第一大"寿"字了，此寿字高 7.5 米，宽 3.7 米，下面的部首"寸"字就有两米多高，所以当地人流传一句话叫"人无寸高"，此寿字乃为衡王祝寿而刻，取寿比南山之意。当时的衡王府富丽堂皇，豪奢一时，然衡王究竟没有寿比南山，只留下了一个硕大无朋的"寿"字供人谈资，虽高在云天，却远没有山下井水处的范公亭更受人景仰。

再回到"云洞天开"处，所谓云洞者，乃一南北贯通的天然石窟，远望如明镜高悬，拱璧镶嵌，夏秋时节，云雾穿洞而过，故曰云门，形似沂蒙山区的透明崮，只是洞穴更高更阔而已。传说秦始皇游齐，见此地风水极佳，恐齐胜秦，便凿穿大云顶，破坏之。凡奇异之景，人们都会附会一个传说，增加其传奇性。

云门山的南面，除摩崖石刻外，还有数处隋唐时期的佛教石窟造像，甚是精美，大多保存完整。

好生奇怪，李清照在青州定居近二十年，范仲淹在青州为官数年，居然不见他们的诗词题刻。想来，女人裹脚自宋代始，李清照大概是裹脚的，故而上不得山，其诗词多是乘船，如"轻解罗裳，独上兰舟""兴尽晚回舟，误入藕花深处""只恐双溪舴艋舟，载不动许多愁"。而范仲淹大概跟韩愈一样，为国计民生虑，反对大兴佛教，故而不愿来。

大云顶上是"天街云衢"，云雾弥漫时，人在天街走，云在脚下流，云门仙境，名不虚传。

天街两端各有一亭遥相呼应：其西曰耸云亭，又云西阆风亭，亭内远可西望驼山，近可俯瞰西大顶；其东曰望海亭，又云东阆风亭，亭内东可观日出云海，南可眺劈山双峰。

我们在天街盘桓逗留许久，极目四围之青山古城，饱览海岱风物之壮美，兴满意足，便下山了。至山脚处，终于看到了范仲淹题刻的"表海亭"及对联：一带林峦秀复奇，每来凭槛即开眉；好山深会诗人意，留得夕阳无限时。海表亭又曰海表楼，传说姜太公分封至齐，见当地民风不化，剿悍野蛮，便发誓要把齐国治理好，兴教化，易风俗，三月而齐地大治。后人为感念姜太公的功德，于其誓师治齐的地方，建亭曰"表海"，取自《左传》"世胙太师，以表东海"，意谓世代享有封爵，显封东海，以表太师之功。

"山不在高，有仙则名。"云门有仙吗？你来你便是。

20　水泊梁山

看了水泊梁山，愈加印证了一句话：山不在高。像梁山这样的山，在我的家乡沂蒙山区，随处可见，寂寂无名。

梁山因西汉梁王刘武曾在此狩猎并葬于此而得名，梁王因平定七国之乱而有功汉室，又因窦太后宠爱而欲践大位，其营建的梁园，奢侈豪华堪比皇宫，天下文士云集梁园，成一时之雅。

梁山更因水浒英雄啸聚山林而声震寰宇。生死之交一碗酒，路见不平一声吼，写尽了梁山好汉的豪侠豪爽。他们是草莽英雄，亦是忠臣义士，在昏君佞臣的水里火里，聚义揭竿，替天行道，谱写了一曲惊天地泣鬼神的壮士悲歌。

刚进景区，便下起了濛濛细雨，雨中登山，倒也别有情趣。

寨门两侧是一副豪气干云的对联：撞破天罗归水浒，掀开地网上梁山。

摩崖石刻系第一道景观。橘红色的"水泊梁山"四字高悬岩壁，赭红色的"浩气撼山岳"铭于山脚。一面凹凸不平的巨大岩壁上雕刻着暗绿色的《水泊梁山记》，系当代书画大师范曾的手笔，岩壁前的木栅栏上，镶一鲜红的繁体"义"字。关口处是"双雄镇关"，鲁智深和武松的雕塑如天神怒目，旁刻一对联："禅杖打开不平路，戒刀砍到罪孽人。"

拾级而上便是"断金亭"，又名"同心亭"，取自《易经》"二人同心，其利断金"。林冲为接纳晁盖等七位好汉入伙，在此火拼白衣秀士王伦。亭内有避雨者数人及马数匹。

再往前，便是曲折绵长的木栈道和石阶，其间有号令台、分军岭和黑风亭。黑风亭，顾名思义，是黑旋风李逵巡查寨情的地方，系通往忠义堂的咽喉要道。黑风亭东有左军寨，西有右军寨，左军寨的首领为豹子头林冲，右军寨的首领为双鞭呼延灼。

山顶为"忠义堂"，楹联曰"常怀贞烈常忠义，不爱资材不扰民"。宋江改"聚义厅"为"忠义堂"，是梁山英雄噩梦的开始，招安即为忠臣，否则便为草寇，为摆脱"草寇"的恶名，成为青史留名的忠臣，宋江不顾众兄弟的激烈反对，接受朝廷招安，成为朝廷镇压方腊的工具，多数兄弟阵亡，幸存者也没有躲过朝廷的魔爪，千古愚忠，莫过于此。

忠义堂正堂首座为"呼保义宋江"，两边副座为"智多星吴用"和"玉麒麟卢俊义"，下面幡旗林立，座椅成排，是其他众兄弟的座次排位。

此时雨势渐大，但空气依然闷热，几位男游客光着脊梁在厅堂内走动，有的坐到宋江的位子上，让人拍照。此种情景与梁山倒也契合，若在孔庙，便十分不合。

忠义堂左有"天书阁""木雕馆"，右有"宋江井""石碣亭"。我以为木雕馆内馆藏的是一百单八将的木雕像实物，其实只是照片，有点失望，实物应该是非常珍贵的艺术品，不知在何处，也许日后有缘一睹真容。

下了山，在寨门前的广场上，再次拜谒了《水浒传》的作者施耐庵，在梁山，施老先生不可缺席。

来梁山的路上，司机跟我们说，"你们去了就后悔"。言外之意，梁山不过尔尔。在我看来，梁山很值得一看，很多景点都可复制，而梁山是不可复制的唯一，因为水浒英雄在此，水浒文化在此。

1　过虎峪之行

过虎峪，顾名思义，就是有老虎曾从这里经过，对村民来说，这是惊天动地的大事，于是村名曰过虎峪。

那是在宋代吧，宋代仿佛是一个老虎肆虐的时代，武松景阳冈打虎，威猛过虎，从此打虎英雄的美名天下传扬，武松以此从一介布衣晋升为让他终生引以为傲的"武都头"。李逵沂岭杀四虎，也为人们津津乐道。

对于虎，人们总是一面敬赞，一面憎恨。龙腾虎跃，生龙活虎，虎虎生威，赞其威猛和生气；虎狼当道，为虎作伥，养虎为患，恶其横行和暴虐。如今，老虎的数量早已锐减，以至于要靠人类的保护，才不至于灭种和绝迹，不知道老虎是如何看待人类的，我想，也是一面敬赞一面憎恨吧。

嘻，今天是来爬山的，怎么作起了虎文？

过虎峪倚靠的山叫什么山呢？问了几位村民，皆曰无名或不知，真不知他们是大智还是大愚，大智若愚，在老子看来，大智即大愚，名字真那么重要吗？山有名无名，对山来说重要吗？对村民来说重要吗？倒是我们这些问山何名的人愚蠢了。

山上多杠柳，漫山遍野的是，仿佛人工种植的，今年春旱，数月无有效降雨，草木花叶皆枯瘦，唯杠柳依然茂盛，正值盛花期，色在淡红与淡紫之间，花型奇特，花瓣倒倾，若撑开之伞，偏有五根帘钩似的紫色花丝向内拱卫着嫩黄的花蕊，不知有何奥妙。杠柳入药，有祛风湿强筋骨之效。

黄栌的花绒绒地团城一团儿，轻薄若红纱，如云似雾，如梦似幻，待到西风起，霜叶红于二月花，乃秋日之胜景。

丹参的花蓝且紫，艳丽得有些妖冶，丹参又名红参，祛淤活血，近年来，山区多所种植。

最爱看的还是远山，从眼前望出去，碧绿，深绿，青绿，幽绿，浅蓝，深蓝，幽蓝，黛蓝，山叠山，岭连岭，层峦叠嶂，连绵起伏，如一幅幅一卷卷的巨幅山水画卷，看不尽，望不断，展不完。谁为丹青妙手？谁为旷世画工？自然之神妙，人力所不及也。

上山途中，荆棘丛生，左冲右突疑无路，我对外子说："爬哪座山其实都是一样的，管它有名无名，我们爬得畅意就好。"人生不也如此吗？名声很多时候是一种负累，自在是不需要特别努力便可得到的一种大境界，返璞归真固然好，不返而璞，岂不更好？

2　抗日堡垒村——西墙峪

墙高还是山高？对西墙峪的先民来说，西面之山如同高墙，挡住了外面的世界，于是名村曰西墙。其实村南村北也是山，东面很长的一段路也是两山夹峙，进了西墙峪，仿佛进了一个幽深的铁胡同，抗战时期，山东抗日根据地将野战医院设在此处，便是利用了这一独特的地理优势。

到西墙峪完全是意外和偶然，去上小庄看摩崖石刻回来，想再去南墙峪水库拍张照——其实本意并不为拍照，就是想再次感受一下那山那水，自从发现了南墙峪奇特的山水地貌，每次去院东头，都要拐个弯儿绕点儿路，站在坝上盘桓逗留一会儿。

风真大，好像每次来，风都很大，帽子是戴不住的，领口要系紧，否则衣服一旦鼓荡起来，整个人就会扶摇直上，变成大鸟一只了。

夕阳在动荡的水面上洒下点点金色银色红色蓝色的光点，浩浩汤汤，闪闪烁烁，远山如蓝黛，近山似翠屏，此时之意境，如大河西流，气势不减黄河长江！

因为是逆光，气象有些苍茫，于是沿山路蜿蜒向西，希望拍到一张顺光的颜色鲜亮点的照片，遗憾的是，颜色倒是鲜亮了，意境和气势却逊色得多。

被幽深的峡谷和巍峨的高山吸引，继续向西，不曾想，竟然邂逅了西墙峪——一个正在建设中的红色旅游乡村，原来西墙峪在南墙峪的西边，印象中则完全相反，我还以为南墙峪是沂南的呢。

"抗日堡垒村"和"山纵的好后勤"是八路军山东纵队给予西墙峪的特殊褒奖。现在的西墙峪，村中房屋高低错落，墙壁一例是灰黄或灰红的石板垒成，显得古朴而厚重。整齐的石阶，清爽的街道，扶疏的花木，光荣的英雄纪念墙，军民一家的宣传标语，美丽乡村的现代理念，给人耳目一新的独特感受。

外子感叹道："这么漂亮的村居，这么怡人的环境，村民真受益了。"

我说："是啊，八十年前，他们的父辈祖辈们，为抗战做出了那么大的贡献和牺牲，理应如此。"

1939 年，八路军山东纵队野战医院进驻西墙峪时，有伤员 300 多人，各家各户都安排了伤员，村民们倾其所有，把家里最有营养的食物给伤员吃，自己则吃最粗劣的食物。不仅如此，多位村民还为掩护八路军及文件资料被日军枪杀，献出了自己宝贵的生命。

期间，八路军山东纵队上至司令员下至参谋，各级军政领导的妻儿都留守西墙峪，她们受到了西墙峪村民最好的照顾，纾解了指战员们辗转作战的后顾之忧。

八十年前，日寇犯我中华，山河破碎，生灵涂炭，为保家卫国，我中华儿女同仇敌忾，军民一体，铸成坚不可摧的铜墙铁壁，迫使日寇黯然收兵，缴械投降，书写了一曲波澜壮阔的英雄战歌。蒙山巍巍，沂河汤汤，沂蒙子弟和沂蒙红嫂，参战备战，流血流汗，其行可壮！

今天，我们被南墙峪西墙峪的奇山秀水所吸引，徜徉其间，赏叹赞美，何其有幸！中华有奇景，我辈共宝之！

3 龙口到底有多山

山是个名词，但在沂蒙山区，山还是个形容词，说某地很山，是说某地深处大山之中，说某人很山，是说某人没面过世面，都是从名词的山引申出来的意思。

小时候听大人讲龙口之山，有个段子，说某人挑着筐上山，筐不小心滚下山，正好滚到自己家里。

今天就是要去看看龙口到底有多山的。

果然很山，仿佛一头栽进了大山里，如果把此处几个村庄比作一个喇叭，那么五口村便是喇叭口，九山官庄便是喇叭管，上下龙口就是喇叭嘴。

但山真是好山。这里横空冒出一个山头，如飞龙俯冲，龙口之名就是得之于此吧；那里劈面斜出一个山头，如猛虎跃涧；北面便是如九头鸟峥嵘并立的九山。

水更是好水。正值秋汛，山谷沟壑里，处处都是哗然作响的清澈溪流，遇到险峭的堰坝，便跌碎成一堆堆的雪沫和碎银。

在上龙口，流水漫过街道，无路可走，从两个孔洞里一跃而下，跌下十米多高的悬崖，形成两挂撼人心魄的瀑布，似两条白龙飞窜而下，如万面锣鼓齐奏，如十万军声齐吼，真乃"泻玉飞银气势雄，情怀尽在一帘中"。

碰到一个本家老哥——早就听父亲说，龙口有我们的本家，这位老哥说我们都是从青州府迁来的，其他姓氏是从山西洪洞县大槐树下迁来的，走访了那么多村庄，都说是从山西洪洞县大槐树下迁来的，山东、河北、湖广等很多省份的百姓都是从那里迁来的，那棵大槐树得有多大啊！原来是搬迁办事处设在大槐树下，从山西迁出的百姓都在这里办手续，领取"川资"，也就是搬家费。

百度"青州崔氏"，赫然发现，崔氏竟然是青齐豪族，原籍西汉清河郡，至唐代达到鼎盛，在《氏族志》中位列第一，超过了皇族李姓。呵呵，我原来姓着这么一个显赫的姓氏啊！

此行还发现了几棵古柏，都在庙子跟下，奇怪的是当地人都管柏树叫松树。细想也对，松柏向来连称，"岁寒，然后知松柏之后凋也""岂不罹凝寒，松柏有本性"。

过去龙口很山，一者确实窝在大山里，二者交通闭塞。现在有了"村村通"，车辆畅通无阻，龙口也成了山美水美人更美的最美乡村。

4　摇篮里的古村落——东良

今天去东良，很大一个动因是去摘一朵蘑菇——一朵长在楮树上的虎纹菇。

昨天，外子去东良考察古村落，带回一朵虎纹菇，说还有一朵更大的，不忍心采，如果采了就暴殄天物，就破坏了它的自然美和艺术美，他采的这朵，贴着地面，容易腐烂，所以采了回来。

今天外子陪一位故人爬北大崮，北大崮前段时间刚爬过，我说，你们去吧，我去东良采那朵蘑菇。

东良四面环山，是一个摇篮里的村庄，其南是过虎峪，其西是麦坡，这两个村前段时间我们刚去过，正是爬过虎峪后面的山时，外子对东良过目不忘，才有了昨日之行。

东良村有不少古树，最年长的一棵柏树，1400岁了，出生于隋唐之际，1400年来，朝代更迭如同潮起潮落，而它总是静默如时光，没有横生的张扬的枝节，亦没有磅礴如伞盖的树冠，故风雨雷电无从摧折，是含蓄和内敛成就了它顽强的生命力。

古槐，古桐，古楮树，古楸树，古柿树，古风杨，古香椿，年纪大都在一二百岁，与老房子，老泉子，老碾子，老年人，相映成趣，相得益彰。跟我们走过的很多村子一样，这里没有一个年轻人的身影，他们像一个个水滴，汇入了远离故土的喧闹的城市，去过他们想要的生活。

在一户坍圮的人家的院落前，我看到了外子说的那朵虎纹菇，它长在一株弯曲若老蛇的楮树的树干上，状若一只鼓翅的小鹰，质地有点干硬，我费了点力气，才把它摘下来，摘它时，我倒没有暴殄天物的负罪感，有

一个人，跑那么远的路来看它，把它捧回家，日日观赏，这是知音，亦是奇缘。

东良村背后的山无甚奇处，但站在山上望远山，则甚是奇美和壮观。其北，姜家崮秀拔靓丽的身姿从两个歪头崮之间特立独出，分外抢镜，仿佛风姿绰约的仙子，一左一右两座歪头崮则是她的两个侍女，这两个侍女秀丽、活泼、俏皮，你看她们的头歪得多可爱，锥子崮头上那个尖尖的锥子，怎么看起来也是歪的呢？是倾慕姜家崮的遗世独立和绝代风姿，而甘愿摧眉折腰吧。

其东南，群山高低错落，沟壑深浅纵横，天际处，亦有数座尖耸的崮顶，缥缈若仙山，又仿佛碧海里隐约可见的岛屿。四面之山，皆雄奇秀美，峥嵘多姿。

饱览一番，下山，在东鞍鞬，发现了一棵一百六十岁的五角枫，两个穿裙子的小女孩在树下玩耍，此情此景，是一首诗，是一幅画，亦是一支古老的歌。时光荏苒，当这两个小女孩，变成白发皤皤的老婆婆，这棵五角枫也还是如此枝干繁茂绿叶婆娑吧。而东良，这个古老的村落，却早已不复存在，变成了层层梯田，或是片片树林，这是很多古村落的共同命运。

5 抄郭槐捎带着刘文进
——寻访东郭庄

很小的时候，就听父亲讲抄郭槐捎带着刘文进的故事。

郭槐与宋真宗的刘妃从小青梅竹马，刘妃被选入宫后，郭槐旧情难忘，甘愿做太监，以与刘妃朝夕可见。两人一手导演了"狸猫换太子"的惊天大案，后来包拯侦破此案，郭槐被抄家。兵部司马刘文进是郭槐的表兄，是他引荐郭槐入宫。传说刘文进家有一口宝锅，用它煮的饭能供千万军队吃用，宋真宗征辽时，经过刘文进的老家对荆峪，刘文进的父亲就是用这口宝锅款待三军。

本以为东郭庄藏之于深山，很难找，没想到下去撬断岗子，往西一拐就到了。

村头一位老哥正在捆绑花生秧子，公路边上的水泥空地上晒了一大片花生。我问郭槐真是这个村的吗，老哥站起身，指着南面一片玉米地说："那里就是郭槐的林地。"沂蒙山人都管墓地叫林地。

"真的啊？"我还是难以把传说与真实联系起来，"现在还能看到郭槐墓吗？"我问，心里已经想着怎么过去看了。

"现在看不到了，早就破坏了。"老哥说。

然后老哥指着南面一道横岭告诉我："这是砚台石，你看到它西边有个鞍子了吗？鞍子西边这座山叫读书案，东边这个山头叫凤凰顶，凤凰顶南边有个凤凰洞，里边有个渊子。"

我问："什么叫源子？"

"就是一口很深的井，"老哥说，"西边这座独零零的山叫冒火山，北边这座叫纱帽山，中间突起，两边一边一个翅儿，就像过去当官的戴的乌纱帽。"

"这是砚台石，这是读书案，这是纱帽山，这是凤凰顶，这是冒火山。"怕我弄不清楚，老哥又指着这几座山，说了一遍它们的名字。"要不怎么会出郭槐这么大的人物？"

我想，不是因为这几座山才出了郭槐这么大的人物，而是因为出了郭槐这么大的人物——郭槐是历史上四大太监之一，人们才附会这些山的名字。

告别老哥，去看那棵千年银杏树，传说抄郭槐的家时，圣旨就挂在这棵银杏树上。银杏树在一户人家的院子里，本以为看不到了，没想到主人在家，树干有几抱粗，果然有千年的气象，只是枝叶枯败，仅有北边两枝还比较旺，挂着累累的青黄的银杏。

本想爬上砚台石和读书案看看，却隔着一条宽阔而湍急的河流，这就是小有名气的马莲河，去天上王城，就途经漂亮的马莲河大道。

去爬纱帽山吧，但是登上山顶，并没有看出它像一顶乌纱帽，我知道，"不识庐山真面目，只缘身在此山中"。但是远处的东汉崮、姜家崮、锥子崮、透明崮、板子崮等耸立苍穹的崮群，呈现出幽蓝的深海的颜色，自然而然想到过去这一年来登临它们时的美好时光，感觉既神秘又亲切。

在山顶，看到了久违的山鹰，它时而俯冲直下，时而扶摇直上，盘旋复盘旋，不知是在侦查猎物，还是在寻觅佳偶，那是它一个人的舞蹈。可惜太高了，拍不到它击云飞的雄姿。我还看到了四只黄色的野兔，它们一定是在开派对，被我惊扰，分向四个不同方向奔窜，它们跑得太快了，你连个影儿都拍不到。对了，那只山鹰就是来猎取它们的吧，它们一定在商量如何躲避这个天敌。

这儿的野韭花真多，一团儿一团儿雪白地绽放着，等成熟了，摘了来，跟辣椒一起碾成泥儿，发酵发酵，蘸鲜豆腐吃，那才叫一个鲜美啊。

下山时，在一个沟谷里一小块一小块的菜地边，发现了十几个旧磨盘，上面刻着二十四节气——还有几个，不知隐藏在何处。每个磨盘上用红字刻着节气，用简短的几个绿字刻着时令特点，有一盘磨上竟然刻着"腐草为萤"。小桥流水人家，白菜辣椒茄子，石磨节气时令，真是爱极了这种氛围和意境！

过去，沂蒙山的人们用磨推玉米，推麦子，推豆子，推地瓜干，磨面磨糊糊，披星戴月地推，春夏秋冬地推，推出了人间烟火，推出了岁之绵延，推出了天地情怀。

最后一站去看凤凰洞吧，凤凰顶在撬断岗子东。撬断岗子不知何年何月被撬断，它打通了南北之要冲，此处过去狭窄陡峭，常有劫匪出没。

把车停在撬断岗子北边一个典雅华美的凉亭处，下了车，向对面望去，有了，纱帽山的样子清晰可见，要想看到山的真面目，还得跳出山外来。

凤凰洞附近的村落就叫凤凰洞，属五口村。在寻找洞的过程中，在一个悬崖下的水池里，发现了一条金色的水蛇，我怕它爬出来追我，它发现了我，竟然吓得在水中翻了几个跟斗，潜入水底了，原来我们是互相怕啊。

道旁，山坡上，人家的房前房后，开满了灿灿艳艳灼灼的紫苑、翠菊、百日菊和大丽花，有几簇秋菊竟然早开了，开得明黄而繁稠，不禁感慨，山花村花也妖娆啊！

看到洞口了，第一次见这么开阔的洞，洞口有两间大屋那么大，一潭清水潺潺往外流淌，洞内有几处黑色的烟灰，洞壁也被熏黑了，该是探险的人烧火把烧的，洞壁多孔洞和罅隙，有滴答滴答的水声从洞内传来，往里数米，洞西拐，漆黑一片，打开手机的手电筒，这点微弱的光立刻就被吞没了。我只身一人，又没手电和火把，不敢往里走了。

出来，碰到一对老夫妻在地里摔花生，老哥说，一般的手电筒不管用，得用手提的那种大电筒。

我问洞到底有多深，老哥说，走不到头，不知有多深，整个山底下都是，过去这个地方有个很大的庙宇，还有个大戏台，赶庙会的人山人海，破四旧的时候砸了。

把照片发到昊岩群，想邀约几个愿意探险的群友，日后一起来洞中探幽寻秘，竟然有同道者呼应。幸甚至哉！

6　踏访红色之乡胡同峪

说走就走，跟快意恩仇一样，对许多人来说，不过是心里想想，嘴上说说，真要做了，其实有很多的顾虑和纠结。

独自开车进山村，对我来说，是一场严峻的考验。首先是对车技的考验，山道多是单行道，担心对向来车，错车时进退维谷；担心找不到地儿停车，倒车技术又滥，一不小心倒进山谷，可不是好玩的。独自外出对我来说，还有两怕——恶人和恶狗。

约了一圈儿亲朋好友，都不得闲，于是怀着一颗勇敢而忐忑的心独自上路了——第一次出游没有同伴。严格来说，也不算出游，而是踏访红色之乡胡同峪，追寻革命先辈的遗迹。

山路跟我想的一样，弯道多，坡道多，视线所及只有一小段路，前面路况如何，一概不知，只能小心地边行驶边判断，边判断边行驶。

这变幻莫测的山路像极了1938年的山东局势。抗日战争全面爆发后，日寇如风卷残云迅速南下，国民党军队如水决大堤，仓皇溃败。一时之间，日军、汉奸、土匪和国民党顽固派，各派势力犬牙交错，山东局势一片混乱。

为下好山东这盘乱棋，扭转局势，党中央斟酌再三，决定派罗荣桓担

纲此任。

临危受命的罗荣桓目光如炬，透过层层迷雾，于波谲云诡中洞察时事，果断提出了"插、争、挤、打、统、反"六字方针——插入日伪军和国民党军之间的空隙地带；争取一切抗日力量；挤掉消极抗战积极反共的顽固势力；打击日军和汉奸武装；团结积极抗日的国民党军，保持统一战线；反扫荡反摩擦。于是，看似山重水复疑无路，终得柳暗花明又一村。

毛泽东曾评价说，换上一个罗荣桓，山东全局的棋就下活了，山东的棋下活了，全国的棋也就下活了。

1941年冬，日寇及伪军五万余人"扫荡"鲁中抗日根据地，将中共中央山东分局和115师师部合围于沂南留田一带，企图将山东驻地党政军指挥机关一举围歼。罗荣桓经过缜密思考，果断下令，指挥八路军三千多人，趁夜雾向敌人驻扎在临沂的大本营突围，神不知鬼不觉地闯过三道严密的封锁线，不费一枪一弹突出重围，粉碎了敌人的阴谋，此次突围被誉为神奇的无声的战斗。

罗荣桓曾多次进入胡同峪指导抗日工作。八十多年前，进入胡同峪的山路想来应该是榛莽丛生的羊肠小道，狼虫虎豹出没其中，日军、伪军和国民党的军队不时进攻，烽火硝烟到处弥漫，枪声炮声不绝于耳，危险像空气一样，无处不在。对于身经百战的革命将领罗荣桓来说，这些危险不过惊涛骇浪后的一点余波而已。

在胡同峪时，罗荣桓虽身患重病，但仍夜以继日地主持指导工作，跟当地百姓一样吃的是煎饼，喝的是米糊，其开国元勋艰苦朴素的本色给当地百姓留下了深刻的印象。

血与火的战争考验着伟大的革命将领，也同样考验着普通党员和人民群众。

1938年春，胡同峪村成立了党小组，陈光三同志担任组长，到1942年，党员发展到三十多名，办公地点就设在陈光三家，县委、区委的领导多次到这里指导工作，研究如何发动群众和打击敌人。

南山上的三官殿，是中共地下党组织的秘密联络点，党员同志们和八路军领导经常在此开会，研究情报和应敌策略。

在革命战争年代，每个村里的党员都是一面旗帜一面战鼓，他们在组织发动群众方面不可或缺不可替代，如果没有他们，就没有共产党一呼百应应者云集的凝聚力和号召力。每一个党员的发展都有一段曲折而感人的故事，每一次血与火的洗礼都是对党员生与死的考验，战场上纷飞的弹雨，战场下叛徒的告密，让他们时刻准备着献出宝贵的生命。

当时，胡同峪村周围的斗争环境十分复杂，东有敌占区，北有地主武装和国民党顽固派，面对如此错综复杂的情势，上级决定在胡同峪建立情报站，用来传递情报，护送伤员，掩护八路军干部穿过敌人的封锁线。

在地下党总支书记陈光三的带领下，胡同峪村的村民积极收集传送情报，站岗放哨，拥军参军，筹集物资，胡同峪成为远近闻名的红色之乡。

时光荏苒，倏忽已过八十年。

下车问了几次路，终于到了胡同峪村。缓缓行驶在村中的公路上，盘算着找个停车的地方，两边都是住户，狭窄而逼仄，心里暗暗叫苦，果然没有停车的地儿，难道顺着公路一至走吗？按我的直觉，沿着这条路下去，应该是李家峪，从李家峪继续东走，就到了黄山铺，从黄山铺继续东走，就回到了沂水，我开车出来不是兜圈儿的啊。好在天无绝人之路，快到村头时，看到路边有一处空地，刚好能停下一辆车。反复倒了好几次才把车停妥。

碰到一位大哥，我问他这个村有没有革命遗迹。他说，没有，只有一个跑马道山，以前打过仗，罗成在上边遛过马。我问罗荣桓大元帅，他说，打仗时来过。我问三官殿和陈光三的家，他说都没有了。

不觉吟诵起"千古江山，英雄无觅孙仲谋处。舞榭歌台，风流总被雨打风吹去。斜阳草树，寻常巷陌，人道寄奴曾住。想当年，金戈铁马，气吞万里如虎。"那段峥嵘岁月卓绝年代终究还是远去了啊，但是英雄的事迹总被一代代传唱，比如罗成大将军，比如罗荣桓大元帅。

到跑马道山去看看吧。下去这个坡，从沟底爬上去就是。没想到，刚到坡底，一只大黄狗嗥叫着冲我窜来，我条件反射似的毛骨悚然脊背发凉，飞跑回坡上。一位大嫂坐在树下乘凉，我问她，这狗咬人吗？她说咬人。我说主人怎么不拴呢？她说有时拴有时不拴。

幸好大黄狗没有穷追不舍，它大概只据守在自己的领地吧。我决定从沟底的下游迂回而上，走出大约半里地，沟里有一汪水塘，我决定从水塘的堤坝上走过去，没想到，刚爬上堤坝，那条大黄狗又嚎叫着飞蹿过来，吓得我魂飞魄散，跌了一跤，差点掉进水塘里。

我继续向下游走，确定大黄狗没有追来，才硬着头皮上山。果然如那位大哥所说，山上草深树密，几乎进不去人。可以放心的是山上不会有虎狼之类的猛兽，恶人大概也不会有，但有可能碰到蛇。

开车出来时就下午两点多了，此时太阳已经偏西，虽然很累，但也不敢歇息，几乎是一口气爬到了山顶。

果然是一条长长的跑马道，虽然长满了密密匝匝的丛林灌木，行走在其中，还是仰可观宇宙之大，俯可察品类之盛，思可接千载，神可游八荒。游目骋怀，胸胆开张，信可乐也。

下山时，看到一条较为好走的路通向村子，为了不与大黄狗狭路相逢，我决定就从此处下，虽然陡峭，但也不管它了。

当我从树林里钻出来时，发现三两个农人在地里劳作。一位大嫂问我是干什么的，我说上跑马道山玩来，她惊讶道，你一个人，不害怕？我说，我就怕狗，来的时候，被一只大黄狗追咬，吓死我了。

一位大哥说，是这只吧？我一转头，发现那只大黄狗正迎着我走来，说时迟那时快，已然到了我身后，我倒吸一口冷气，耸立不敢动，就差喊救命了。这真是躲鬼偏被鬼撞见。

主人在这里。那位大哥指着那位刚才问我怕不怕的大嫂说。

我说，这狗咬人吗？大嫂说，不咬人，它咬你的时候，你唤它叭叭它就不咬。天哪，谁知道这暗语啊！

问出山的路，果然继续前走，就是李家峪。

刚下了一个坡，就发现路边停着一辆农用三轮车，我目测感觉过不去，摇下车窗，问车主人能否想想办法。车主人说，能过去。另一个人说，就看你车技了。硬着头皮开吧，好险，我感觉左边车轮都要开到悬崖下了！

开出没几里，忽然看见路中间蜿蜒爬行着一条黄绿的长蛇，不由得尖叫一声，开过去了，才意识到在车里是安全的，蛇不会钻进行驶的车里。

回到家，不由得感慨，无论是人生之路，还是革命之路，都是莫测难料险象环生，对每一位勇于求索者来说，都是一场充满挑战和机遇的考验——是的，是考验也是机遇，就像百年之前，嘉兴南湖上那条小小红船，谁会想到，它劈波斩浪一路前行，成为今天让世界瞩目的巨轮航母呢？

7　踏访战斗模范村——李家峪

峪者，山谷也。在群山连绵沟谷纵横的沂蒙大地上，以峪为名的村庄星罗棋布比比皆是，李家峪只是万千之一，平凡，普通，鲜有人注目。

我家与李家峪仅一山之隔，毗邻几十载，到今天才知道，它还有一个辉煌而响亮的名字——战斗模范村。

曾数次站在黄墩之巅俯瞰它，曾几度在它蜿蜒的山道上行驶，但是，在我心目中，它就是一片风光一个村庄而已。

今天，当我知道它不仅是一片风光，不仅是一个村庄，无论如何我都要特地去拜访它了，就像拜访一位熟悉而又陌生的老友。

正是杏子青青樱桃红的初夏，万木竞翠，千山披绿，栗树正开花，麦穗在灌浆，一片红瓦白墙的房屋掩映其间，美丽，静谧，祥和。我和鹏程弟驱车直奔堂姐夫家，想让他给我们做向导，在村里逛一圈儿。

堂姐夫郑金元是村委的会计兼支部委员，他说他的二爷爷郑发平曾是大刀会的成员，也是黄石山惨案的幸存者，打过日寇和国民党，生前经常绘声绘色地讲他在战场上的经历，还拿根棍子作大刀，一招一式在人前表演，现在参加过抗战的老人陆续谢世了，再也没有人讲这些故事了。

我说，还会有人讲的，我就是一个。我问，村里有没有战争留下的遗迹。堂姐夫说，没有，如果说有，村委旁边还有一口井，抗战时期专门用来造报纸，供给《大众日报》社用，一会儿我带你们去看。

堂姐夫很忙，刚从地里回来，茶还没喝上一杯，手机响了，说是县里来人督查小麦病虫害防治，让他到村委接待一下。堂姐夫年轻时是村里的代课老师，现在是村委干部，也是村里的致富带头人，承包了十几亩果园，种了十几亩姜，常年雇人帮工，今天就雇了五六个人在姜地里挂姜影子，大樱桃熟了，也得雇人摘。鹏程弟笑说道，大姐夫现在是大地主。看到忙得脚不点地的堂姐夫，我想到了抗战时期忙前忙后挨家挨户做动员的村干部，正是他们引领全村人积极支前抗战。

堂姐夫的家住在村北的山上，站在他家门口，四围的山尽收眼底。其实要说遗迹，眼前的每一座山每一道水都是遗迹，这里的每一寸土地都曾浸染过忠勇的抗日群众和战士的汗水与血水。

我的思绪穿过历史的漫漫风烟，回到了上世纪的三四十年代——那是一个山河破碎风飘絮的时代，那是一个千岩烽火连沧海的时代，那是一个父老齐声话御敌的时代，那是一个长缨在手缚苍龙的时代。

1937年7月，日本帝国主义的铁蹄悍然踏进关内，全面抗战爆发，在中国九百六十万平方公里的土地上，遍地是不屈的面孔，到处是愤怒的呐喊，驱逐日寇保家卫国成为每一个中华儿女的铁血誓言。

在中国共产党的领导下，一个又一个的抗日根据地如雨后春笋般迅速崛起，沂蒙山根据地如一支熊熊燃烧的火炬照亮了神州大地的东方，又如一声滚滚轰鸣的巨雷震慑着日寇倭奴的魂魄。在波澜壮阔的沂蒙山革命根据地抗日战争和解放战争的洪流中，李家峪村无疑是一朵璀璨耀眼的浪花。

1938年，李家峪村党支部发动村民成立了农救会、妇救会和儿童团等抗日团体，他们不只站岗放哨，侦察敌情，散发传单，宣传抗日，筹措物质，救护伤员，还亲上战场，勇敢战斗，甘洒热血，涌现出了一批可歌可泣的英雄人物。

情报站站长、村党支部书记潘成同志，由于叛徒告密，在送情报的路上被敌人抓捕，狱中受尽严刑拷打，始终坚守党的秘密，坚贞不屈，大义凛然，壮烈牺牲。

游击组组长张奎秀同志，带领游击队用土制大炮和手榴弹，多次击退敌人，缴获敌人大批枪炮弹药，并协助八路军山东纵队一团消灭敌人一百余人，被授予战斗模范称号。

爆炸排长陈秀成同志，在解放沂城的战斗中，埋地雷，炸碉堡，赤手空拳夺取敌人一支捷克枪，被授予民兵爆炸模范称号。

八年抗战期间，李家峪抗日武装同日寇及伪军作战近百次，毙敌数百人。仅1942年6月的某天，这些英勇的义士们就顽强地击退了敌人的十六次进攻，阻断了敌人西去根据地的企图。

在李家峪，还活跃着一支由十六名青年女子组成的巾帼英雄游击队，她们到敌人的据点埋地雷，放炸药，割电线，不断地侵扰敌人，让敌人寝食难安气急败坏而又无计可施。

战斗英雄在战场上抛头颅洒热血，离不开后方百姓在战略物资上的全力支持。

看着眼前的石磨和石碾，我仿佛看到无数的沂蒙红嫂不眠不休地碾米磨面，烙煎饼，蒸馒头，手脚都累肿了，有的甚至困到累到一头磕在礤子上，脸都被烫伤了。

沂蒙红嫂们除了赶制军粮，还缝制军衣和军鞋，护理伤员，筹集柴草，为战争的胜利做出了不可磨灭的贡献。

看着山上郁郁葱葱的树木，我仿佛看到无数的沂蒙红哥挥斧砍树做担架的情景——是的，我叫他们沂蒙红哥，他们堪当此称。李家峪村有一支由六十四人组成的担架队，仅解放战争期间，就出担架八千七百人次，他们冒着枪林弹雨，穿梭在硝烟弥漫的战场上，运送了无数的伤员，有的还牺牲在战场上。

行走在初夏的李家峪村，回顾那段烽火连天的峥嵘岁月，我的灵魂受到了一次久违的洗礼和强烈的震撼。无论是抗日战争，还是解放战争，终归都是人民的战争，正是有了亿万像李家峪村这样忠勇抗战和支前的人民，才换得了今天"绿水青山就是金山银山"的祥和富庶和美丽。

8　探访深门峪纪王石屋

今天去泉庄镇深门峪看纪王石屋。

泉庄号称崮乡，一路上，群崮争相迎，都是老友了，忍不住就要下车打招呼，北面就是纪王崮了，湛蓝的天宇下，崮顶如一条巨大的青龙，横亘在山脊之上。

把车停在转弯处，驻足盘桓良久，赋诗一首，曰《又见纪王崮怀古》：

"东周王气黯然收，纪王仓皇逃大崮；营城建寨凭天险，走马运粮展宏图；点将台上旌旗舞，胭脂泉里蛾眉漱；殚精竭虑运筹苦，争奈兴衰由命数。"

告别纪王崮，沿山路盘旋而上，右边是歪头崮吗？崮顶虽不大，但真是爽歪歪，歪得可亲可爱。抗日战争时期，歪头崮发生过一场激烈的战斗，85勇士壮烈牺牲。看气势，好像不是那个歪头崮，但对面群崮争雄斗奇，如何不登临之呢？

没有路，荆棘密布，蛛网横于目，攀上一段陡坡，是一片小山楂园，山楂虽未全红，但也够好看了，有两棵小山楂，该是另外一个品种，叶片全无，小小的树枝上累累簇簇挂满了果子，红亮如宝石，美得让人不忍去摘。

悬崖上一棵酸枣树，挂满了红红黄黄的酸枣，小心探身过去，伸手够不着，折了一根带钩的荆棵，钩过来，摘了几颗，放进嘴里，酸酸甜甜，过瘾！

秋果艳艳，秋花也灿灿。这宝塔形的玲珑小花是瓦松吧，浅浅淡淡柔柔嫩嫩的粉红，瓦松的花有好多种，这是我见到的最漂亮最淡雅的一种。还有胡枝子，俗名蚂蚱串子，开得稠稠的碎碎的，颜色是亮亮的紫红，真是烂漫秋花不争春，我自妖娆领风骚啊！

登顶了，环崮一周，远远近近高高低低都是崮，想起了梅尧臣的《鲁山山行》："适与野情惬，千山高复低；好峰随处改，幽径独行迷；霜落熊升树，林空鹿饮溪；人家在何许，云外一声鸡。"站在这座小小的歪头崮上看纪王崮，正好看到它的西端，悬崖峭壁，悚然而立，真是天险。

原来我要探访的深门峪就在所见悬崖下，点将台和走马门也在此处，遥想两千多年前，纪王崮上狼烟滚滚，纪王在点将台上挥舞战旗点将步兵，走马门下物资运输忙忙碌碌，虽避居于此，也是一方诸侯，2012年纪王墓的发掘震惊世人，编钟，大鼎，车马，各种青铜餐具，金玉饰物，都是王者的尊享。

纪王崮石屋，痕迹处处可见。墙壁不用泥浆，全是石板石块干插起来的，远观整齐平滑如壁纸，过去石匠的手艺让人叹为观止。金字塔形的山墙上面探出一层一层的石板，悠长的古巷里，一个小小的门楼，门楼里面是影壁，正房的门窗上面，中间一块倒立的三角石，左右是互相对称斜插的石板。一座小小的石屋，上面覆盖着伞状的干枯茅草，令人想到远古的祖先。

古韵悠悠的石屋让人发思古之幽情，参天沧桑的古木也让人感慨岁月之苍老：一株刺槐上，长了一个状如浣熊的树瘤；一株柿树的老干上，凹进去一个深深的黑色洞穴；一株核桃树，干枝如一把巨大的弹弓，怒向苍穹；几株笔直粗壮高达百尺的刺槐，也令人震撼，从未见过如此笔直又如此粗壮的刺槐啊！

虽近中秋，今天却郁热难耐，沿崮下走了半遭，便回了。

对了，纪王崮，还有一个豪华气派的名字，叫天上王城，是世界上最古老的城堡式国家，比西方中世纪的城堡早一千多年。

9　天地间第一人品

——再访沂蒙红嫂故居桃棵子

周六本来计划跟外子去穆陵关看齐长城的，不料天公不作美，浓雾弥漫，混沌一片，中午才放晴。

无论如何也不能辜负这半天的阳光啊，明天监考，今周唯一能出去的就这一个下午了。

近处唯一可去的地方就是院东头了，那儿的山水皆奇秀，百看不厌。对外子来说，我今天是他的导游；对山水风物来说，我今天是它们的老友。

先去张家庄子瞻仰资庆寺的千年砖石古塔，塔还是那座塔，但时序交替，草木已是一荣一枯。

然后直奔沂蒙红嫂故里桃棵子——中国美丽乡村百佳范例。

第一次来桃棵子是今年的早春，那次以爬山为主，对村里的红色景点只是浮光掠影，这次不爬山，时间足够我们驻足流连。

在停车场，迎面是一座题为"鱼水情"的雕塑，其形象来源于八一制片厂拍摄的芭蕾舞剧《沂蒙颂》，艺术地再现了沂蒙红嫂冒着生命危险救治革命战士的军民鱼水情。

沿石阶而下，一排简陋古朴的小小院落，依次是"渤海军区总部""鲁中军区总部""滨海军区总部""鲁南军区总部""抗大第一分校"和"一一五师总部"。抗战时期，这里曾是党政军机关的根据地。

令人惊喜和新奇的是，村落的墙壁上，挂着五色的小小花盆，小小花盆里栽着各色小花，楚楚动人，玲珑可爱。

令人震撼和感奋的是一道自上而下纵贯村落的红色长廊，长廊里展示的是革命烈士的事迹和曾在沂水指挥作战的将军和元帅。许多烈士的生命定格在二十岁三十岁的青春年华上，他们用青春和热血浇灌了中华民族这棵常青树，他们的英魂与青山同在，与日月同辉。

红色长廊东折，一个小小的院落，是著名作家刘知侠的旧居，刘知侠创作的《铁道游击队》曾风靡全国，影响了几代人。

红色长廊西折，一个较为宽敞的院落，便是沂蒙红嫂祖秀莲的故居，院外有碑刻，院内有雕塑。令人颇感欣慰的是，这次来，院门是敞着的，三间正房，两间偏房，院子里有草垛和草棚。正房里陈设的是老旧的厨子和柜子，还有一个用洋槐条编的囤，偏房里陈设的是老旧的饭桌和板凳，还有土灶、风箱和火炕。

八十年前，祖秀莲一家倾尽所有，救治被日寇打成重伤的八路军侦查员郭伍士。自己吃糠咽菜，省下钱为郭伍士买精米白面和医治创伤的药，经过精心的照料，一个多月后，郭伍士才脱离生命危险。郭伍士复员后，没有回山西老家，而是落户沂蒙山区。1958 年，郭伍士正式认祖秀莲为母亲，并带爱人和两个孩子迁至桃棵子村，以照顾年迈的祖秀莲。

从红色长廊返回公路，路东是战时邮局，斜对过是知青老屋，走过一道巷子，北折便是郭伍士的旧居。

在祖秀莲老人的老房子里，中堂挂着一副对联（应该是后来挂上去的）：古往今来许多世家无非积德，天地之间第一人品还是读书。祖秀莲和郭伍士，虽都出身平民，也不曾读过多少书，但他们的感人事迹体现的却是天地间第一人品。

沂南县也有祖秀莲的故居，沂南是她的娘家，沂水是她的婆家。

不禁想起了为民主革命壮烈牺牲的鉴湖女侠秋瑾烈士，秋瑾牺牲后，她的婆家娘家都争着为其建墓立碑，可见，无论什么时代，人们都崇尚浩然正气的烈烈英魂和耿耿忠骨。

10　东荆山头的文艺老青年和崔家峪的古老风物

独自出去了几回，车技娴熟了，胆子也大了，也不怎么怕狗了，真的可以说走就走了。

诗词协会的王老师读了我上一回的游记，说，我若同行，就不会往北走，而是沿着绿水继续前行，就会看到一个石泉子，一个能放进一个水桶的天然石臼，流出来的水甘甜冰凉，大旱亦不断流，并奋勇化作源头，北面百米处，另有一翻泉，系地下水涌出地表而形成的自然景观。

这次出去，先到东荆山头寻觅天然石臼和翻泉。

从去泉庄的主路，跨过一座小桥，便到东荆山头。问一老哥，说不知道，说上泉有个翻泉。这时一个推着自行车的老人走过来，好奇地问我们在说什么，他的耳朵有点背了，说了两三遍，才听明白是说泉子。

"哦，上泉老泉啊，我知道！"老人兴奋地说，接着就兴高采烈地唱起来了，"老泉一对相思柳，你扭我也流，一扭一流放歌喉，人是故乡的好，月是故乡的明。"唱完，老人自得地说："这是我自己编的歌。"我跷起大拇指由衷地赞道："您老真厉害！"

老人受到鼓励，更来劲了，又不请自唱道："七八十岁不稀奇，六十还算小弟弟，时光更替新天地，国家兴旺民富裕，桑榆之年多情趣，强身健体长才艺。"

"这也是您自己编的啊？"我愈加佩服道。

"不是，这是省长赵志浩写的，我三姐夫给他开过中吉普，我跟赵志浩坐一辆车去过淄博。"老人自豪地说。

"太长了，唱不下来，你要吧，你留吧？"老人热切地问我。

"在哪里啊？"我问。

"在我家里，走，我给你拿去。"老人热情地引我朝家走。

碰到一位老邻居，老人兴奋地打招呼说："赵志浩，我三姐夫给他开中吉普的省长，那首歌，我叫她给录下来。"她，自然是指我了。

老人又边走边唱开了："我家住在河东旁，清清的河水往南淌，河里流水哗哗响，千里发亮放白光，喜看小鱼游得忙，急起手来抓小鱼，气得

小鱼找躲藏。"

"这也是你自己编的吧?"我问。

"是。"老人哈哈哈地大笑起来。

"句句押韵,真棒!"我喝彩道。

到了门口,老人指着门口一块石台说:"你先坐一霎。"是一块洁净的带斑驳花纹的漂亮石台。坐在石台上,打量了一下左右的街道,我没想到,农村的街道这么干净这么清爽,一片垃圾都看不到,哪怕一道古朴的石墙,也给人一种赏心悦目之感。

老人出来了,拿了一本古旧的杂志,背面封面是赵志浩作词李云涛作曲的《桑榆情怀》,老人坐在马扎上,对着歌词,又唱了一段,七十七岁的老人了,居然不用戴花镜。

闲聊间,老人告诉我他叫刘勤吉,跟崔家峪的刘梅吉是排行兄弟,都是吉字辈,东西荆山头大部分人家姓刘。刘梅吉是崔家峪中心校的体育老师,后来做过校长,因做了上门女婿而闻名四乡,两个儿子都跟他们的母亲秦老师姓秦,我跟他们的小儿子秦力是小学初中同学。

老人说,他在上泉中学上的高小,那时候没有白面馍,掺上麦糠蒸的玉米馍咽不下去,饿得逃学,老师来叫了好几次。他说他在村里做了多年的会计。

我问村里有没有古物,比如古树古桥古碑之类的。

老人凑近我,压低声音神秘地说:"崔家峪的青石狮子知道吧,唐朝的,在一个雷电交加的晚上,被运走了。"呵呵,我问东荆山头,他说崔家峪,也没错,荆山头属崔家峪镇。

我是崔家峪的老本家,当然知道了,那对唐朝工匠精雕细琢的石狮子被人偷着卖了,现在摆放的是机器打造的,补上的。以前,若谁说自己是崔家峪人,就会有人反诘:"你说你是崔家峪的,那你说说崔家峪的石狮子有多少石疙瘩。"

过去的崔家峪有"三景"——过街槐,分水岭,后巷子,过街槐遮没宽宽的街道,分水岭是东西分水岭,后巷子是弯儿多,都在崔家峪古街。崔家峪的豆腐和玉环墓也远近闻名,崔家峪的豆腐用浆水点,而不用卤水,豆香清醇,崔玉环传说是唐朝大将罗成的老婆,墓是一个石轿。

告别老人，往回走时，发现一个古旧的石碾，被罩在一个宽阔的屋子里，现在条件真是好了，推碾也不用风吹日晒雨淋了，过去全村人共用一个石碾，都是露天的，几乎村村如此，碾米碾面，碾花生碾韭花，多少代下去，石碾也成了文物。

沿河的街道上，摆放了很多观赏石和盆景，村村都有健身场地，家家门前都栽着主人喜欢的花草和果蔬，街道的一面墙上，刷写着"美丽乡村，幸福家园"几个红色大字。

至于王老师说的天然石臼和翻泉，待问明王老师，下次再探寻。

11 咫尺青石万，风光竟旖旎

一周不出去爬山了，内心的冲动像岩浆一样热烈地喷涌，我知道远山又在呼唤我了。

去哪儿呢？沂水的名山早就爬完了，临县的名山也差不多爬完了，出了崔家峪，出了吕公峪，龙凤湾感觉也过了，我还不知道去哪儿，两边是矮矮的青青的丘陵，没什么特色，不能再往前走了，前面一个岔路口，就把车停在这儿吧，路不熟，不敢贸然往上开，如果没有景儿看，就权当出来散步健身了。

近一年来，血糖不高了，失眠好了，坐骨神经不疼了，膝盖不疼了，几十年来的便秘也不治自愈了，爬山不只饱览秀色，还是最好的理疗方式。

天是阴的，预报有雨，忘记带伞了，想想昨天下午的雨横风狂，心里有点怵，只能跟老天打赌了，赌它不下雨。

路两旁是桃园，硕大的红红的桃子挂在桃枝上，装满桃的塑料筐子叠放在路边，只是不见人。路旁草棵里迤逦都是被扔掉的不合格的桃子，看上去挺好的，感觉好可惜。

庄稼长势喜人，一片油油绿绿，玉米绣着红缨，谷子顶着黄穗，黄烟张着大叶，高粱擎着火炬，花生挨挨挤挤，绿成一片一片的湖。

走了好长一段水泥路，发现前面山坳里有一个红瓦绿树的村庄，地头有一位拔草的老哥，问他这是什么村，说是青石万。这就是青石万啊，我笑了——以前只知其名，不知其址。

村口散落着十几株合抱粗的栗子树，树冠像绿色的巨伞，又像一朵朵的绿云。花椒熟了，一树一抹红晕，核桃也快熟了，招摇地挂在枝头。

迎面走来一位老哥，我灵机一动，问他，村里是不是有棵很大很大的银杏树——几乎每个村里都有棵古树，或古松，或古槐，或古银杏树。

老哥说有，还有棵很大的皂角树，并告诉我如何走。我心中暗喜，有景儿看了，而且我跟老天赌赢了，天晴了。真好！

进村了，家家房前屋后种着丝瓜南瓜，开着灼灼的黄花，还有黄瓜和辣椒。在一户人家高高的外墙上，横空长着一大片绿色的仙人掌，真够惊人的。一户人家的门前，开着一片紫色和粉红的凤尾花，真漂亮，我是刚才查了一下才知道它叫凤尾花的，小时候我家也种过，我们叫"之家迷子"。

真过眼瘾！耳朵也有的享受，清脆的潺潺的流水声不绝于耳，蝉在枝头嘹亮地歌唱，"木应麻"（蝉的一种）也很多，叫起来婉转悠长，"木应木应木应木应麻"，小时候经常捏着鼻子学它叫。

看到皂角树了。在一户人家的墙下，好粗壮，好高大，问树下一老翁，他说他快九十岁了，小时候这棵树就早在了，他也不知道这棵树有多大。

银杏树在村后一山坡下，两棵并蒂，每棵都须两人合抱才能抱过来，上面挂一红色铁牌，写的树龄是300，但是感觉比浮来山1000多年的还要粗。拍树干，手机的屏幕根本包不过来，只能从中间拍。

我把这两株银杏树的照片发到昊岩群，群友舍得让我发个位置，发过去后，愚公说在沂蒙二路，指的是我停车的那条路。我很吃惊，这么偏僻的村庄，居然有着这么大气的名字，我以为沂蒙二路在城里呢。

看银杏树是意外之喜，目的还是爬山，山在村后。爬上一段荆棘丛生的陡坡，就到了山下的水泥公路，公路靠山的一侧，裸露着当初开山修路时切割的岩层，有峥嵘者，有光滑者，都滴答渗水。

沿着农民种地踩出来的一条小道上了山，迎面是一片黑色的火山石林，颇为壮观。

柏树下一片草丛里，冒出一片白色的小蘑菇，甚是可爱，发到群里，愚公快速发过一条信息，说，可别乱吃，小心有毒！

舍得说，这边的景色很美，他来过。

我说，是挺美，很多石头都可以抱回家做观赏石，就是抱不动。

真挺美的，淡蓝色的质地，回旋的花纹，还有淡雅如细纹布的，形状也美，像什么的都有。

愚公大概是个爱石的，让我发位置，我发过去，地图上显示我待的地方是"卧狼峙"，天哪，我怎么在卧狼峙？这个地方竟然叫卧狼峙！从前肯定是有狼群出没的。

山西边，靠近悬崖的一面，自南到北，横亘着一条几百米长的坍圮的长墙，中间一座方墙，大概是山门。山中间，一排排废弃的石屋框子，触目惊心，虽说每座崮上都有坍圮的防御石墙和废弃的石屋，但卧狼峙的石屋是最多的。卧狼峙也是一座崮。

开始上云了，巨大的白色的云头，明暗相间，峰壑参差，很有立体感，诗云"夏云多奇峰"，信矣。

云头继续如峰如浪般涌来，该不会又来一场疾风骤雨吧，捡了两块奇石，便匆匆下山了。

在一座山神庙跟下，看到一棵枯死的大概有数百年树龄的古槐，灰黑色的粗壮的树干和树枝，光秃秃地无言地指向苍穹，让人惊心动魄。

人人皆云"风景在别处"，不想，今天在咫尺之邻的青石万，竟然看到了如此旖旎的风光。幸甚至哉！

12　渔歌子·南黄渔村

鹰嘴崮北渔村横，一湖环绕竹柳青。山巍峨，水碧蓝，祥和人家鱼谷丰。

第五辑 民胞物与皆吾分——草木虫鱼

1 一视应同万里仁

下午四点钟，晚饭尚早，我对外子说："到尖山前掀蝎子玩去吧？"外子积极响应。名为掀蝎子，其实就是去爬爬山，散散步。

几分钟后，我们把电动车停在山下，徒步上山。

节气正值小满，麦穗金黄，杏子青青，布谷声声，金银花开，柿子花谢，今年春夏干旱无雨，田野里的植被显得枯瘦干涩，连鸟鸣听起来都是喑哑的。

谷雨前后出蝎子，少小时每逢这个时节，都会兴致勃勃地自制一根蝎子筷子，带着一个开过口的小葫芦和一把抓钩，结伴到山上掀蝎子，有时掀着，有时掀不着。对于人类的这种捕猎游戏，蝎子毫无还手之力，只能束手待毙，也有性情刚烈宁为玉碎不为瓦全的，瞅准机会，蜇你一口，痛得你痛哭流涕喊爹叫娘，那是它最后的反抗，也是对人类最后的警告和报复。

现在沂蒙全蝎是被保护的动物，虽然如此，出去爬山的时候，还是忍不住想掀开几块石头，看看石头底下有没有蝎子，掀到一两只，心里就会欢喜半天，就像钓鱼，在钓而不在鱼，很多钓者把钓上来的鱼放归河湖，钓的其实是时光，是乐趣，也是境界。我们掀蝎子，也是在掀，不在蝎子。

掀了一阵儿，一无所获，碰到一位放羊的老汉，他说，今年天太旱了，哪有蝎子！我们便不再掀，专心致志地赏景儿，拍照儿。拍金银花，拍地黄花，拍苦楝子花，拍楮树的青果果，拍远山，拍一切我们感到新鲜新奇和美丽的景物。

时候不早了，我们要打道回府了，在一道地堰边上，外子随意掀开一块石头，竟然发现了一只小蝎子，我们惊喜且快乐地哈哈大笑，算是得偿所愿。外子小心地放下石头，希望不会过分地惊扰到它。对于我们这些不速之客，惊恐之余，它一定非常愤恨吧。

忽然山腰的界墙那边传来金属碰撞的声音，开始我们以为是有农人在耕作或刨药草，镢头触碰到石头了，越听越不对劲儿，外子说："一定是野兔被铁夹子夹住了。"

走近，果然是。一只灰黄色的野兔，两只前腿被死死地夹住了，看到我们靠近，它惊恐地大叫，一面叫，一面拖着铁夹子上下蹿跳，铁夹子被牢牢地拴在一棵小槐树上，它一定挣扎了很久，坡上露出了一片新土，那是它挣扎时踢蹬出来的。

听到它的惨叫，我也忍不住惊叫。外子抓住它的双耳，按住它，安抚它，并让我想法打开铁夹子，我看不懂它的机关何在，外子也不懂，情急之下，我抓起一块石头，将拴在小槐树上的绳子砸断，这时候我们才看清，它被夹住的两条前腿全断了，露出白色的骨头，只有一层皮粘连着，后腿也有一片殷红的鲜血。

我脑子里闪过给它找个医生把双腿接上的念头，可是看看那惨状，几乎是不可能的，该怎么处理它呢？我们犯了难，如果把铁夹子硬生生扯下来，没了双腿，它必死无疑。

但是我们不能弃之不顾，外子提溜着它的两只耳朵，我提着铁夹子，往山下走，期间，它数次惨叫，声若孩童，不忍卒听。

外子看到山坡上放羊的那位老汉，招呼他，请他过来看看怎么救这只野兔。此时，从树林掩映处的一户人家走出一位中年汉子，他大概也不忍听，叫我们快点摔死它，别让它受罪了，他说，那两条腿是它自己挣断的。他又说，这种东西很糟蹋人，种上的豆子，一晚上就让它糟蹋完了。我们怀疑铁夹子就是他下的。

放羊的老汉跟中年汉子是父子，他从外子手中接过受了重伤的野兔，野兔再次尖锐地惨叫，我们看到老汉的手也有些发抖，他说："活不了了"。我们逃离似的跟老汉说："它就给你了，你看着怎么处理好就怎么处理吧。"

每次游玩回来，心情都很舒畅，这次除外。一个下午，我们心情郁闷，饭也吃得毫无滋味。动物，无论大小，都会恐惧，都会疼痛，都会因恐惧和疼痛而惨叫，如果我们的恻隐之心尚在，它就会把这种恐惧和疼痛同等地传染给我们，所谓"君子远庖厨"并非虚伪，而是不忍被传染。

我跟外子说，以后我们不要掀蝎子，也不要钓鱼了，虽然最后我们会将它们放归，但是己所不欲勿施于人，如果有一种比我们强大很多倍的生物，将我们捉去，满足了他们的快乐，然后将我们放回，我们是不是也会吓得魂飞魄散寝食不安？

古人云，"爱鼠常留饭，怜蛾不点灯"，犹太人收割庄稼时，会在田地的四个角上留下点，给贫弱的人，也给饥饿的鸟雀和田鼠。"民胞物与皆吾分，一视应同万里仁。"愿人人怀有一颗民胞物与、一视同仁之心。

2　雨燕狂欢

秋雨缠绵，凌晨下起，过午未歇。

看了一期《经典咏流传》，累了，躺在沙发上睡了一觉，早就过了午饭的点儿——假期里吃饭就没个点儿，啥时饿了啥时吃，吃点什么呢？想起刚从"抖音"上看了烹制荷包蛋的视频，便如法炮制，煮了两个荷包蛋。

正往碗里盛呢，忽然看到窗外的两根网线上停着几只燕子，摇头晃脑，燕语呢喃，似在交谈，网线太松太细太飘了，它们轻轻颤动着翅膀，点头翘尾，保持着平衡。又一只叽喳地飞过来，似乎报告什么消息，其中三只得了消息，翩然飞走了。

此时，雨线如织，我纳罕道，这几只燕子不怕雨吗？几乎所有的鸟，雨一来，便要惊飞躲避的，莫非它们是雨燕？一定是的。

以前经常听朋友们说，这几年不大见燕子了，大概是农药打得太多了，消灭了害虫，燕子没有了食物来源，就不来了吧？美国科普作家蕾切尔·卡逊写的《寂静的春天》就描写了鸟雀销声匿迹的荒凉春天。

我也好久不见燕子了，感到新奇，录了一段视频，发到"抖音"和朋友圈，起个什么题目好呢？姜夔有词曰"燕燕飞来，问春何在，唯有池塘自碧"，就叫"燕燕飞来"吧。

吃罢午饭，到书房，透过窗子，惊异地发现，根本就不是几只燕子，而是一大群！它们在两座楼之间的空中盘旋飞舞，嘹亮高歌，两根较粗的电线上，密密匝匝站了两排，对面楼上的阳台窗台外面也黑压压站了几排，它们在雨中举行一场大型歌舞会！它们轮流做观众和演员，你方唱罢我登场，天地间这一幕雨帘，是它们最华美的舞台。

自古以来，诗家多写春燕，"燕子来时春社""谁家新燕啄春泥""莺莺燕燕春春，花花柳柳真真""飞来燕子寻常事，开到李花春已非"。写秋燕也有，极少，而且带着暮秋的悲凉，"秋风萧瑟天气凉，草木摇落露为霜，群燕辞归雁南翔"。它们辞归时未必是悲凉的啊，你看，它们的告别舞会多么盛大和热烈，它们的表演多么热情和酣畅！

探出窗外，向东遥望，那儿的空中也有一大群雨燕在飞舞，在狂欢。近些年无论城市还是乡村，到处都是郁郁青青，山清水秀，多年不见的各种鸟儿又都飞来了。今年辞归，明年飞回，岁岁有今朝，年年有今日。明年再见，就是"似曾相识燕归来"了。

可爱的小精灵们，明年再见，不见不散啊。

3 解救一只蝙蝠

楼下有用喇叭吆喝卖山鸡蛋的，十块钱一斤，我推开纱窗，问他有没有微信，他说没有，手里没有现金，我让他等一下，心里盘算着问谁借钱。

正好二楼的大叔也买，我问他借了五十块钱，用微信转给了他。

回来发现纱窗还没有关，于是关纱窗，纱窗好久不开了，上面似乎有尘土掉下来，蓦然回首，发现纱窗上面吊着一只硕大的蝙蝠！

它吊在纱网和玻璃之间，头朝下，两只壮健的长臂倒垂着，应该是被挤住了，我试着移动一下窗玻璃，它的小嘴立刻张大，好像很疼痛的样子，我没有听到它的喊叫，大概是没有力气喊叫了吧，天知道它挂在这里几天几夜了！

拍了一张照片发到"相亲相爱一家人"群，我说"窗子上挂着一只大蝙蝠，怎么办？"二妹说"轰走"，禹儿说"挂着呗"，二妹说"你还打算请它下来喝茶啊"。

显然他们没有明白这只蝙蝠的处境，我也没说清楚。

我说："我一开窗，尘土下来，我担心吸入病毒啊，已经吸进去了啊！"

"你那口罩是干什么用的？"二妹说。

我这才想起戴口罩。自从去年新冠疫情暴发以来，人们谈病毒而色变，不知这只蝙蝠身上有没有带病毒，我跟它这么近距离地接触，不知道有没有危险。

蝙蝠是一种非常奇特的动物，它们是世界上唯一会飞的哺乳动物，靠回声辨别物体，有"活雷达"之称，它们大多栖息在树洞和岩洞里，白天歇憩，晚上觅食，与人类本没有什么冲突，它飞入我的领地，应该纯属意外，昨天晚上或者前天晚上，或者大前天晚上，我的窗户缝里可能有一只它喜欢的猎物，于是涉险贸入，没想到就困在这儿了。

我该如何解救它呢？

我一手把纱窗往外掰，一手推窗玻璃，还是不行，它又痛苦地张大了嘴巴。

我试着把纱窗拿下来，好像拿不下来啊，又担心拿下来安不上了，在这方面，我很笨的。

我想，在窗子静止的状态下，它能钻进去，不会因为吃胖了就出不来了吧？都不知困了多久了，吃胖了，也又消瘦了。

还得挪动窗子，也许再需要一点点的缝隙，和一个刚刚好的合适的角度。我再次尝试一手往外掰纱窗，一手轻推玻璃窗。

成了！它振翅飞走了！它的家人等它好久了吧？也许这是它平生第一次在阳光下飞翔吧？

4. 陪伴一朵花开

你是我见过的万千花草中最奇异的一种。

一个多月前，你刚诞生时，只有方寸大小，黑黑的，毛茸茸的，其丑无比，其时我知道你就是化蝶之前那只丑陋的毛毛虫，去年此时我不识你为何物，好奇大于厌恶，我想让时间来见证你到底是何怪物。

整整一个月，你生长得非常缓慢，你知道还不到自己上场的时候，只是静静地潜伏，默默地等待，积蓄力量，涵养芳华。

我到外地出差五天，回来惊喜地发现，我不在的时候，你偷偷地从一只蚕蛹蜕化成一条刚出壳的小蛇，又像小姑娘头顶扎的两条小辫儿，这是多么多么奇异的造型啊！

然后你就像女大十八变似的，一天一个样儿，一天一个样儿，我的目光一刻不停地被你吸引，屋子里所有的东西，也都被你吸引，连空气都不一样了，每一个空气分子里都传递着你要开花的信息。

你开始迅速地生长，加快地奔跑，你变得修长而柔美，像一位亭亭的舞女。我既欢喜激动，又惶恐不安，就像一位母亲，既希望女儿出嫁，就害怕她出嫁。我知道你跟昙花一样，"玉骨冰肌入夜香，羞同俗卉逐荣光"，更知道你跟昙花一样，"白丝与红颜，转瞬咫尺间"。

但我很快调整了情绪，决定今晚什么也不干，不洗碗，不拖地，不散步，不看书，不写作，不听百家讲坛，静静地看你吐出每一丝花蕊，绽放每一片花瓣。

这个夜晚属于你，你灿烂绽放的瞬间比高山永恒，比星光璀璨，虽然绽放便意味着谢幕。宇宙间万物都有谢幕的那一刻，但并不是每一种事物都会绽放。

此刻，你像一把洁白的小伞，徐徐地打开，光华灿烂，却并不耀眼，动人心魄，却并不喧哗，婀娜多姿，却并不轻佻。

今晚，因为你，我"漫卷诗书喜欲狂"，而我也知道，"草木有本心，何求美人折"，不以无人而不芳，在这一点上，我觉得人有时竟是不如草木的。

5 行车百里寻古木

曾于浮来山定林寺瞻仰过四千年的银杏王，"秦柏汉松皆后辈，根蟠古佛未生前"，四千年啊，多少朝代更迭，多少人事兴替，而它"依旧悠擎头顶天"。

曾于曲阜孔庙抚摸过两千年的苍松古柏，"柯如青铜根如石，霜皮溜雨四十围"，两千年来，多少圣贤雄杰如花开花谢，多少忠奸是非如烟飞烟灭，而它依旧黛色参天，枝干崔嵬。

数日之前，在青石万邂逅了两株并蒂而生的三百年的银杏树，仰之抚之环之叹之，盘桓良久。

昨日，计划先去龙凤湾看村貌，然后去西虎崖看大松树。

龙凤湾最近几年才叫龙凤湾，原先叫黑万，人们叫着叫着就成了黑碗儿，其实最初叫黑龙万，万字应为提土旁加万字，康熙字典有此字，因为用得少，现代汉语词典已不收此字，电脑字库里亦无。传说秃尾巴老李——一条被父亲砍断尾巴的黑龙——到甄家疃过姥姥家，途经此地，在一泉水旁歇憩，故名之。很多地方都有秃尾巴老李的故事。

龙凤湾与我的外祖家仅一山之隔。母亲说，黑万没有大树了，上世纪五六十年代，有一棵古松被伐了，伐时，血流不止，我坚信这是妄说，流的"血"很可能是松脂。那一定是一棵古老到令村民敬畏的松树，以至于村民伐它时，内心恐惧，至有此说。

进村后遇到一位村民，我和二妹直奔主题，问村里有没有古树。村民笑道，当然有了，你想看五百年的还是一千年的？

真的？！我惊讶不已，立刻回过味儿来，夸张修辞并非只有李白擅长。

这儿有棵黄杨，这儿有棵松树，这儿也有棵松树。村民伸手指了三个方向。

哪儿呢？哪儿呢？在村民的几番指点下，我和二妹终于看到了黄杨树的树头。原来在一户人家的院子里，大门紧闭，上了锁，只能从院墙外看到。

我们疑惑，让看吗？村民说，让看，这是村里的一大景观，很多人都来看过，出价四百万都没卖。

哇！有这么名贵吗？百度了一下，原来黄杨木是论尺卖的，懂了。

村民说，你们先去看松树，一会儿他回来，你们进去看就是，这边有座石桥，三百年了，可以看一下。

三百年的石桥？完全是意外之喜。

拐过半截小巷，便到了，是座很小的石拱桥，桥下的流水清澈而湍急，路边一石碑，刻有"平安桥"三字，上面标识曰"临沂市第三批重点文物保护单位"。

桥下两边的拱面圆润和谐，桥上的栏杆和立柱雕刻细腻，过去的石匠功夫真是了得。

走在错落有致的老房子形成的小巷里，看着房前屋后高大茂盛的楸树榆树和各类果蔬花草，听着潺潺的流水声热烈的蝉鸣声和婉转的鸟鸣声，连连慨叹此地真乃宜居之地。

出村，上一段坡路，便看到一株半枯的巨松耸立在道旁，树干粗大苍老，树枝一半干枯，一半黄绿——不是青绿，明年再来，也许连这一抹黄绿也看不到了。我和二妹猜测它的年龄，大概二百岁不止吧。

天气郁热，大汗淋漓，防晒服都湿透了，二妹说要中暑了，有打退堂鼓之意。我说，还有一棵没看啊，怎么能不看呢？

看到了！村后的岭上，在一片葱绿的树木中独具一格，气象不凡，古意浓郁。走近看，树干斑驳陆离，树枝屈曲如虬，只在枝头顶着一团一簇的绿叶，是我心目中典型的漂亮的古松形象。树干上镶一铁牌，标志树龄为 200 年，或是 230 年——铁牌也斑驳陆离了，字迹模糊不清，若是 20 年前镶的牌，这棵树就有 250 岁了，想来对古树来说，零头该是忽略不计的，应该是 200 岁，而不是 230 岁。

树冠太张扬了，南北跨度十几米，试了几个角度，都拍不出理想的照片，唉，算了，为什么非要把它拍下来呢，眼前看到的不就是它最美的姿态吗？

一条小道通向村子，这个时候，黄杨树的主人该回家了吧？刚走了十几步，便见一枯松扑倒在一片草丛灌木中，看样子也是 200 岁的，只是比刚才那棵更高一些，树枝的纹理非常奇特，全是扭着长着的，当它站立顶着一树绿叶时，一定特别有型。

走了一圈儿，才看明白，河流是穿村而过的，村后是扇形的大顶子山，

将村庄环抱于内，真是好风水！上世纪七八十年代，黑万就出过一位留美的双料博士，闻名乡里。

主人果然回来了，大门开着，我们喊了两声，主人在屋里应了一声，我们说来看黄杨树，主人说看就是，未出屋门，看来已然习惯了被人观看。

虽然也二百多岁了，却没有想象的那么粗壮，一干三枝，枝条细长繁茂。也是，如果像松树那样粗壮，就不会这么名贵了。

从龙凤湾出来，直奔西虎崖，西虎崖是英杰老师的老家，打电话问明大致地址，又问了一村姑，爬上一段慢坡，便看到如云如盖的巨松了。

跟龙凤湾的决然不同，这棵古松矮壮，枝叶茂盛，十几根树枝交错，向外伸展，每一根都像是一二百年以上，看主干，则像千年以上，不知为什么，这棵古松没有挂牌，有几根树枝匍匐在地，有的被撑起了，有的看来是撑不起来了。树下一土地庙，庙门前一影壁，在古代，这棵古松应是被当作社树祭祀的。

又为拍不到理想的照片儿绝望了一番，非常幸运的是，二妹拍了一张树枝交错相通的照片，拉近看，像一只灵动的鼠妖在跳舞。

出西虎崖，到塔甸村看千年银杏树，这株银杏树虽逾千年，却枝叶繁密，看不出一点儿老态，真乃千年正风华。

一中年男子也在路边观赏此树，他告诉我们，岩峪村有一棵千年栗树王，树冠覆盖一亩地。于是折回来，忘了问是上岩峪还是下岩峪，到上岩峪，又一路问着到下岩峪，在一片宽阔的栗树林里，我们看到了那棵从宋朝一直站到现在的栗树王。

一条石子路，像是专门为这棵树而铺的。树下一圈儿围墙，圈的是树冠覆盖之处，树干用铁丝网围着。看到如此古老而茂盛的大树，再次无语。

看标志牌"千年红栗王简介"，曰此树为山东境内最古老的一棵板栗树，1998年入选《山东树木奇观》，树围5.5米，树高15.1米，树冠东西冠幅20米，南北冠幅22米，占地0.04公顷，年产板栗最多可达500公斤。1941年秋，侵华日军调集5万余人对沂蒙山革命根据地实行拉网式的铁壁合围大扫荡，隐藏在山上的抗日军民严重缺粮，该树结的栗子挽救了很多伤病员和婴幼儿的性命，被部队和群众称为"救命果"。

我和二妹正围着这棵千年栗王慨叹，没想到刚才告诉我们这棵树的汉子跟了过来，他也是第一次来。他又告诉我们，院东头庙岭子村有两棵千年古柏，还热情地在地上画了一个图，告诉我们如何走，那汉子说话乡音太浊，我们只听到一个关键词——新建的加油站，"庙岭子"当时也没听清楚，我刚才百度院东头的古柏，才知的。

于是再次折回去，一路上只寻觅新建的加油站，哪有啊！此时下起了雨，雨点绵密，是太阳雨，院东头的山水是出名的漂亮，被几道拦河坝的清流急湍吸引，驻足流连了一番。

前面应该是桃棵子村，是沂蒙红嫂祖秀莲的故居，是红色旅游之地，二妹说没去过，我便成她之美，驱车疾驰而往。

刚在停车场停下车，雨势就大了起来，天色也越来越暗，看来，一场大雨是不可避免了，果然，雨点大如斗，在地上溅起巨大的水花。我笑道，一天烟雨任平生，我们就静静地坐在车里看雨吧。

二妹心急，担心被雨阻住，回不去了，已无心再看景儿，等了半个多小时，雨点一小，就立刻往家赶了。

而我还记挂着庙岭子的千年古柏，遗憾就是念想，下次再来。

6 皇天后土力，使我向此生
——寻访苍松古柏

昨日，于上泉河寻天然大石臼不得，便驱车至奔五口村，寻访一棵古松。

谁曾想，途中被磨峪的淙淙流水牵绊住了呢？磨峪过去以盛产磨而闻名四乡。

汛期过了，水落石出，河中之石被一夏的洪水漱洗得光滑洁净，河水经历了一夏的喧嚣肆虐，此时沉静了下来，仿佛人到不惑，不再愤世嫉俗，不再桀骜不驯，有的只是宁静恬淡，从容优雅。

想起了志摩的诗，"软泥上的青荇，油油的在水底招摇，在康河的柔波里，我甘心做一条水草"，这里的水，没有软泥，有的只是被柔柔的青荇包裹着的卵石，"参差荇菜，左右流之"，纷披柔软的荇菜随水流飘飘摇摇，荇菜不只有逼人的青，还有柔嫩的黄，在明丽的阳光下，衬着激荡起的点点银色的浪花，简直就是一匹色彩斑斓的油画。

还有叮叮咚咚潺潺湲湲如金声玉振般的脆响啊，浸人肺腑，荡涤尘心，"客心洗流水，余响入霜钟"，虽没有霜钟，但真的感觉是"别有天地非人间"啊！

从这块石跃到那块石，赏不尽的如诗如画，听不尽的如钟如磬，走吧，走吧，那拂云百丈的霜皮溜雨柏凌霜傲雪松等我许久了啊，都多少回负约了啊。

问了一下路，此路可直通九山官庄，先去看古柏，再去五口村看古松吧。哪里是直通啊，都出现两次岔路了，在第二个岔道口，凭直觉向北拐了，行数百米，发现远处一个陡坡，不会是通向人家桃园的路吧？打开导航，提示往回走，路太窄，倒不回去啊。往前开，导航提示此路是无数据的无名小路，不管它，走走看吧。

不妙啊，开到一段低洼处，前面又一弯曲陡坡，愈加感觉是开向某个桃园的路，下车勘查一下吧。走上陡坡，发现前面一处变窄，目测过不去，走近发现是一大堆石子，靠里是一汪泥水，车胎很容易陷进去，走到尽头，是一个丁字路口，问了一下路上边一家看护桃园的，说可以过去，早上还有车从此经过，说此路尽头，往下到磨峪，往上到五口。

那就往上到五口吧，刚行了数十米，一片高大的松树，上面是公墓林，下车看看松树吧，这些年山上成片的松树不大多见了，人工种植的柏树居多，有一棵，树头折断了，枝叶铺地，但仍青翠如玉，不知是被雪压断的，还是被雷电劈断的，生命之顽强，令人震撼。

山坳里有三棵参天巨楸，看气象，那棵大的在二三百年，两棵小的也在一二百年。听到车响，赶忙跑回来，幸好是辆三轮车，若是汽车，很难错行啊。

这是什么路啊！坐在车里，看不到下坡的路，车似乎悬起来了，只能尽量靠山体那边行，悬崖那边连护栏都没有。幸而这一年来，行了很多的山路，否则看着都心惊，前面这段更惊险，急转而且陡峭，车仿佛竖起来了，我怀疑从下面很难开上来。

到大公路了，根本不是五口村，而是磨峪。回望来路，林深木茂，很难想象我是从山上开下来的。

到五口村，把车停在健身广场，一棵塔松下，砌了一层水泥石台，几位老人拿几个马扎坐在石台里面的空地上，问松，一路过的村民说在村北的坡上。好奇怪啊，那几位老人沉静得像石头，都不说话。

走上一段坡路，首先映入眼帘的是如一团绿云亦如一把巨伞的山楂树，看不到树干，须钻到树冠下才见。哇！树干好粗啊，这棵山楂树也有百多年了吧。

"连林人不觉，独树众乃奇"，老远就看到巨松的树冠了，好像不是很旺盛啊，有些枝叶干枯了，树叶黄绿参差。

没见有路，爬上一道地堰，从桃林里穿过去就是，是一片废弃的桃林，里面的草比我还高，深一脚浅一脚，感觉像是走上了一段土坡，却原来是坟茔，心中念道："见谅见谅，实在无意冒犯啊。"走来走去，踏了五六座坟茔，终于深深地弯下腰，从一棵桃树底下钻了出去。

看来这个夏天少有人来瞻仰，树下的草木也茂盛得无处插脚，像很多被保护的古树一样，树下也砌了一圈儿石台，看看挂的树牌，二级，五百年，前段时间看的千年栗树王是一级。

比起西虎崖的那棵千年古松，这棵五百年的古松，是个大高个儿；比起龙凤湾那几棵二百年的古松，这棵五百年的古松，更壮健一些，树干上的鳞片完美无缺，张开手臂环抱了一下，须两人才能合抱。驻足瞻仰了一番，便回了。

当昊岩群的海鸥看了我发的这棵古松的照片，说该去九山官庄看五百年的古柏时，我已站在了古柏下。

看了这棵古柏，你更能领会沧桑一词的含义，硕大的树干光溜溜的，没有一丝树皮，上面还有青苔，如果不仰头看树顶的枝叶，你会以为这是一棵朽木，这就是杜甫所说的"霜皮溜雨"吧。

树干以上，六根粗壮的树枝齐齐地指向天空，没有一根旁逸斜出，树叶稀疏，仿佛一位快要秃顶的老人。

这棵古柏长在村口的路旁，"古人长抱济时心，道上栽松直到今"，五百年前，是谁栽下了这棵柏树？斯人已去，斯树长存。

树下同样坐了几位老人，也不交谈，就是彼此静静地坐着。

当我老了，开不了车，也走不动路，看不了风景，就看看现在拍的这些照片和视频，看看现在写的文章，也不错啊。

"皇天后土力，使我向此生"，树如此，人也如此啊，生命珍贵，当不辜负每一个促你成现在的人、物和时光。

7　放生山山牛

看洪水回来，禹儿还没起床。我说："你真该跟我去看看的，这会儿去看，已经退下去了，一个懒觉错过了一场大自然的奇观。"

"有什么好看的，不就是洪水吗。"禹儿睡眼惺忪地说。

吃过早饭，已经上午十点多了，雨还在下，我说："拾山山牛去吧？"

"去啊！"禹儿兴奋道。我就知道他对这个感兴趣。

"不过，这个点儿，有也让别人拾完了。"我说。

"那就不去了。"禹儿说，"还下雨啊，娘啊！"

"下雨才有啊。"我说，"哪怕就拾到一只呢。"

"好，我陪你去就是。"禹儿说。

"你就穿成这样啊？山上全是荆棘，换上条长裤，穿上双运动鞋。"我说。

"不换。"禹儿说。经验告诉我，再说，他就生气，我也就不再坚持。

我们要去的是杏山，传说罗成跟崔玉环骑马比武的地方，一个身经百战的将军被一个养在闺阁中的小女子用一根杏枝打败，你信吗？传说就是如此。

小时候，一到农历六月的连阴雨天，杏山顶上就特别热闹，大人小孩，一人披块塑料纸，戴个斗笠，手里提个小桶或瓶子或袋子，在草丛灌木里搜寻山山牛，人虽多，但山山牛更多，而且多是一对一对的——公的跟母的叠在一起，还有一窝儿五六个的。每一回都能捉几十只或上百只，回家炸着吃，或剁碎煎饼吃，是记忆中最美的味道。

公山山牛有一个习性，太阳一出来就往树林里飞，人们就用荆条扑打，所以又叫扑山山牛。你看到它振翅往树林里飞，激动兴奋，奋力追打，同伴也在一边大呼小叫给你助威，所以扑山山牛比拾山山牛更有趣儿。有时，半天才扑到一只，衣服刮破了，膝盖磕破了，胳膊和腿被树枝划破了，都不算什么，衣服湿透了更不算什么，那时也不知道累，漫山遍野地跑，不像现在，爬一趟山就记挂着看看走了多少步。

这些年，由于喷洒农药，也由于价格不菲，山山牛的数量已经锐减。饭店里是论只卖的，母的因为籽多，卖到十几块钱一只。

台风"烟花"昨夜来袭，山涧里到处都是哗哗的流水，此刻，雨势已不大，如丝亦如雾，但草丛灌木上蓄积了沉甸甸的雨滴，一碰就沾落到身上，一会儿衣服就全湿了。

"快来啊，一只，公的！"我激动地大喊，禹儿穿着拖鞋，被我落在后面。

"真有啊？！"禹儿快步跟上来。

"快，堵住它，别让它跑了，我拍个照！"一手打着伞，一手拿着矿泉水瓶，手机在背包里，真有点手忙脚乱。

一身黑色的铠甲，两只长长的触须，修长，壮健，爬行迅捷，受到惊吓后，它爬得更快了，待我拿出手机，它就要逃进树林里了。可恨的是手机又卡了——最近爬山拍照太多，没来得及清理。禹儿拦截它，也来不及拍，只好草草把它装进矿泉水瓶，我万分遗憾，该拍一张它在草丛里爬行的照片的。

担心拿了一只矿泉水瓶，不够装，结果寻寻觅觅一路，到了山顶，也没见第二只。此时，雨渐大，衣服湿透了不说，关键是禹儿没穿长裤，腿上被蚊子咬了好多包，被荆棘划了好几道血痕。我是真想走遍杏山顶啊，南边信号塔下边最多，小时候都是在那个地方拾。

"我得有多爱你，才陪你出来啊，你看我的腿。"禹儿笑道。

我压制下自己的渴望，决定下山。

没想到，在捉到第一只的地方，竟又发现了两只母的，它们正在下籽。

"等它下完吧。"禹儿说。

"谁知道它什么时候下完啊。"我说，于是残忍地将它们装入瓶中。

"咱们怎么处理这三只山山牛啊。"路上，我问禹儿。

"玩儿够了就放了呗，你还打算吃它们啊？"禹儿说。

"肯定不能吃啊，吃不下去。"我说，"它的蛋白再高，我也不能吃，不忍吃。"

这些年，阅历渐深，心肠却越来越软。有时，看到小鸡小鸭小兔小羊特别可爱，就想弄只来养，最终还是没养，当然也没时间没地方养。我对禹儿说："我把它们养大，怎么处理它们呢？卖吧，不舍得，吃吧，不忍心。"

回到家，把三只山山牛放在一只碗里，看它们在碗里爬上去，滑下来，爬上去，滑下来，想来不用多久，就耗尽了力气。心下不忍，就跟禹儿下楼，把它们放进了楼下的草丛灌木里。

"你就不该把它们捉来，它们在山上多好，你看见它们新奇，它们可不希望你给拍照啊。"禹儿说。

我说是，为什么要去捉它们，也许是童年的记忆在作祟吧。

8　蝶恋花·黄囤赏苔

岁暮辛丑向黄墩。冷风残雪，松涛龙虎吟。斑驳青苔岩上侵，百态千姿绽林荫。

绿衣碧玉质清纯。守得本真，管他世纷纷。莫羡鲲鹏志凌云，白日不到恰青春。

9　摊破浣溪沙·早春之花

萧条冬事似已去，泥燕未至草不萌。玉兰樱桃和梅杏，捷足登。

争奇斗艳羞西子，芬芳馥郁引蝶蜂。风雪一夜骤然降，惹人疼。

10　红心火龙果

——蒙阴公家万第一次见全株火龙果，有感而作

月影雪姿昙花质，绿衣纷披若碧尺。
丹霞吐珠似火龙，软甜多汁味香浓。
晕染朱唇赛胭脂，芳心点点多芝粒。
表里赤诚肝胆色，世间谁似君心痴。

11　采桑子·马车岭石林

龙泉湖边逶迤行，三月阳春，马车岭村，欣逢一片青石林。
仿佛海兽戏沙滩，鱼龙龟豚，舞蹈啸吟，地造天成直惊魂。